미야자와 겐지
걸작선

미야자와 겐지 걸작선

이선희 옮김

바다출판사

차례

| 일러두기 |

이 책은 미야자와 겐지의 원작에 가장 가까운
최신편 은하철도의 밤(新編 銀河鐵道の夜, 신조문고, 1997)을 번역한 것이며,
본문의 주석도 그에 따랐다. 단 '옮긴이 주'만 예외다.

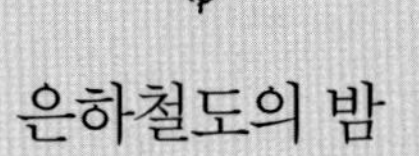

은하철도의 밤

오후 수업

"그러면 여러분은 사람들이 강이라고 하거나 젖이 흘러내린 흔적이라고 말하는 이 희뿌연 게, 사실은 무엇인지 알고 있나요?"

선생님은 칠판에 매달아 놓은, 검은 물감으로 채색된 커다란 별자리 그림 중에서 위에서 아래로 흘러내린 희뿌연 은하 띠 같은 곳을 가리켰습니다.

맨 처음 캄파넬라가 손을 들자, 그 뒤를 이어 네댓 명의 아이들이 손을 들었습니다. 조반니도 손을 들려고 하다가, 황급히 내렸습니다. 언젠가 읽었던 잡지에 별이라고 나와 있어서 잘 알고 있었지만, 요즘 들어 의자에 앉기만 해도 졸음이 쏟아지고 책 볼 틈도 없는 데다가, 읽을 책도 없어서 왠지 모든 게 아리송하고 자신이 없어졌기 때문입니다.

그러나 선생님은 그런 조반니의 마음을 재빨리 알아차렸습니다.

"조반니는 알고 있나 보군."

조반니는 용기를 내어 벌떡 일어났습니다. 하지만 막상 일어나자 분명하게 대답할 수 없었습니다. 그러자 앞자리에 앉은 자넬리가 조반니를 돌아보고 킥킥대며 웃었습니다. 조반니는 당황해서 심장이 쿵쿵 뛰고 얼굴은 새빨갛게 달아올랐습니다.

선생님이 다시 물었습니다.

"커다란 망원경으로 자세히 살펴보면, 대체 이 은하는 무엇일까?"

조반니는 별이라고 생각했지만 이번에도 즉시 대답할 수 없었습니다.

선생님은 잠시 난처한 표정을 짓다가 캄파넬라에게로 눈길을 돌렸습니다.

"그러면 캄파넬라가 대답해 보렴."

그토록 힘차게 손을 쳐들었던 캄파넬라 역시 꾸물대며 일어선 채 대답하지 못했습니다.

선생님은 뜻밖이라는 듯 잠시 캄파넬라를 물끄러미 쳐다보다가 별자리 그림을 가리켰습니다.

"그러면 좋아. 아주 성능이 뛰어난 커다란 망원경으로 이 희뿌연 은하를 살펴보면, 무수히 작은 별들로 이루어져 있단다. 조반니, 그렇지 않니?"

빨간 사과처럼 얼굴이 화끈 달아오른 조반니는 조용히 고개를 끄덕였습니다. 하지만 커다란 눈에는 어느새 눈물이 가득 고여 있었습니다.

'그래, 난 알고 있어. 물론 캄파넬라도 알고 있지. 언젠가 캄파넬라네 집에서 함께 읽었던 잡지에 적혀 있었어. 게다가 캄파넬라는 그걸 보자마자 아버지 서재에서 두꺼운 책을 가지고 와서는 '은하'라는 부분을 펼쳐 보였어. 그때 우리들은, 펼쳐진 페이지 가득히 검은 어둠이 깔려 있고 그 속에 새하얀 점들이 빼곡히 박혀 있는 아름다운 사진을 한참 동안 들여다보았잖아? 캄파넬라가 그걸 잊었을 리 없을 텐데? 그런데도 즉시 대답 못 하는 건, 내가 가여워서 일부러 대답하지 않은 걸 거야. 아침저녁으로 일하느라 학교에 와서도 친구들과 잘 어울리지 못하고, 자기에게도 별로 말을 걸지 않는 내가 불쌍해서 말이야.'

거기까지 생각이 미치자, 조반니는 견딜 수 없을 만큼 자신과 캄파넬라가 불쌍해졌습니다.

고요한 침묵을 깨고 선생님이 다시 입을 열었습니다.

"따라서 은하수를 진짜 강이라고 가정한다면, 은하수를 이루고 있는 하나하나의 작은 별들은 모래나 자갈에 해당하겠지. 또 은하수를 거대한 젖줄기라고 한다면, 그 별들은 우유에 떠 있는 작은 지방 알갱이들에 해당하는 거야. 그렇다면 강물에 해당하는 건 뭘까? 그것은 빛을 일정한 속도로 전달하는 진공眞空이란다. 태양이나 지구 역시 진공 속에 떠 있는 것이지. 결국, 우리들도 은하수 속에 살고 있다는 결론에 이르게 돼. 물이 깊을수록 파랗게 보이듯이, 가장 깊은 은하수 바닥에는 별들이 많이 모여 있어서 주위가 유난히 새하얗고 희미하게 보이는 것이야. 자, 이 모형을 보자."

선생님은 반짝반짝 빛나는 모래 알갱이가 박힌 커다란 양면 볼록렌즈를 가리켰습니다.

"은하수는 이런 식으로 생겼단다. 렌즈 속에서 빛나는 이 알갱이들은 태양처럼 스스로 빛을 내는 별이지. 태양이 바로 이 한가운데에 있고, 지구가 바로 그 근처에 있다고 하자. 여러분이 한밤중에 이 렌즈 한가운데에 서서, 이 안을 둘러본다고 생각해 보렴. 이쪽의 렌즈는 얇기 때문에 희미하게 빛나는 알갱이, 즉 별들이 조금밖에 안 보여. 그러나 이쪽이나 이쪽은 렌즈가 두껍기 때문에 별들이 많이 보이고, 멀리 있는 것은 희뿌옇게 보이는 거지. 이것이 바로 오늘날 우리가 말하는 은하 설說이야. 그것에 대해서는 다음 과학시간에 설명하겠다. 오늘은 은하수 축제일이니까, 밖으로 나가서 마음껏 밤하늘을 올려다보기 바란다. 그러면 오늘은 여기까지! 다음 시간에 다시 만나자."

그런 다음 교실 안은 잠시 책상 움직이는 소리와 책들을 정리하는 소리로 가득 찼습니다. 이윽고 아이들은 모두 차려 자세로 선생님께 인사를 하고 교실 밖으로 나갔습니다.

인쇄소

조반니가 학교 문을 나서려고 하자, 같은 반 친구들 예닐곱 명이 집으로 가지 않고, 운동장 한쪽 구석에 있는 벚꽃나무 그늘에서 캄파넬라를 에워싸듯 모여 있었습니다. 아마 오늘밤 은하수 축제 때 푸른 등불을 만들어 강물에 띄워 보낼 쥐참외를 따러가자고 의논하는 것 같았습니다. 그러나 조반니는 양팔을 크게 내저으며 성큼성큼 걸어가 학교 문을 나섰습니다. 밖으로 나오자, 오늘밤 은하수 축제를 위해 주목 잎사귀로 만든 구슬을 매달거나, 노송나무 가지에 등불을 매다는 등 사람들이 바쁘게 움직이고 있었습니다.

조반니는 곧장 집으로 가지 않고 세 번째 모퉁이에 자리한 커다란 인쇄소로 들어갔습니다. 그리고 헐렁한 흰 셔츠 차림으로 입구 계산대에 있는 사람에게 인사한 뒤, 신을 벗고 올라가서 막다른 곳에 있는 큼지막한 문을 열었습니다. 아직 환한 대낮인데도 안에는 전등들이 여기저기 켜져 있었고, 윤전기들은 쩔그럭 쩔그럭 돌아가고 있었습니다. 천으로 머리를 묶거나 램프의 갓 같은 모자를 쓴 사람들이 노래 부르듯 중얼거리거나 수를 세며 일하고 있었습니다.

조반니는 들어가자마자 입구에서 세 번째로 높은 탁자에 앉아 있는 사람에게 가서 인사했습니다. 그러자 그는 잠시 선반 위를 더듬더니 작은 종잇조각을 건넸습니다.

"이 글자를 찾아올 수 있겠니?"

조반니는 그 사람이 앉아 있는 탁자 밑에서 작고 평평한 상자를 꺼내고는 전등이 많이 켜진 쪽으로 가 주저앉았습니다. 그런 다음 조그만 핀셋으로 좁쌀 같은 작은 활자들을 주워 담기 시작했습니다. 파란 앞치마를 두른 사람이 조반니의 뒤쪽을 지나가며 그 모습을 보곤 한마디 했습니다.

"여어, 돋보기 군. 오늘도 또 왔니?"

그러자 주위에 있던 네댓 명의 사람들이 조반니 쪽으로 눈길조차 주지 않고 차가운 비웃음을 흘렸습니다.

그래도 조반니는 연신 눈을 비비면서 활자를 주워 담았습니다.

벽시계가 6시를 알린 지 얼마 지나지 않아, 조반니는 활자를 가득 담은 상자를 들고 탁자에 앉아 있는 사람에게 가지고 갔습니다. 그러자 그 사람은 아무 말 없이 상자를 받아들더니 보일 듯 말 듯 고개를 끄덕였습니다.

조반니가 고개를 꾸벅 숙이고 계산대로 오자, 흰 셔츠를 입은 사람이 아무 말 없이 작은 은화 한 닢을 내밀었습니다. 조반니는 얼굴 가득 웃음을 머금고 주위가 떠나가라 큰 소리로 인사한 뒤, 계산대 밑에 놓아둔 가방을 들고 밖으로 뛰어나왔습니다. 그리고 활기차게 휘파람을 불면서 빵집에 들러, 빵 한 덩어리와 각설탕 한 봉지를 사고는 뒤도 돌아보지 않고 쏜살같이 달리기 시작했습니다.

집

조반니가 득달같이 달려 도착한 곳은 어느 뒷골목의 초라한 작은 집이었습니다. 문이 나란히 세 개가 나 있었는데, 가장 왼쪽에 있는 문 앞에는 보라색 케일과 아스파라거스가 상자에 심어져 있었고, 자그마한 창문 두 개에는 차양이 내려져 있었습니다.

"엄마, 다녀왔어요. 몸은 좀 어떠세요?"

조반니는 가방을 내려놓으며 말했습니다.

"이제 오니? 많이 힘들지? 오늘은 날씨가 좋아서 그런지, 몸이 아주 가뿐하구나."

안으로 들어가자, 어머니는 하얀 이불을 덮고 누워 있었습니다. 조반니는 창문을 활짝 열었습니다.

"오는 길에 각설탕을 사왔어요. 우유에 넣어 드리려고요."

"그래? 너 먼저 마시렴. 나는 썩 내키질 않는구나."

"누나는 언제 나갔어요?"

"세 시쯤에 나갔단다. 집안일을 다 해놓고 갔어."

"엄마, 우유가 아직 배달 안 됐어요?"

"글쎄, 그런 거 같구나."

"내가 가서 가져올게요."

"괜찮다. 나는 천천히 마셔도 돼. 참, 누나가 토마토를 두고 갔으니까 어서 먹으렴."

"그래요? 그러면 먹어야지."

조반니는 창문 옆에서 토마토 접시를 가지고 와서 빵과 함께 정신없이 먹어댔습니다.

"엄마, 아빠는 분명 곧 돌아오실 거예요."

"그래, 엄마도 그렇게 생각한단다. 그런데 너는 왜 그렇게 생각하는 거지?"

"오늘 아침 신문에, 올해는 북쪽에서 고기가 아주 잘 잡혔다고 쓰여 있었거든요."

"하지만 아빠가 고기를 잡으러 가시지 않았을지도 모르잖니."

"틀림없이 고기 잡으러 가셨어요. 아빠가 감옥에 갈 정도로 나쁜 짓을 저지를 리가 없잖아요. 요전에 아빠가 학교에 기증했던 커다란 게의 등딱지며, 순록 뿔은 지금도 표본실에 있어요. 6학년생들의 수업이 있을 때면, 선생님들께서 교대로 교실로 가지고 가신다구요."

"이 다음에는 네게 해달 가죽으로 만든 윗도리를 선물해 준다고 하셨지?"

"다들 나만 보면 그 말을 해요. 마치 놀리듯이 말이에요."

"애들이 너를 흉보니?"

"예. 하지만 캄파넬라만은 나를 흉보지 않아요. 다른 애들이 놀릴 때도 마치 불쌍하다는 듯이 나를 쳐다봐요."

"그 애 아빠와 네 아빠는 너희들처럼 어린 시절부터 친구였다고 하더구나."

"그래서 그런지, 아빠가 캄파넬라네 집에 날 데리고 간 적이 있어요. 그때가 좋았는데……. 학교에서 돌아오는 길에 가끔씩 캄파넬라네 집에 들르곤 했어요. 걔네 집에는 알코올램프로 달리는 기차가 있었어요. 선로를 일곱 개 조립하면 원처럼 둥글게 되는데, 전봇대나 신호등도 있어서 기차가 지나갈 때마다 신호등에 파란불이 켜지곤 했어요. 한번은 알코올이 없어서 석유를 사용했더니, 기관이 시커멓게 그을리고 말았어요."

"그랬니?"

"지금도 매일 아침 신문을 돌리러 그 집에 가는데, 이상하게 집안이 늘 쥐 죽은 듯이 조용해요."

"이른 새벽이라서 그렇지."

"자우엘이라는 개가 한 마리 있는데, 꼬리가 빗자루처럼 똥그래요. 내가 갈 때마다 그 개는 코를 킁킁거리며 따라와요. 모퉁이를 돌 때까지 계속 따라오는 거예요. 가끔은 더 따라올 때도 있어요. 오늘밤에는 모두들 쥐참외 등불을 강으로 띄워 보내러 간다니까, 틀림없이 그 개도 따라갈 거예요."

"아참, 그렇지. 오늘이 은하수 축제일이구나."

"엄마, 그럼 저는 우유를 가지러 갔다가 은하수 축제를 보고 올게요."

"그래, 다녀오렴. 강물에는 들어가지 말고."

"네. 강가에서 보기만 할 거예요. 한 시간 안에 돌아올게요."

"더 놀고 와도 된단다. 캄파넬라와 같이 간다면 걱정하지 않을 테니까."

"분명히 같이 갈 거예요. 엄마, 이제 창문을 닫을까요?"

"그럴까? 바람이 많이 차가워졌구나."

조반니는 일어서서 창문을 닫고, 접시와 빵 주머니를 치운 뒤 재빨리 신을 신었습니다.

"그럼 다녀올게요."

조반니는 그렇게 말하며 밖으로 뛰어나갔습니다.

켄타우로스 축제의 밤

조반니는 쓸쓸하게 휘파람을 불듯이 입을 오므리고, 노송나무가 새카맣게 늘어서 있는 언덕길을 내려갔습니다.

언덕 밑에는 커다란 가로등 하나가 창백한 빛을 뿌리며 아름답게 서 있었습니다. 가로등이 있는 쪽으로 내려가자 귀신처럼 어렴풋이 뒤로 물러나 있던 긴 그림자가 점점 까매지며 짧아지더니, 발을 올리거나 손을 흔들면서 조반니 옆쪽으로 다가왔습니다.

'나는 멋진 기관차다. 여기는 경사가 급한 비탈길이다. 나는 지금 가로등 밑을 지나친다. 그래, 지금 내 그림자는 컴퍼스다. 한 바퀴 빙글 돌아서 내 앞쪽으로 온다.'

그렇게 생각하면서 성큼성큼 걸어 가로등 밑을 지나칠 때, 갑자기 옷깃이 바짝 서 있는 새 셔츠를 입은 자넬리가 가로등 건너편에 있는 어두운 골목길에서 나와 조반니를 슬쩍 지나쳤습니다.

"자넬리, 쥐참외 등불을 띄워 보내러 갈 거야?"

말을 끝내기도 전에, 자넬리가 뒤쪽에서 내던지듯이 소리를 질렀습니다.

"조반니, 너희 아빠가 해달 윗도리를 가지고 올 거야!"

그러자 눈 깜짝할 사이에 조반니의 가슴이 싸늘하게 식어 가고, 찌익 찌익 찢어지는 소리가 나는 것 같았습니다.

"자넬리, 말 다 했어?"

조반니가 버럭 화를 냈지만, 자넬리는 이미 노송나무가 심어져 있는 집 안으로 들어가 버렸습니다.

'난 자넬리에게 나쁜 짓도 하지 않았는데 어째서 자꾸 나를 놀리는 걸까? 자기는 생쥐처럼 달리는 주제에! 아무 짓도 하지 않은 나를 놀리는 건, 자넬리가 바보이기 때문이야.'

조반니는 이렇게 생각하면서, 수많은 등불과 나뭇가지로 아름답게 장식된 거리를 지나갔습니다. 네온등이 환하게 켜져 있는 시계방에는 돌로 만든 올빼미의 빨간 눈이 일초마다 빙글빙글 움직이고 있었습니다. 바다 빛을 띤 두꺼운 유리 쟁반 위에는 온갖 보석들이 별처럼 천천히 돌고 있었고, 청동 인마그리스 로마 신화에 나오는 반인반마半人半馬인 켄타우로스를 가리킨다_옮긴이가 건너편에서 조반니 앞쪽으로 천천히 다가오고 있었습니다. 그 한가운데에는 까맣게 채색된 둥근 별자리 일람표가 푸른 아스파라거스 잎으로 장식돼 있었습니다.

조반니는 자신이 어디 있는지도 잊어버린 채 넋을 잃고 별자리 속으로 빠져들었습니다. 수업 시간에 봤던 것보다 훨씬 작았지만, 날짜와 시간에 맞춰 받침대를 돌리면 그때 볼 수 있는 하늘이 타원형 안에 나타나도록 돼 있었습니다. 또한 별자리 한가운데에는 위에서 아래로 희뿌연 은하가 띠처럼 흘러내렸고, 맨 밑에서는 폭발해서 희미한 연기가 이는 것처럼 보였습니다. 그리고 바로 뒤에는 갖가지 별자리를 상징하는 신비로운 짐승과 뱀, 물고기, 물병 모양이 그려져 있는 커다란 그림이 걸려 있었습니다.

'정말 이런 전갈과 용사들이 하늘 가득 자리 잡고 있는 걸까? 아아! 그렇다면 그 속을 끝없이 걸어볼 수 있다면 얼마나 좋을까?'

조반니는 그렇게 생각하며 잠시 멍한 표정으로 서 있었습니다. 그때 갑자기 엄마에게 우유를 갖다드려야 한다는 생각이 떠올라서, 조반니는 시계방 앞을 떠났습니다. 윗도리가 너무 작아서 어깨가 꼭 끼었지만, 일부러 가슴을 활짝 펴고 손을 크게 내저으며 거리를 지나갔습니다.

맑고 투명한 공기는 물 흐르듯 거리에 흘렀고, 가로등들은 파란 전나무나 졸참나무 가지에 둘러싸여 있었습니다. 전기회사 앞에 있는 여섯 그루의 플라타너스에는 헤아릴 수 없이 많은 백열전등이 매달려 있어서, 그야말로 인어人魚의 도시처럼 보였습니다. 새 옷을 입은 아이들은 '별자리 노래'를 휘파람으로 불거나, "켄타우로스, 이슬을 내려다오!" 하고 소리치며 뛰어다녔습니다. 모두들 푸른 마그네슘 불꽃을 태우면서 재미있게 놀고 있었습니다. 하지만 조반니는 고개를 푹 숙이고, 주위의 화려함과는 전혀 다른 생각을 하면서 서둘러 목장으로 향했습니다.

어느새 그는 마을에서 멀리 떨어진, 수많은 미루나무들이 높이 솟아 있는 곳에 이르렀습니다. 조반니는 캄캄한 목장 문을 열고 들어가, 젖소 냄새가 나는 어두컴컴한 부엌 앞에서 모자를 벗었습니다.

"실례합니다!"

그러나 집 안은 쥐 죽은 듯이 조용하고 안에는 아무도 없는 것 같았습니다.

"실례합니다! 아무도 안 계세요?"

조반니는 똑바로 서서 다시 소리쳤습니다. 그러자 노파가 어디 아프기라도 한 듯이 천천히 걸어 나와, 잘 들리지 않는 목소리로 무슨 일이냐고 물었습니다.

"오늘 우리 집에 우유가 배달되지 않아서 가지러 왔는데요."

조반니가 목소리에 힘을 실어 말했습니다.

"지금 아무도 없어서 잘 모르겠구나. 내일 오지 않겠니?"

노파는 핏발이 선 눈을 문지르며 조반니를 내려다보았습니다.

"엄마가 많이 아프셔서, 오늘 갖다드려야 하는데요."

"그럼 조금 있다가 다시 오려무나."

"할 수 없지요. 이따가 다시 올게요."

노파가 등을 돌리고 안으로 들어가려고 하자, 조반니는 다시 고개를 숙이고 밖으로 나왔습니다.

사거리에서 모퉁이를 돌려고 하자, 건너편 다리로 이어지는 잡화점 앞에서 흰옷 색과 뒤섞여 있는 검은 그림자들이 보였습니다. 예닐곱 명의 아이들이 휘파람을 불거나 웃음을 터뜨리며 쥐참외 등불을 들고 오는 것이었습니다. 웃음소리와 휘파람 소리는 모두 귀에 익었습니다. 바로 조반니의 같은 반 친구들이었던 것입니다. 조반니는 자신도 모르게 움찔거리며 돌아서려 하다가, 마음을 고쳐먹고 친구들 쪽으로 힘차게 걸어갔습니다.

'강에 가니?'

그 말이 조반니의 목에 걸려 나오지 않은 순간, 자넬리가 먼저 소리쳤습니다.

"조반니, 해달 윗도리가 온다!"

말이 끝나기도 전에 다른 아이들이 그 말을 이어받아 소리쳤습니다.

"조반니, 해달 윗도리가 온다!"

화끈 달아오른 얼굴로 재빨리 지나치려고 했을 때였습니다. 조반니의 눈에 캄파넬라가 들어왔습니다. 캄파넬라는 너무나 안됐다는 눈길로, 조용히 미소를 지으면서 화나지 않느냐는 듯이 조반니를 쳐다보았습니다.

조반니는 캄파넬라의 눈길을 피하면서 도망치듯 걸음을 재촉했습니다. 그런데 조반니가 캄파넬라의 옆을 지나치는 순간, 아이들이 한꺼번에 휘파람을 불었습니다. 조반니는 정신없이 뛰어서 황급히 모퉁이를 돌았습니다. 그리고 고개를 내밀어 빠끔히 쳐다보자 자넬리도 뒤를 돌아 자신을 쳐다보고 있었습니다. 캄파넬라와 아이들은 소리 높여 휘파람을 불면서, 멀리 보이는 다리 쪽으로 걸어가 버렸습니다.

갑자기 뭐라 말할 수 없는 슬픔이 몰려와 조반니는 달리기 시작했습니다. 그러자 손으로 귀를 막고 소리를 지르며 한쪽 발을 들고 깡충깡충 뛰던 아이들은, 조반니가 재미있어서 뛰는 것이라고 생각했는지 주위가 떠나가라 소리를 질러댔습니다. 이윽고 조반니는 어두운 언덕으로 뛰어갔습니다.

천기륜 기둥

목장 뒤쪽은 완만한 언덕이었는데, 어둡고 평평한 언덕 꼭대기는 북쪽 하늘의 큰곰자리와 이어져 있었습니다.

조반니는 벌써 이슬이 내려앉아 있는 작은 숲 속 오솔길을 따라 계속해서 올라갔습니다. 새하얀 별빛 한 줄기가 새까만 풀과 갖가지 모양으로 보이는 덤불 사이로 난 오솔길을 비추고 있었습니다. 덤불 속에는 반짝반짝 푸른빛을 내뿜는 작은 벌레가 있고 푸른빛이 감도는 이파리도 있어서, 조반니는 친구들이 가지고 갔던 쥐참외 등불 같다고 생각했습니다.

어두컴컴한 소나무와 졸참나무 숲을 넘어가자 갑자기 휑한 하늘이 펼쳐졌습니다. 희뿌연 은하수가 남쪽에서 북쪽으로 넘어가는 게 보이고, 꼭대기에 있는 천기륜天氣輪 기둥구체적으로 무엇을 가리키는 것인지 알 수 없다. 독자의 상상에 맡기는 것 같다_옮긴이도 알아볼 수 있었습니다. 초롱꽃인지 들국화인지 모를 꽃들의 몽롱하고도 그윽한 향기가 가득 차 있었고, 새 한 마리가 끊임없이 지저귀면서 언덕 위를 날아올라갔습니다.

조반니는 언덕 꼭대기에 있는 천기륜 기둥 아래에 다다르자, 지친 몸을 내던지듯 차가운 풀 위에 쓰러졌습니다.

싸늘한 어둠 속에서 보이는 마을의 불빛은 바다 속 궁궐 경치처럼 깜빡거렸고, 아이들의 노랫소리와 휘파람 소리, 끊어질 듯 이어지는 드높은 외침도 점차 희미하게 들려 왔습니다. 멀리서 불어온 바람이 언덕의 풀들을 조용히 어루만지고, 땀으로 젖은 조반니의 셔츠도 차갑게 식혀 놓았습니다. 조반니는 멀리 떨어진 마을 변두리의 검은 들판을 쳐다보았습니다.

그때였습니다. 그쪽에서 기차 소리가 들려 왔습니다. 조반니는 불이 켜진 작은 차창들이 보이자, 수많은 여행객들이 사과를 깎기도 하고 웃음을 터뜨리며 앉아 있을 것이라고 생각했습니다. 그러자 또다시 뭐라 말할 수 없는 슬픔이 몰려와서, 조반니는 밤하늘을 올려다봤습니다.

'아아, 하늘에 떠 있는 저 새하얗고 굵은 띠가 모두 별이다!'

그런데 하늘을 아무리 봐도 선생님이 설명한 대로 텅 비고 차가운 곳이라고 생각되지 않았습니다. 오히려 올려다보면 볼수록 작은 숲이나 목장, 혹은 들판 같아 보였습니다. 조반니는 푸른 거문고자리가 세 개가 되고 네 개가 되어 희미하게 반짝이더니, 몇 번씩이나 다리를 움츠렸다 폈다가 하면서 버섯처럼 길게 늘어나는 것을 보았습니다. 그리고 눈앞에 펼쳐진 마을까지도 수많은 별들이나 연기 같다고 생각했습니다.

은하 정거장

다음 순간, 조반니는 뒤쪽에 있는 천기륜 기둥이 어느새 희미한 삼각 표지판으로 변해, 반딧불처럼 잠시 깜빡거리는 것을 보았습니다. 그것은 점점 뚜렷해지더니 드디어 꼼짝도 하지 않고 짙은 청동빛 하늘 들판에 서는 것이었습니다. 지금 막 새로 구어 낸 푸른 강철판처럼 하늘 들판에 우뚝 선 것입니다.

그때 어디에선가 "은하 정거장, 은하 정거장" 하는 신비로운 목소리가 들리더니, 수억만 개의 불똥꼴뚜기 불을 한꺼번에 화석으로 만들어 하늘에 박아 놓은 듯이 갑자기 눈앞이 밝아졌습니다. 다이아몬드 가격이 더 이상 낮아지지 않아 일부러 캐지 않는 척하며 회사에서 숨겨 놓은 다이아몬드를 누군가가 온통 흩뿌려놓은 듯이 말입니다. 그래서 조반니는 몇 번이나 눈을 비벼야 했습니다.

정신을 차리자, 자신은 덜컹덜컹 덜컹덜컹 달리고 있는 기차에 타고 있었습니다. 어느새 샛노란 전등이 나란히 붙어 있는 작은 기차 객실에서 창밖을 내다보면서 앉아 있었던 것입니다. 그런데 푸른 벨벳으로 덮여 있는 의자들은 모두 텅 비어 있었고, 회색 니스를 칠한 건너편 벽에는 커다란 청동 단추 두 개가 빛나고 있었습니다.

그 바로 앞자리에는 물에 젖은 듯 까만 옷을 입은 키 큰 소년이,

창밖으로 고개를 내밀고 밖을 쳐다보고 있었습니다. 그런데 어디선가 그 소년을 봤던 것 같은 느낌이 들었습니다. 한번 그렇게 생각하자, 갑자기 그 소년이 누구인지 알고 싶어서 견딜 수가 없었습니다. 조반니가 창밖으로 고개를 내밀어 소년의 얼굴을 보려는 순간, 갑자기 그 소년이 고개를 집어넣고 이쪽을 쳐다보았습니다.

그 소년은 바로 캄파넬라였습니다.

'캄파넬라, 언제부터 여기 있었어?'

그렇게 물어보려고 입을 벌린 순간, 캄파넬라가 먼저 입을 열었습니다.

"다른 애들은 죽을힘을 다해 뛰었지만 타지 못했어. 자넬리도 있는 힘을 다해 뛰었지만 이 기차를 따라잡을 수 없었어."

'그래. 우리는 지금 함께 가는 거야.'

조반니는 마음속으로 그렇게 생각하면서 물어보았습니다.

"그럼 여기서 잠시 기다려 볼까?"

"자넬리는 벌써 집에 갔어. 아버지께서 데리러 오셨거든."

그렇게 말하는 캄파넬라의 안색이 조금 창백해 보였습니다. 마음이 괴로운 것일까요? 그러자 조반니도 기분이 묘해져 입을 다물어 버렸습니다.

캄파넬라가 창밖을 내다보면서 갑자기 기운을 되찾은 듯이 힘차게 말했습니다.

"아, 큰일 났다! 물통을 깜빡했어. 게다가 스케치북도 잊어버렸지 뭐야? 하지만 상관없어. 이제 곧 백조 정거장이니까. 백조를 볼

수만 있다면 아무래도 상관없어. 멀리 떨어진 강에서 날아간다고 해도 똑똑히 알아볼 수 있을 거야."

그렇게 말하면서 캄파넬라는 둥근 판자로 된 지도를 빙글빙글 돌려가며 들여다보았습니다. 그 지도에는 철로가 희뿌연 은하수 왼쪽을 따라 남쪽으로 남쪽으로 이어져 있었습니다. 그나저나 세상에 그렇게 멋진 지도가 있었다니! 한밤중처럼 새까만 바탕 위에 11개의 정거장과 삼각 표지판, 샘과 숲들이 파란빛과 오렌지빛, 초록빛으로 아름답게 반짝이고 있었습니다. 조반니는 어디선가 그 지도를 봤던 것 같았습니다.

"이 지도, 어디서 샀어? 흑요석으로 돼 있어!"

"은하 정거장에서 주던데. 너는 못 받았어?"

"못 받았는데. 난 정거장을 그냥 지나친 걸까? 지금 우리가 있는 곳이 여기쯤이지?"

조반니는 '백조'라고 쓰인 정거장에서 북쪽으로 조금 떨어진 곳을 가리켰습니다.

"그래. 어……, 그런데 이 강가는 달밤이라서 저런 걸까?"

캄파넬라가 가리킨 곳을 쳐다보자 은은하게 빛나는 은하 기슭에, 은빛 옷을 입은 참억새가 불어오는 바람에 살랑살랑 흔들리며 물결치고 있었습니다.

"달밤이라서 빛나는 것이 아니라, 은하라서 빛나는 거야."

조반니는 갑자기 하늘로 뛰어오르고 싶을 만큼 기분이 좋아져서 발을 쾅쾅 구르며 창밖으로 고개를 내밀었습니다. 그리고 하늘 높이 울려 퍼지도록 〈별자리 노래〉를 휘파람으로 불며 힘껏 발돋움을 해서 은하수를 보려고 했습니다. 하지만 처음에는 똑똑히 알아볼 수 없었습니다. 그러나 계속 정신을 집중하고 쳐다보자 유리보다도, 수소보다도 투명한 아름다운 물이 보였습니다. 가끔 눈의 움직임 때문인지, 그 물은 언뜻언뜻 작은 보랏빛 물결을 일으키거나 무지개처럼 반짝반짝 빛을 뿌렸습니다. 은하수는 소리도 없이 흘렀고, 하늘 들판에는 온통 인광燐光을 뿜어내는 삼각 표지판들이 아름답게 서 있습니다. 먼 데 있는 작은 표지판은 오렌지 빛이나 노란빛을 선명하게 띠고 있었고, 가까운 데에 있는 큰 표지판은 희미한 빛을 내뿜으며 세모꼴이나 네모꼴, 혹은 번개나 쇠사슬 모양으로 줄지어 서서 들판 가득 빛나고 있었습니다.

조반니는 가슴이 터질 것 같아서 머리를 세차게 흔들었습니다. 그러자 파란빛, 오렌지 빛, 온갖 빛을 내뿜는 삼각 표지판도 숨 쉬는 듯 깜빡깜빡 떨리거나 가볍게 흔들렸습니다.

"이제 하늘의 들판으로 완전히 나왔어."

조반니는 잠시 말을 끊었다가, 창밖으로 머리를 내밀고 앞쪽을 쳐다보면서 말했습니다.

"이 기차는 석탄을 안 쓰는구나."

"알코올이나 전기를 쓰겠지."

덜컹덜컹 덜컹덜컹.

작은 기차는 참억새가 일으키는 바람을 맞으며, 은하수나 삼각 표지판의 창백한 빛을 뚫고 끝없이 끝없이 달려가고 있었습니다.

"아아, 용담화龍膽花가 피어 있어. 이제 완연한 가을이구나."

캄파넬라가 창밖을 가리키며 말했습니다.

월장석月長石에 조각해 놓은 것처럼 아름다운 보라색 용담화가 선로의 가장자리를 에워싸고 있는 잔디들 속에 피어 있었습니다.

"뛰어내려서 저 꽃을 따 가지고 다시 기차를 탈까?"

조반니는 설레는 가슴을 억누르지 못하며 말했습니다.

"이미 늦었어. 벌써 저만큼 지나가 버렸잖아."

캄파넬라의 말이 끝나기 전에, 다른 용담화가 빛을 뿌리며 휙 지나갔습니다. 그러자 그 뒤를 이어 수많은 용담화들이 솟구치는 것처럼, 비가 쏟아지는 것처럼 끊임없이 눈앞을 스쳐 지나갔습니다. 그리고 삼각 표지판들은 희뿌옇게 흐려지는 것처럼, 활활 불타는 것처럼 빛을 내뿜으며 서 있었습니다.

북십자성과 플라이오세 해안

"엄마는 나를 용서해 주실까?"

캄파넬라는 뭔가를 결심한 듯 조금 흥분하면서 불쑥 말을 꺼냈습니다.

'아아, 그렇지. 우리 엄마는 저 멀리 먼지처럼 보이는 오렌지색 삼각 표지판 주변에서 나를 생각하고 계시겠지.'

조반니는 그렇게 생각하면서 멍하니 있었습니다.

"우리 엄마가 정말로 행복해진다면, 나는 무슨 일이든 하겠어. 그런데 어떻게 해야 엄마를 정말 행복하게 해드릴 수 있을까?"

캄파넬라는 울음을 터뜨리고 싶은 것을 간신히 참고 있는 것 같았습니다. 그 모습을 보고 깜짝 놀란 조반니가 소리쳤습니다.

"네 엄마가 불행하다고 생각하는 거야?"

"잘 모르겠어. 하지만 누구나 자신이 좋아하는 일을 한다면 가장 행복하겠지. 그러니까 엄마도 분명히 나를 용서해 주실 거야."

캄파넬라는 정말로 굳은 결심을 하는 것처럼 보였습니다.

그때 갑자기 기차 안이 하얗게 밝아졌습니다. 창밖을 쳐다보자 금강석과 풀잎의 이슬들을 다 모아 놓은 듯한 눈부신 은하의 강바닥 위를 아무 소리도, 아무 형태도 없이 물이 흘러가고 있었습니다. 그리고 그 한가운데에 희미한 후광後光을 받고 있는 섬 하나가 보였습니다. 눈이 번쩍 뜨일 만큼 멋진 새하얀 십자가가 북극의 구름으로 만들었다고 할 만큼 시원한 황금빛 원광圓光을 받으며, 평평한 섬 꼭대기에 조용히 서 있었습니다.

"할렐루야, 할렐루야."

앞에서도 뒤에서도 찬양하는 소리가 들려 왔습니다. 뒤를 돌아보자, 언제 옷매무새를 가다듬었는지, 검은 표지의 성경을 가슴에 안고 수정 염주를 목에 건 여행객들이, 공손히 손을 모아 그 빛을 향해 기도를 올리고 있었습니다. 조반니와 캄파넬라도 무심코 일어섰습니다. 캄파넬라의 두 뺨은 잘 익은 사과처럼 아름답게 빛났습니다.

섬과 십자가는 어느새 점점 뒤쪽으로 멀어져갔습니다. 창백한 빛을 띠고 있던 건너편 기슭도 점점 어렴풋해지며 멀어지더니, 가끔 참억새가 바람에 흔들리는 것처럼 아련해지며 숨이라도 내뿜은 것처럼 흐려졌습니다. 그리고 은빛 풀이 도깨비불이 깜박이듯이 수많은 용담화 사이로 나오거나 들어가는 모습이 보였습니다.

그런 모습도 금방 지나가더니, 강과 기차 사이는 참억새로 가로막혀 버렸습니다. 백조 섬은 딱 두 번 보였을 뿐 작은 그림처럼 아득히 뒤로 멀어졌고, 또다시 참억새가 사락사락 소리를 냈을 때는 눈을 씻고 찾아봐도 보이지 않았습니다. 조반니 뒤에는 언제부터 타고 있었는지, 검은 등짐을 진 키 큰 가톨릭 신부님이 동그란 초록 눈동자를 떨구고, 멀리서 들려오는 말소리를 겸허하게 듣고 있었습니다. 사람들은 조용히 제자리로 돌아갔고, 두 소년은 가슴 가득히 밀려오는 슬픔을 억누르며 아무렇지도 않은 듯이 말을 나누었습니다.

"이제 곧 백조 정거장에 도착하지?"

"그래. 열한 시 정각에 도착해."

초록 신호등과 희미한 하얀 기둥이 언뜻 창밖을 스쳐 지나갔고, 유황 불꽃처럼 어렴풋한 전철기 앞의 불빛이 창 밑을 통과하자 기차는 점점 속도를 늦췄습니다. 이윽고 플랫폼에 일렬로 서 있는 아름다운 전등들이 나타났습니다. 그 전등들이 점차 가까워지더니, 두 소년은 마침내 백조 정거장에 서 있는 커다란 시계 앞에 다다랐습니다.

시계에는 파란 강철바늘 두 개가 정확하게 11시를 가리키고 있었습니다. 여행객들이 한 사람도 빠짐없이 모두 내리자, 기차 안은 휑하니 비었습니다. 시계 밑에는 '20분 정차'라는 글씨가 쓰여 있었습니다.

"우리도 내릴까?"

"그러자."

두 소년은 동시에 일어나 밖으로 뛰어내려 개찰구 쪽으로 달려갔습니다. 그런데 개찰구에는 밝은 보랏빛 전등만 켜져 있을 뿐 아무도 없었습니다. 주위를 둘러보아도 역장이나 역무원으로 보이는 사람은 어디에도 없었습니다.

두 소년은 수정으로 세공한 듯한 은행나무가 서 있는 정거장 앞 작은 광장으로 나갔습니다. 널찍한 길이 푸른 은하 빛 속으로 곧게 뻗어 있었습니다. 먼저 내린 여행객들은 벌써 다 어디로 갔는지 한 사람도 보이지 않았습니다.

두 소년은 어깨를 나란히 하고 새하얀 길을 걸어갔습니다. 그러자 두 소년의 그림자는 창문으로 들어오는 빛을 받은 방 안의 기둥처럼 사방으로 뻗어 나갔습니다. 마치 빛을 받은 두 수레바퀴의 그림자처럼 말입니다.

이윽고 그들은 기차 안에서 보았던 아름다운 강변에 도착했습니다. 캄파넬라는 아름다운 모래를 한 줌 움켜쥐고는 손바닥을 펼쳐 손가락으로 뽀도독 뽀도독 모래를 문지르면서 꿈꾸듯 말했습니다.

"이 모래는 모두 수정이야. 알갱이 안에서 자그마한 불이 타오르고 있어."

"그래."

'나는 어디에서 이런 걸 배운 걸까?'

조반니는 막연하게 생각하면서 대답했습니다.

강가에 있는 작은 돌멩이들은 부서질 듯이 투명했습니다. 수정이 아니면 황옥黃玉이거나, 꾸불꾸불한 습곡산맥이나 안개처럼 창백한 빛을 품은 강옥鋼玉 같은 돌들이었습니다. 조반니는 강가로 뛰어가서 강물에 손을 담갔습니다. 그런데 신기하게도 강물은 수소보다 더 투명했습니다. 하지만 물에 담갔던 손목이 수은 빛에 휘감겨 있는 것처럼 보이고, 손목에 부딪혀서 생긴 잔물결이 아름다운 인광을 만들면서 깜빡깜빡 불타는 것처럼 보이는 것으로 봐서 분명히 물이 흐르고 있었습니다.

강물 위쪽을 쳐다보자 온통 참억새가 운집해 있었고, 그 절벽 밑으로는 운동장처럼 평평한 새하얀 바위가 강을 따라 이어져 있었습니다. 대여섯 명의 사람들이 그 바위에서 뭔가를 파내거나 묻고 있는지, 일어서거나 구부리고 있었습니다. 가끔씩 그들이 들고 있는 도구에서 빛이 뿜어져 나왔습니다.

"저쪽으로 가보자!"

두 소년은 동시에 소리치면서 그쪽으로 뛰어갔습니다. 새하얀 바위 입구에는 '플라이오세신생대 제3기를 다섯으로 구분한 것 중에서 최후의 지질시대. 선신세鮮新世라고도 한다_옮긴이 해안'이라고 적힌 반들반들한 도자기 팻말이 서 있었습니다. 반대편 강가에는 가느다란 쇠 난간이 여기저기 있었고, 아름다운 나무의자도 놓여 있었습니다.

"이상한 게 있어."

캄파넬라가 문득 멈춰 서더니, 끝이 뾰족하고 호두처럼 생긴 검은 열매를 바위틈에서 주웠습니다.

"호두야. 이것 좀 봐, 아주 많아. 강물에 떠내려 온 것일까? 바위틈에 박혀 있어."

"굉장히 큰데. 보통 호두의 두 배는 되겠어. 이건 상처가 아예 없는걸."

"빨리 저쪽으로 가보자. 틀림없이 뭔가를 파고 있을 거야."

두 소년은 울퉁불퉁한 검은 열매를 들고 사람들에게 가까이 다가갔습니다. 왼쪽 강가로는 파도가 밀려왔고, 오른쪽 절벽에서는 은이나 조개로 만든 것 같은 참억새 이삭이 은은한 빛을 뿜으며 흔들리고 있었습니다.

가까이 가서 보자 학자처럼 생긴 키 큰 남자가 장화를 신은 채 분주한 듯 수첩에 뭔가를 적으면서, 곡괭이를 쳐들거나 삽으로 땅을 파고 있는 조수 같은 세 남자에게 열심히 뭔가를 지시하고 있었습니다. 그 남자는 엄청나게 알이 두터운 안경을 끼고 있었습니다.

"거기서 볼록 튀어나온 걸 건드리면 안 돼. 삽을 사용해, 삽을! 이런, 좀더 멀리 떨어진 데를 파야지. 안 돼, 안 돼. 왜 그렇게 함부로 다루는 거야?"

새하얀 바위에는 푸른빛이 감도는 커다란 동물 뼈가 옆으로 반쯤 모습을 드러내고 있었습니다. 계속해서 눈을 크게 뜨고 쳐다보자, 동물의 발자국이 찍혀져 있는 열 개의 바위들에 질서정연하게 잘라져서 번호가 찍혀 있었습니다.

"너희들은 구경하러 왔니?"

가장 학식이 높아 보이는 남자가 눈빛을 번뜩이며 물었습니다.

"호두들이 많이 있었지? 약 120만 년 전의 호두란다. 가장 나중의 것이 그 정도지. 여기는 120만 년 전, 그러니까 제3기 이후의 해안이라서 이 밑에서는 조개도 나온단다. 지금도 강물이 흐르는 곳에는 바닷물이 밀려오거나 빠져나가고 있지. 그리고 이 짐승은 보스Bos taurus라고 하는데…… 이런 이런! 그 곡괭이는 쓰지 말게. 끌로 조심스럽게 파야지……. 이건 보스라고 하는데 말이야, 지금의 소의 조상인데, 옛날에는 많이 있었단다."

“표본으로 삼을 거예요?”

“아니, 증명할 때 필요한 거야. 우리 학자들이 보기엔 이곳은 아주 훌륭한 두터운 지층으로, 120만 년 전에 생겼다는 증거가 많이 있지. 하지만 평범한 사람들의 눈에도 그런 지층으로 보일지, 아니면 바람이나 물이나 텅 빈 하늘로 보이지는 않을지, 그런 것도 아주 중요하단다. 내 말을 이해하겠니? 하지만…… 이런, 이런! 그곳에도 삽을 사용해서는 안 돼. 바로 밑에 갈비뼈가 묻혀 있을 거라구!”

학자는 삽을 들고 있는 남자 쪽으로 허겁지겁 달려갔습니다.

“시간이 다 됐어. 이제 그만 가자.”

캄파넬라가 지도와 손목시계를 번갈아 쳐다보며 말했습니다.

“그래. 그러면 저희들은 이만 실례하겠습니다.”

조반니는 학자에게 정중히 고개를 숙였습니다.

“그러면 조심해서 가려무나.”

학자는 또다시 분주하게 돌아다니며 감독하기 시작했습니다.

두 소년은 기차 출발 시간에 늦지 않으려고 죽을힘을 다해서 새하얀 바위 위를 달려갔습니다. 그러자 정말 바람처럼 빨리 달릴 수 있었습니다. 게다가 숨도 차지 않고, 다리도 아프지 않았습니다. 이런 식으로 달리면 이 세상 끝까지 달릴 수 있지 않을까, 조반니는 그렇게 생각했습니다. 아까 지나쳤던 강가를 지나자 개찰구의 전등이 점점 크게 보이더니, 이윽고 두 소년은 원래 있던 자리에 앉아 아까 갔던 곳을 창문으로 내다보고 있었습니다.

새를 잡는 사람

"여기 앉아도 될까?"

거칠지만 따뜻함이 배어 있는 어른의 목소리가 두 소년의 등 뒤에서 들려 왔습니다.

뒤를 돌아보자 조금 너덜너덜한 갈색 외투를 입고 하얀 짐 보따리 두 개를 어깨에 걸쳐 멘, 빨간 수염의 등 굽은 사람이 서 있었습니다.

"예, 앉으세요."

조반니는 어깨를 조금 움츠리며 대답했습니다. 그러자 그 남자는 수염 속에서 옅은 미소를 지으며 짐을 풀어 천천히 그물 선반 위에 올려놓았습니다. 조반니는 왠지 쓸쓸하고 서글픈 기분이 들어 잠자코 정면에 있는 시계를 쳐다보았습니다. 그때 저만치 앞쪽에서 우는 듯한 유리피리 소리가 들려 왔습니다. 기차가 조용히 움직이고 있었던 것입니다.

캄파넬라는 객실 천장을 올려다보고 있었습니다. 천장에 매달려 있는 등불에 검은 투구풍뎅이가 앉아 있어서, 그 그림자가 천장에 크게 비쳤습니다. 빨간 수염을 기른 그 사람은 왠지 그리운 듯한 미소를 지으며 조반니와 캄파넬라를 쳐다보았습니다. 기차는 점차 빠르게 움직였고, 참억새와 강물이 번갈아 창 밖에서 빛을 뿌렸습니다.

빨간 수염을 기른 사람이 조금 머뭇거리면서 두 소년에게 물었습니다.

"너희는 어디로 가는 거니?"

"끝없이 가는 거예요."

조반니는 조금 어색한 듯 어깨를 으쓱하며 대답했습니다.

"그것 참 좋은 일이지. 이 열차는 끝없이 갈 수 있으니까."

"아저씨는 어디로 가시는 거예요?"

캄파넬라가 싸움을 거는 것처럼 당돌하게 물어서, 조반니는 무심코 웃음을 터뜨렸습니다. 그러자 건너편에 앉아 있던, 뾰족한 모자에 커다란 열쇠를 허리에 찬 사람도 이쪽을 힐끔 쳐다보며 웃음을 터뜨렸습니다. 그 바람에, 캄파넬라도 그만 얼굴이 새빨개져서 수줍은 미소를 지었습니다. 그러나 빨간 수염을 기른 남자는 별로 화내지도 않고 뺨을 움찔거리면서 대답했습니다.

"나는 금방 내릴 거야. 새를 잡는 일을 하거든."

"무슨 새인데요?"

"학이나 기러기. 해오라기와 백조도 잡지."

"학이 많이 있나요?"

"있고말고. 아까부터 울고 있었는데, 울음소리를 듣지 못했니?"

"못 들었는데요."

"지금도 들리잖아. 귀를 기울이고 잘 들어보렴."

두 소년은 눈을 치켜뜨고 가만히 귀를 기울였습니다. 덜컹거리는 기차 소리와 참억새에 스치는 바람 소리 사이로, 부글부글 하고 물이 끓어오르는 소리가 들렸습니다.

"학은 어떻게 잡죠?"

"학 말이냐, 아니면 해오라기 말이냐?"

"해오라기요."

조반니는 아무거나 상관없다고 생각하면서 대답했습니다.

"해오라기를 잡는 건 아주 쉽지. 해오라기들은 은하수 모래가 굳어서 생기는 것이어서, 어차피 강으로 되돌아오니까 말이다. 강가에서 기다리고 있다가, 해오라기가 다리를 모으고 땅으로 내려올 때, 그 다리가 땅에 닿기 직전에 꼼짝 못 하게 잡으면 되지. 그러면 해오라기는 안심하고 죽어 버리거든. 그런 다음에는 너희들도 알다시피 책갈피에 끼워서 말리면 되는 거야."

"해오라기를 책갈피에 끼워서 말린다구요? 표본으로 만드는 건가요?"

"표본은 아니야. 모두 해오라기를 먹잖아?"

"이상해요."

캄파넬라가 의아스러운 듯이 고개를 갸우뚱거렸습니다.

"이상할 것도, 수상할 것도 없어. 내가 좋은 걸 보여 주지."

새잡이는 그물 선반에서 짐을 내리고는, 묶여 있는 보자기를 꺼내 재빨리 끈을 빙빙 돌리며 풀었습니다.

"자, 이것 봐. 지금 막 잡아온 거란다."

"정말 해오라기야!"

두 소년은 무심코 소리를 질렀습니다. 보자기를 풀자 조금 전

북쪽에 있던 십자가처럼 새하얀 해오라기 열 마리가, 조각한 것처럼 검은 다리를 웅크리고 납작하게 누워 있었습니다.

"눈을 감고 있군요."

캄파넬라는 감겨 있는 초승달 모양의 해오라기 눈을 살며시 만져보았습니다. 머리 위에는 창처럼 생긴 새하얀 털도 빠지지 않고 붙어 있었습니다.

"해오라기가 맞지?"

새잡이는 보자기로 해오라기를 감싸더니 다시 끈을 빙글빙글 돌려서 묶었습니다. 대체 누가 해오라기를 먹는 것일까요? 조반니는 이상한 생각이 들어서 견딜 수가 없었습니다.

"맛은 어때요?"

"아주 맛있지. 끊이지 않고 매일 주문이 들어온단다. 하지만 기러기가 훨씬 잘 팔리지. 품위 있는 데다가 우선 잔손질을 안 해도 되니까. 이것 좀 보렴."

새잡이는 다른 보자기를 펼쳤습니다. 그러자 노란색과 파란색 얼룩으로 빛나는 기러기가 해오라기처럼 부리를 가지런히 하고 납작하게 눌려 누워 있었습니다.

"이건 금방 먹을 수 있거든. 너희들도 조금 먹어 볼래?"

새잡이는 노란 기러기의 다리 하나를 가볍게 잡아당겼습니다. 그러자 초콜릿으로 만들어진 것처럼 너무나 간단히 떨어지는 것이었습니다.

"이걸 먹어봐."

새잡이는 다리 한쪽을 두 개로 잘라서 나눠주었습니다.

'뭐야? 역시 과자잖아. 초콜릿보다 조금 맛있긴 하지만, 과자로 된 기러기가 어떻게 하늘을 날겠어? 이 아저씨는 이 근처 들판에서 과자 가게를 하고 있는 게 틀림없어. 그런데 마음속으로는 이 아저씨를 바보 취급하면서 이 사람이 주는 과자를 먹고 있다니, 나도 정말 한심스러워.'

조반니는 그렇게 생각하면서 새잡이가 내민 것을 모두 먹어치웠습니다.

"더 먹겠니?"

새잡이는 다시 보자기를 펼쳤습니다.

"이제 됐어요."

조반니는 더 먹고 싶었지만 정중하게 사양했습니다. 그러자 새잡이는 건너편에 앉아 있는 사람에게 기러기 다리를 내밀었습니다.

"이것 참, 파는 물건을 그냥 먹자니 미안한데요."

허리에 열쇠를 찬 남자는 모자를 벗으며 미안한 듯이 대꾸했습니다.

"팔 건 아직도 많이 있습니다. 그나저나 올해 철새 상황은 어떻습니까?"

"아아! 참으로 멋진 장관이었답니다! 엊그제 제2한限 경에는 왜 등댓불을 껐냐고 전화통에 불이 날 정도로 항의가 들어왔었습니다. 하지만 내가 일부러 끈 게 아니라 철새들이 새카맣게 떼를 지어 등댓불 앞을 지나가느라 생긴 일이었기 때문에 어쩔 수 없는 노릇이었지요. 저는 '이 멍청한 녀석아! 그런 불만은 내게 할 것이 아니라 부스스한 망토를 입고 입이 벌어질 정도로 다리와 부리가 가느다란 녀석들에게나 하라구!' 하고 말해 주었지만요. 하하하."

참억새가 사라지자 갑자기 기차 안으로 불빛이 파고 들어왔습니다.

"해오라기는 왜 잔손질을 많이 해야 하지요?"

캄파넬라가 아까부터 궁금해 하던 것을 묻자, 새잡이는 다시 두 소년을 쳐다봤습니다.

"해오라기를 먹으려면 은하수 빛에 열흘 동안 담가 두든지, 아니면 모래에 사나흘 묻어 둬야 하지. 그래야 수은이 모두 증발해서 먹을 수 있게 되거든."

"이건 새가 아니라 과자잖아요."

조반니와 똑같은 생각을 하고 있었는지, 캄파넬라가 아무런 거리낌 없이 말했습니다. 그러자 새잡이는 갑자기 당황해하며 "아참, 여기서 내려야지"라고 말하면서 짐을 들었습니다. 다음 순간, 그는 이내 사라졌습니다.

"어디로 갔을까?"

등대지기는 마주보고 있는 두 소년을 보고 히죽히죽 웃으면서 기지개를 켜듯이 팔을 올리더니, 창밖으로 시선을 던졌습니다. 두 소년의 시선도 자연히 창밖으로 향했습니다. 그러자 새잡이는 노란색과 파란색의 아름다운 인광을 뿌리는 떡쑥 위에 서서, 진지한 표정으로 두 손을 펼치더니 꼼짝 않고 하늘을 올려다 보고 있었습니다.

“저기 있어. 정말 이상한 사람이야. 분명히 또 새를 잡으려는 거겠지? 기차가 떠나기 전에 빨리 새가 내려왔으면 좋겠는데.”

말이 떨어지기가 무섭게, 좀 전에 봤던 해오라기들이 까르륵 까르륵 소리 지르며 휑하니 비어 있던 보랏빛 하늘에서 눈 내리듯 무수히 내려왔습니다. 그러자 새잡이는 생각대로 됐다는 듯이 희희낙락하면서 양쪽 다리를 60도로 벌리고 섰습니다. 그러고는 몸을 웅크리고 땅에 내려오는 해오라기의 검은 다리를 양손으로 하나씩 잡아 천 자루 속에 집어넣었습니다. 자루 속에 들어간 해오라기는 반딧불처럼 파란빛을 내뿜으며 깜빡거렸지만, 결국 빛이 희미해지면서 눈을 감았습니다.

그러나 잡혀서 자루 속에 들어간 해오라기보다 잡히지 않고 은하수 모래 위에 무사히 내려앉은 해오라기들이 훨씬 많았습니다. 해오라기 다리가 모래에 닿자마자 눈 녹듯 오그라들며 녹더니, 용광로에서 흘러나온 쇳물처럼 모래와 자갈 위에 흘러내렸습니다. 잠시 동안 해오라기의 형체가 모래 위에 뚜렷이 새겨져 있었지만, 밝음과 어둠이 서너 번 반복되는 사이에 사라져 버렸습니다.

새잡이는 스무 마리 정도를 자루에 넣자, 총을 맞고 죽어가는 병사처럼 갑자기 두 손을 번쩍 치켜들었습니다. 다음 순간, 새잡이의 모습을 찾아볼 수 없었습니다.

깜짝 놀라 고개를 길게 빼고 쳐다보려고 하자, 조반니 귀에 낯

익은 목소리가 들려 왔습니다.

"아아, 속이 다 시원하다. 이 세상에서 분수에 맞게 돈 버는 것 만큼 좋은 일도 없지."

목소리가 들리는 쪽을 쳐다보자, 새잡이가 조금 전에 잡은 해오라기를 가지런히 정리하고 있었습니다.

"어떻게 순식간에 여길 올 수 있죠?"

조반니는 왠지 당연하면서도, 전혀 당연하지 않은 듯한 기묘한 기분에 휩싸였습니다.

"그야 오려고 했으니까 온 것뿐이지. 너희들은 대체 어디서 온 거냐?"

조반니는 즉시 대답하려고 했지만, 갑자기 어디서 왔는지 생각나지 않았습니다. 캄파넬라도 화끈 달아오른 얼굴로 열심히 생각해 내려고 했습니다.

"아아, 멀리 떨어진 데서 왔구나."

새잡이는 모든 것을 다 알고 있다는 듯이 고개를 끄덕였습니다.

조반니의 차표

"이곳은 백조구역의 끝자락이지. 저쪽을 보렴, 저게 그 유명한 알비레오백조자리의 베타 성으로 백조의 부리에 해당한다_옮긴이 기상대야."

창밖으로는 온통 불꽃으로 채색해 놓은 것 같은 은하수 한가운데에 커다란 검은 건물이 네 채 정도 서 있었습니다. 그리고 눈이 번쩍 뜨일 만큼 파란 사파이어와 황옥이 평평한 건물 지붕 위에서 투명한 원을 그리며 빙글빙글 돌고 있었습니다. 황옥이 점점 뒤로 가고 사파이어는 점점 앞으로 나오더니, 이윽고 두 개의 구슬이 겹쳐지기 시작했습니다. 그러자 아름다운 초록빛을 내뿜는 볼록렌즈처럼 불룩해졌습니다. 그런 다음 한가운데가 조금씩 부풀기 시작하더니, 드디어 사파이어가 황옥의 정면으로 가까이 다가오자 초록색 원이 생기고 그 주위에는 밝은 노란색 원이 생겼습니다. 다음에는 그 원이 옆으로 미끄러지면서 볼록렌즈 모양을 반대로 뒤집더니, 마침내 살그머니 떨어졌습니다. 결국 사파이어는 뒤로 돌아가고 황옥은 앞쪽으로 다가와 처음과 같은 상태가 되었습니다.

검은 기상대는 형태도 없고, 소리도 없는 은하수에 둘러싸여 잠들어 있는 것처럼 조용하게 누워 있는 것이었습니다.

"저것은 물의 속도를 측량하는 기계지. 물도……."

새잡이가 말하는 도중에, 어느 사이엔가 빨간 모자를 쓴 키 큰

차장이 세 사람 옆에 똑바로 서 있었습니다.

"차표를 보여 주십시오."

새잡이는 잠자코 주머니에서 작은 종잇조각을 꺼냈습니다. 차장은 힐끔 쳐다보더니 즉시 눈길을 돌리며 '너희들 것은?' 하는 뜻으로 손가락을 움직이면서 조반니와 캄파넬라에게 손을 내밀었습니다.

"그게요……."

조반니는 곤란한 표정을 지으며 우물쭈물했지만, 캄파넬라는 대수롭지 않다는 듯이 작은 회색 차표를 꺼냈습니다. 그러자 당황한 사람은 조반니였습니다. 혹시 윗도리 주머니에 들어 있지 않을까 생각하면서 손을 넣어 보았더니, 커다랗게 접힌 종잇조각이 손끝에 닿았습니다.

'여기 들어 있었구나!'

안도의 한숨을 내쉬며 황급히 꺼내보자, 네 번을 접은 엽서 크기의 초록색 종이였습니다.

'이거라도 상관없을 거야. 어서 주자.'

조반니는 그렇게 생각하고 앞으로 내민 차장의 손바닥에 종이를 올려놓았습니다. 그러자 차장은 똑바로 서서 조심스럽게 펼쳐 보더니, 종이에 쓰인 글을 읽으면서 윗도리 단추와 옷매무새를 계속해서 매만졌습니다. 게다가 옆에 있던 등대지기까지 열심히 그 종이를 들여다보았습니다. 그것이 증명서 같은 것일지도 모른다는 생각이 들자, 조반니는 흥분으로 가슴이 뜨거워지는 것 같았습니다.

“이건 삼차원 공간에서 가지고 왔나 보구나.”

“뭔지는 잘 모르겠어요.”

조반니는 안도의 한숨을 내쉬면서 차장을 올려다보고 쿡쿡대며 웃었습니다.

“좋아. 남십자성에 도착하는 시간은 다음 세 시쯤이야.”

차장은 조반니에게 종이를 건네주고 다른 곳으로 갔습니다.

캄파넬라는 그 종잇조각이 무엇인지 궁금해서 참을 수 없었는지, 차장이 가자마자 황급히 들여다보았습니다. 조반니도 빨리 보고 싶었습니다. 그 종이에는 검은 당초무늬 같은 모양 속에 이상하게 생긴 글자가 열 개 정도 인쇄되어 있었습니다. 계속 들여다보자 왠지 그 속으로 빨려 들어갈 것 같은 기분이 들었습니다. 그때 옆에 있던 새잡이가 종이를 힐끔 쳐다보더니 당황한 표정을 지었습니다.

“이럴 수가! 정말 대단해! 이건 진짜 하늘나라에 갈 수 있는 차표야. 아니, 하늘나라 정도가 아니라 어디든지 마음대로 갈 수 있는 통행권이지. 세상에, 이 차표를 가지고 있다니! 이 차표만 있으면 이렇게 불완전한 환상 제4차 은하철도뿐만 아니라 어디에라도 갈 수 있어. 너희들, 정말 대단하구나.”

“뭐가 뭔지 모르겠어요.”

조반니는 새빨갛게 달아오른 얼굴로 대답하면서, 종이를 접어서 다시 호주머니에 넣었습니다. 그리고 왠지 거북해져서 캄파넬라와 함께 다시 창밖을 내다보았지만, 새잡이가 대단하다는 표정으로 자신을 힐끔힐끔 훔쳐보고 있다는 것은 느낌으로 알 수 있었습니다.

"이제 곧 독수리 정거장에 도착할 거야."

캄파넬라가 건너편 기슭에 있는 세 개의 자그마한 푸른 삼각 표지판과 지도를 번갈아 쳐다보면서 말했습니다. 조반니는 이유 없이 옆에 있는 새잡이가 불쌍해서 견딜 수가 없었습니다.

'해오라기를 잡아서 속이 시원하다고 좋아하지를 않나, 하얀 천 조각으로 해오라기를 둘둘 감싸지를 않나, 남의 차표를 슬쩍 훔쳐보지를 않나, 그러더니 결국에는 당황한 표정으로 입이 닳도록 나를 칭찬하다니.'

그렇게 생각하자 생전 처음 보는 새잡이를 위해서 자신이 가지고 있는 것을 다 주고 싶다, 그 사람이 진정으로 행복해질 수 있다면 자신은 빛나는 은하수 강가에서 백 년 동안 계속해서 새를 잡아도 좋다는 생각이 들어서, 도저히 잠자코 있을 수가 없었습니다.

'아저씨가 진정으로 원하는 게 무엇인가요?'

그렇게 묻고 싶었지만 너무 뜻밖의 질문이 아닐까 하는 생각에 잠시 뒤를 돌아보자, 이미 새잡이는 사라지고 없었습니다. 그물 선반 위에 놓여 있던 하얀 짐 보따리도 보이지 않았습니다.

'이번에도 두 발로 땅을 딛고 우뚝 서서 하늘을 올려다보며 해오라기를 잡을 준비를 하고 있을까?'

그렇게 생각하며 밖을 쳐다보았지만, 아름다운 유리와 새하얀 참억새의 물결뿐 새잡이의 널찍한 등도, 뾰족한 모자도 보이지 않았습니다.

"그 아저씨는 어디로 간 걸까?"

캄파넬라가 멍한 표정으로 중얼거렸습니다.

"글쎄, 어디로 갔을까? 어디에서 또 만날 수 있을까? 나는 왜 그 아저씨와 많은 얘기를 나누지 않았을까?"

"나도 그렇게 생각하고 있었어."

"나는 그 아저씨가 귀찮았어. 그래서 지금 너무나 괴로워."

조반니는 그렇게 기묘한 기분은 처음이고, 지금까지 그런 말을 한 적도 없다고 생각했습니다.

"왠지 사과 향기가 나는 것 같아. 지금 사과를 생각했기 때문일까?"

캄파넬라가 신기한 듯이 주위를 둘러보았습니다.

"정말로 사과 향기가 나네. 그리고 찔레 향기도 나고."

주위를 둘러보았지만, 창문으로 향기가 들어오는 것 같았습니다. 하지만 지금은 가을이기 때문에 찔레 향기가 날 턱이 없었습니다.

다음 순간, 번지르르 윤기가 도는 검은 머리칼의 여섯 살쯤 돼 보이는 소년이 빨간 재킷의 단추도 잠그지 않은 채 깜짝 놀란 표정으로 덜덜 떨며 맨발로 서 있는 것이었습니다. 그 옆에는 검은 양복을 단정히 입은 키 큰 청년이, 세찬 바람 속에 서 있는 느티나무처럼 소년의 손을 꼭 잡고 서 있었습니다.

"어머, 여기가 어디지? 정말 아름답다!"

청년 뒤에는 열두 살쯤 돼 보이는 갈색 눈의 귀여운 소녀가 검은 외투 차림으로, 그의 팔에 매달려 신기한 듯이 창밖을 내다보고 있었습니다.

"여기는 랭커셔야. 아니, 코네티컷 주지. 아니지, 우리는 지금 하늘에 온 거야. 하늘나라로 가는 중이지. 저기를 봐. 저 표시는 하늘나라 표시야. 이제 두려워할 것은 아무것도 없어. 우리는 하느님의 부름을 받고 온 거니까."

검은 옷차림의 청년은 기쁨에 가득 찬 얼굴로 말했습니다. 하지만 금세 이마에 깊은 주름을 새기더니, 몹시 피곤한지 억지로 미소를 지으면서 조반니 옆에 소년을 앉혔습니다. 그리고 소녀에게 다정한 표정으로 캄파넬라 옆자리를 가리켰습니다. 소녀는 순순히 자리에 앉아서 조용히 두 손을 모았습니다.

"지금 큰누나한테 가는 거지?"

소년은 앉자마자 들뜬 표정으로, 등대지기 건너편 자리에 앉은 청년에게 말했습니다. 청년은 아무 말도 하지 않고 슬픔에 젖은 눈으로 물에 젖은 소년의 머리칼을 쳐다보았습니다. 갑자기 소녀가 두 손으로 얼굴을 가리며 훌쩍훌쩍 울기 시작했습니다.

"아버지와 기쿠요 누나는 아직 할 일이 많이 남아 있어. 하지만 이제 곧 오실 거야. 그보다 엄마는 얼마나 오랫동안 기다리고 계셨을까? '내 소중한 다다시는 지금 어떤 노래를 부르고 있을까'

하면서 말이야. 함박눈이 내리는 이른 아침에 사람들과 손을 잡고 마당과 숲을 빙글빙글 돌고 있을 거라고 생각하시지 않을까? 진심으로 걱정하고 계실 테니까, 어서 가서 엄마를 만나야지."

"응. 하지만 배를 타지 않아서 다행이야."

"그래. 그나저나 저것 좀 봐. 정말 멋있는 강이지? 저곳은 지난 여름 내내 〈반짝 반짝 작은별〉을 부르며 창문에서 바라보던 바로 그곳이야. 어때 아름답지? 저렇게 멋진 빛을 내뿜고 있잖아."

옆에서 울고 있던 소녀도 손수건으로 눈물을 훔치고 밖을 쳐다보았습니다. 청년은 타이르듯이 남매에게 조용하게 말했습니다.

"이제 우리에게 슬픔이란 단어는 없어. 우리는 멋진 여행을 하면서 이제 곧 하느님이 계신 곳으로 갈 테니까. 그곳에는 환한 밝음만이 있고, 그윽한 향기가 넘치며, 훌륭한 사람들로 가득하지. 우리 대신에 배를 탄 사람들은 틀림없이 모두 구조되어, 마음을 졸이며 기다리고 있을 아버지와 어머니, 그리고 사랑하는 가족들에게 돌아갈 거야. 그러니까 기운 내고 재미있게 노래 부르며 가자."

소년의 젖은 머리칼을 매만지는 청년의 얼굴에 밝은 빛이 흘러 넘쳤습니다.

"당신들은 어디에서 오셨나요? 무슨 일이 있었나요?"

등대지기가 그제야 겨우 입을 열자, 청년은 조용히 미소 지었습니다.

"빙산에 부딪혀서 배가 가라앉아 버렸어요. 두 달 전에 이 아이들의 아버지가 갑작스럽게 본국으로 돌아가시는 바람에 우리는 나중에 출발했지요. 저는 이 아이들의 가정교사를 하고 있는 대학생이랍니다. 그런데 배를 탄 지 정확히 12일째 되던 날, 그러니까 오늘인가 어제였지요, 빙산에 부딪힌 배가 갑자기 기울더니 가라앉기 시작하더군요. 달빛이 짙은 안개에 가려서인지 사방이 어두웠지요. 사람들은 모두 자그마한 보트로 향했지만, 보트도 절반이 완전히 부서져서 도저히 모든 사람이 탈 수 없었지요. 그러는 사이에도 배는 자꾸만 가라앉았고, 저는 젖 먹던 힘까지 모두 짜내어 제발 이 아이들만이라도 태워달라고 소리쳤습니다. 그러자 옆에 있던 사람들이 즉시 길을 비켜주며 아이들을 위해 기도해 주었지요. 하지만 수많은 아이들과 부모들이 보트가 있는 곳까지 있어서, 도저히 헤치고 나갈 용기가 없었습니다. 그러나 제 의무는 이 아이들을 구하는 것이라고 생각하고, 앞에 있는 사람들을 밀어내려고 했지요. 하지만 한편으로는 이렇게까지 해서 이 아이들을 구하는 것보다 이대로 모두 신께 가는 것이 진정한 행복이 아닐까 하는 생각도 들었습니다. 그런데 한편으로는 신을 거역하는 죄는 모두 나 혼자 짊어지고 이 아이들을 구해야 한다는 생각도 들었습니다. 그러면서 가만히 지켜보고 있노라니, 아이들을 구하는 게 도저히 불가능했습니다. 어머니들은 자식들만이라도 살리려고 보트 안으로 아이들을 밀어 넣고는 미친 듯이 키스를 퍼부었고, 아버지들은 슬픔을 억누르며 고개를 돌리고 있더군요. 그 모습을 보니 애간장이 녹아내리더군요. 저는 아이들을 껴안고 가능한 한 오래 떠 있으려고 발버둥 치면서, 하염없이 가라앉는 배를 지켜보았지요. 누가 던졌는지 구명 튜브 하나가 날아왔지만, 그만 손에 닿지 않아서 멀리 떠내려가 버렸습니다. 저는 젖 먹던 힘까지 다해 구명 튜브로 헤엄쳐가서, 우리 세 사람은 튜브에 단단히 매달렸지요. 그때 어디선가 노래가 들려 왔습니다. 사람들은 약속이라도 한 듯이, 자기 나라 말로 그 노래를 따라 불렀지요. 다음 순간, 고막을 찢는 소리가 들렸고, 이제 소용돌이 속으로 휩쓸려갔다고 생각하면서 아이들을 꼭 껴안고 있었습니다. 그런데 정신을 차려보니 여기에 와 있더군요. 이 아이들의 어머니는 재작년에 세상을 떠났습니다. ……하지만 그 보트는 틀림없이 구조되었을 겁니다. 상당히 숙련된 뱃사람들이 노를 저어서, 가라앉는 배에서 멀리 떠났으니까요."

다음 순간, 기도를 올리는 낮은 소리가 들려 왔고, 조반니와 캄파넬라는 지금까지 잊고 있었던 많은 것들을 어렴풋이 떠올렸습니다. 그러자 갑자기 눈시울이 뜨거워졌습니다.

'아아, 그 커다란 바다는 태평양이 아니었을까? 빙산이 흘러가는 북쪽 바다에서 누군가가 조그만 배를 타고, 세찬 바람과 얼어붙을 만큼 차가운 바닷물, 극한의 추위와 싸우면서 열심히 움직이고 있다. 정말로 그 사람이 불쌍하고, 왠지 미안한 생각도 든다. 나는 그 사람의 행복을 위해서 무엇을 해야 하나?'

고개를 떨어뜨린 조반니는 깊은 우울감에 빠졌습니다.

"진정한 행복이 무엇인지는 아무도 모르지요. 어떠한 괴로움에 부딪혀도 그것이 올바른 길을 걸어가다가 생긴 일이라면, 험준한 비탈길의 오르막길도 내리막길도 모두 진정한 행복으로 한 걸음 다가가는 것이니까요."

등대지기가 위로하듯이 말하자, 청년이 기도를 올리는 심정으로 대답했습니다.

"그렇습니다. 다만 최고의 행복에 이르기 위해서는, 이 세상의 수많은 슬픔도 겪어야 하지요."

옆에 있던 남매는 완전히 녹초가 되어서, 제각기 뒤에 기대어 잠들었습니다. 조금 전까지 맨발이었던 소년의 발에는 어느새 폭신폭신한 하얀 신이 신겨져 있었습니다.

덜컹덜컹 덜컹덜컹.

기차는 화려한 인광을 내뿜는 강기슭을 지나 앞으로 나아갔습니다. 맞은편 창문을 쳐다보자 들판은 마치 신기한 슬라이드 같았습니다. 수백, 수천이나 되는 크고 작은 삼각 표지판들 때문이었습니다. 커다란 삼각 표지판 위에는 빨간 점들이 박혀 있는 측량 깃발이 꽂혀 있었고, 들판 끝에는 그 삼각 표지판들이 헤아릴 수 없이 많이 모여 있어서 희미한 안개처럼 어렴풋하게 보였습니다. 그곳에서인지 다른 곳에서인지는 모르지만, 가끔 갖가지 모양의 봉화 같은 것이 번갈아 가며 아름다운 보랏빛 하늘을 장식하곤 했습니다. 투명하고 아름다운 바람은 장미 향기로 넘실거렸습니다.

"어때요? 이런 사과는 처음 보시지요?"

맞은편 자리에 앉아 있던 등대지기가, 어느새 황금빛과 주홍빛으로 물든 사과가 담긴 커다란 바구니를 떨어지지 않게 무릎 위에 올려놓고 꼭 껴안고 있었습니다.

"아니, 이런 사과가 어디 있었지요? 정말 굉장하군요. 이 근처에 이런 사과가 열리나요?"

청년은 정말로 놀랐는지 눈을 가늘게 뜨고 고개를 갸우뚱하며, 등대지기가 안고 있는 바구니 속 사과를 정신없이 쳐다보았습니다.

"아닙니다. 어쨌든 가지세요. 어서 가지세요."

청년은 사과를 하나 들더니 잠시 조반니와 캄파넬라를 쳐다보았습니다.

"맞은편에 앉은 도련님들은 어떤가? 이 사과를 집는 게."

조반니는 '도련님'이라는 말에 기분이 상해서 잠자코 있었지만, 캄파넬라는 고맙다고 했습니다. 청년이 직접 사과를 들고 두 소년에게 하나씩 나눠주는 바람에, 조반니도 하는 수 없이 고맙다는 인사를 했습니다.

사과 바구니가 가벼워져서 두 팔이 자유로워지자, 등대지기는 잠들어 있는 남매의 무릎에 하나씩 사과를 올려놓았습니다.

"정말 감사합니다. 그런데 이렇게 커다란 사과가 어디에서 났습니까?"

청년은 사과를 뚫어지게 쳐다보면서 물었습니다.

"이 근처에서 농사를 짓고 있지만, 원래 좋은 열매가 열리는 곳이어서 농사일도 그렇게 고생스럽지는 않지요. 자신이 원하는 씨만 뿌리면 커다란 열매로 자란답니다. 쌀만 해도 그래요. 태평양 부근에서 자라는 것보다 열 배나 크고, 껍질도 없으며, 냄새도 좋습니다. 그러나 당신이 가는 곳에서는 농사를 짓지 않지요. 사람들이 사과를 씨까지 먹어서 그런지 몸속에서 좋은 향기로 변해, 결국은 땀구멍을 통해 공기 중에 흩어져 버립니다."

그때 소년이 갑자기 눈을 번쩍 뜨고 소리쳤습니다.

"지금 꿈속에서 엄마를 만났어. 엄마가 멋진 찬장과 책이 있는 곳에 앉아서, 나를 보고 손을 내밀며 따뜻하게 미소를 지었어. 그런데 엄마에게 '사과를 따줄까요'라고 묻는 순간 잠이 깨고 말았어. 여긴 아까 그 기차 안이구나."

"그 사과가 바로 여기 있어. 이 아저씨께서 주신 거야."

청년이 안쓰럽다는 표정을 지으며 말했습니다.

"고맙습니다. 아! 가오루 누나는 아직 자고 있잖아. 내가 깨워야지. 누나, 이것 봐. 아저씨께서 사과를 주셨어. 어서 일어나."

소녀는 미소를 지으며 눈을 뜨더니 눈부신 듯이 두 손으로 얼굴을 가리고 나서 사과를 쳐다보았습니다. 소년은 파이를 먹는 것처럼 사과를 맛있게 먹고 있었습니다. 그런데 아름다운 사과껍질이 코르크 병따개처럼 빙글빙글 감기며 바닥에 떨어지더니, 놀랍게도 잿빛으로 변해 증발해 버리는 것이었습니다.

조반니와 캄파넬라는 소중한 것을 간직하듯이 사과를 주머니에 넣었습니다.

강 아래쪽으로 나 있는 기슭에는 푸른 나무들이 빼곡히 들어서 있었고, 나뭇가지에는 알맞게 익어서 빨갛게 빛나는 동그란 열매가 가득 매달려 있었습니다. 숲 한가운데는 삼각 표지판이 우뚝 솟아 있었고, 오케스트라와 실로폰 소리에 섞여서 뭐라고 형용할 수 없는 아름다운 음색이 녹아들 듯이, 스며들 듯이 바람을 타고 숲에서 흘러나왔습니다.

청년은 온몸에 소름이 돋는 듯이 몸을 떨었습니다.

조용히 그 음악을 듣고 있자, 노란색과 초록색이 어우러진 밝은 들판이나 아름다운 깔개가 그 일대에 펼쳐지고, 새하얀 납처럼 맑은 이슬이 태양을 스치고 지나가는 것 같은 환상에 빠져들었습니다.

"아, 까마귀다!"

캄페넬라 옆에 앉은 가오루라는 소녀가 소리쳤습니다.

"까마귀가 아니야. 모두 까치지."

캄파넬라의 목소리가 왠지 야단치는 것처럼 들리자 소녀는 부끄러운 듯이 고개를 숙였습니다. 조반니는 자신도 모르게 미소를 지었습니다.

강변의 창백한 불빛 위로 새까만 새들이 빈 공간이 없을 정도로 빼곡히 줄지어서는 꼼짝 않고 엷은 강물 빛을 받고 있었습니다.

"까치로군요, 머리 뒤쪽에 있는 털이 똑바로 뻗어 있으니까요."

청년이 어색한 분위기를 달래려는 듯이 말했습니다.

맞은편에 있던 초록 숲 속의 삼각 표지판이 어느새 기차 정면으로 다가왔습니다. 그때 아득히 먼 기차 뒤쪽에서 귀에 익은 찬송가 구절이 들려 왔습니다. 엄청나게 많은 사람들이 합창하고 있는 것 같았습니다. 그러자 눈 깜짝할 사이에 청년의 안색이 창백해지더니, 갑자기 일어서서 그쪽으로 가려고 하다가 다시 자리에 앉았습니다. 가오루는 손수건으로 얼굴을 가렸습니다. 조반니까지 왠지 코끝이 아려왔습니다. 어느 사이엔가 그곳에 있는 모든 사람들이 노래를 읊조리기 시작하더니, 소리가 점점 뚜렷해지고 커져 갔습니다. 조반니와 캄파넬라도 자신도 모르게 입을 모아 노래하기 시작했습니다.

다음 순간, 초록 올리브 숲이 하염없이 빛을 내며 은하수 건너편으로 멀어져갔고, 주위를 감싸던 신비한 악기 소리도 덜컹거리는 기차 소리와 바람 소리에 뒤섞여 희미해져 버렸습니다.

"아! 공작새가 있네!"

캄파넬라의 말에 소녀가 대답했습니다.

"그래, 엄청나게 많다!"

조반니는 점점 작아져서 초록색 조개 단추만 해 보이는 숲 위에서, 공작새들이 때때로 깜빡깜빡 푸른빛을 내면서 날개를 펼치거나 접으며 빛을 반사하는 것을 보았습니다.

"아참, 조금 전에 공작 노랫소리도 들렸어."

캄파넬라의 말에, 소녀가 재빨리 대답했습니다.

"그래, 분명히 서른 마리 정도였어. 하프 소리처럼 들린 것도 모두 공작 노랫소리야."

조반니는 갑자기 말할 수 없는 외로움을 느끼고, 자신도 모르게 '캄파넬라, 여기서 뛰어내려서 놀다가자' 하고 무서운 얼굴로 말하려고 했을 정도였습니다.

강물은 가위처럼 두 개로 갈라져 있었고, 그 가운데에 어두운 섬 하나가 있었습니다. 섬 한가운데에는 하늘 높이 치솟은 망루가 있었고, 헐렁한 옷을 입고 빨간 모자를 쓴 한 남자가 거기 서 있었습니다. 그는 두 손에 빨간 깃발과 파란 깃발을 들고 하늘을 올려다보며 신호를 보내고 있었던 것입니다. 조반니가 쳐다보는 동안 남자는 줄곧 빨간 깃발을 흔들고 있었는데, 갑자기 빨간 깃발을 내리며 뒤로 감추더니 파란 깃발을 높이 쳐들어 오케스트라의 지휘자처럼 격렬하게 흔들었습니다. 다음 순간, 하늘에서 쏴아 하고 빗소리 같은 소리가 나면서 새카만 덩어리가 대포 탄환처럼 몇 개씩이나 하늘 건너편으로 날아갔습니다.

조반니는 자신도 모르게 창밖으로 몸을 반쯤 내밀고 그쪽을 쳐다보았습니다. 실로 헤아릴 수 없이 많은 무리를 이룬 작은 새들이 날개를 정신없이 펄럭이며 아름답게 조각된 보랏빛 텅 빈 하늘을 지나갔습니다.

"새가 날아간다!"

조반니가 창밖으로 고개를 내밀고 소리치자, 캄파넬라도 하늘을 쳐다보았습니다.

"어디?"

헐렁한 옷을 입은 남자가 망루 위에서 빨간 깃발을 들고 미친 듯이 흔들어댔습니다. 그러자 새 떼가 갑자기 멈춰 섰고, 그와 동시에 강 아래쪽에서 찌직 하는 짓눌리는 듯한 소리가 들려 왔습니다. 그로부터 잠시 동안 쥐 죽은 듯이 고요해졌습니다. 다음 순간, 빨간 모자를 쓴 신호원이 다시 파란 깃발을 흔들며 목이 터져라 소리쳤습니다.

"철새여, 지금 건너가거라! 철새여, 지금 건너가거라!"

그 소리는 어둠을 뚫고 똑똑히 들려 왔습니다. 그 소리가 떨어지기가 무섭게 수만이 넘는 새 떼가 똑바로 하늘로 날아갔습니다. 두 소년이 고개를 내밀고 있는 창으로 소녀도 얼굴을 내밀었고, 아름다운 뺨에서 영롱한 빛을 뿌리면서 하늘을 올려다보았습니다.

"새들이 정말 많구나. 어머나! 하늘이 이렇게 아름답다니!"

소녀는 조반니에게 말을 걸었지만, 그는 왠지 꺼림칙한 기분이 들어서 입을 다물고 잠자코 하늘만 올려다보았습니다. 그러자 소녀는 후욱 하고 자그맣게 숨을 내쉬고 아무 말 없이 제자리로 돌아갔습니다. 캄파넬라는 어색한 표정으로 고개를 안으로 집어넣고 지도를 보았습니다.

"저 사람, 새에게 뭘 가르치는 거야?"

소녀가 조심스럽게 캄파넬라에게 물었습니다.

"철새에게 신호를 보내고 있어. 아마 어디에선가 봉화가 피어오르고 있을 거야."

캄파넬라의 막연한 대답이 끝나자, 기차 안은 기침 소리 하나

나지 않고 조용해졌습니다. 조반니는 머리를 안으로 집어넣고 싶었지만, 불이 환히 켜진 곳으로 얼굴을 드러내는 것이 너무나 괴로워서 잠시 참기로 하고 나지막하게 휘파람을 불었습니다.

'왜 이렇게 슬픈 것일까? 좀더 넓고 깨끗한 마음을 가져야 하는데. 저쪽 기슭에서 조금 떨어진 데서 연기 같은 파란 불꽃이 보여. 정말 조용하고 차가운 느낌을 주는 불꽃이야. 저 불꽃을 보고 마음을 진정시켜야지.'

조반니는 화끈 달아올라 뜨거운 머리를 두 손으로 짓누르며 파란 불꽃을 쳐다보았습니다.

'아아, 이 세상 끝까지 나와 같이 갈 사람은 없는 걸까? 캄파넬라는 저 소녀와 즐겁게 얘기하고 있는데, 난 외돌토리야. 정말 괴롭다.'

또다시 조반니 눈에 눈물이 가득 고인 탓에, 은하수는 멀리 가버린 것처럼 희미하게 보일 뿐이었습니다.

기차는 강을 떠나 절벽 위를 지나가고 있었습니다. 강 하류 쪽으로 내려가자 맞은편 기슭에 자리한 검은 절벽도 더욱 깊어지고 더욱 높아져갔습니다. 검은 절벽 사이로 언뜻 커다란 옥수수나무가 보였습니다. 빙글빙글 감겨진 옥수숫잎 아래에서 커다란 초록색 꽃술이 붉게 물든 아름다운 털을 토해내는 가운데, 그 사이로 진주 같은 알갱이가 살며시 고개를 내밀었습니다. 옥수수나무들은 점점 많아져서 절벽과 선로 사이에 수도 없이 늘어서 있었습니다. 조반니가 무심코 머리를 집어넣고 건너편 창문 쪽을 보왔을 때에는 아름다운 하늘 들판 지평선 끝까지 심어져 있는 커다란 옥수수나무가 바람에 살랑살랑 흔들리고 있었습니다. 그리고 구부러진 이파리 끝에는 한낮의 햇살을 가득 빨아들인 금강석처럼 이슬이 촘촘히 붙어 있어서, 빨강과 초록빛으로 활활 타올랐습니다.

"옥수수구나."

캄파넬라가 먼저 말을 걸었습니다. 그러나 조반니는 도저히 기분이 풀리지 않아서 들판만 쳐다본 채 퉁명스럽게 대답했습니다.

"그래."

기차는 점점 소리를 낮추더니, 몇 개의 신호와 선로 전환기 불빛을 지나 작은 정거장에서 멈췄습니다. 정면에 있는 창백한 시계는 정확히 두 시를 가리키며, 바람도 사라지고 기차도 움직이지 않는 고요한 들판에서 째깍째깍 정확하게 시간을 새겨나갔습니다.

그런데 언제부터일까요. 규칙적인 초침 소리를 뚫고 아득히 먼 들판 끝에서 들릴 듯 말 듯한 희미한 선율이 가느다란 실처럼 흘러나왔습니다.

"〈신세계 교향곡〉이야."

소녀가 조반니를 쳐다보면서 혼잣말처럼 조용히 중얼거렸습니다. 다음 순간, 기차 안에 있던 검은 옷차림의 키 큰 청년도, 그리고 다른 사람들도 모두 아름다운 꿈을 꾸는 듯한 그윽한 표정을 지었습니다.

'이렇게 조용하고 아름다운 곳인데, 나는 왜 기분이 좋아지지 않는 것일까? 어째서 혼자 있는 것처럼 외로움이 가슴을 파고드는 걸까? 그나저나 캄파넬라는 너무해. 나랑 같이 기차를 탔는데, 왜 저 소녀하고만 얘기하는 거야? 너무 괴로워 죽고 싶어.'

조반니는 두 손으로 얼굴을 가리면서 맞은편 창밖을 쳐다보았습니다. 유리처럼 투명한 피리 소리와 함께 기차가 조용히 움직이자, 캄파넬라는 쓸쓸한 듯 〈별자리 노래〉를 휘파람으로 불기 시작했습니다.

"네. 이 주변은 아주 높은 고원이지요."

뒤쪽에서 나이 많은 듯한 웬 노인이, 막 잠에서 깨어난 목소리로 또랑또랑하게 말하는 소리가 들렸습니다.

"옥수수만 해도 삽으로 2척이 넘는 구멍을 뚫고 씨를 뿌리지 않으면 자라지 않는답니다."

"그래요? 강에 도착하려면 아직 멀었나요?"

"네. 여기서 강까지는 약 2000척에서 6000척 넘게 남아 있지요. 이제 아주 좁은 협곡으로 들어갈 겁니다."

'맞아. 여기는 콜로라도 고원지대야.'

조반니는 문득 그런 생각이 들었습니다. 캄파넬라는 아직도 쓸쓸한 듯이 혼자 휘파람을 불었고, 소녀는 비단으로 감싼 사과처럼 발그스름한 얼굴로 조반니가 보고 있는 쪽을 쳐다보았습니다.

갑자기 옥수수나무가 사라지더니 사방에는 온통 거대한 검은 들판이 펼쳐졌습니다. 그러자 〈신세계 교향곡〉이 지평선 끝에서 솟구치듯이 똑똑히 들려 왔습니다.

새하얀 새의 날개를 머리에 꽂고, 작은 돌멩이들을 팔과 가슴에 장식한 인디언 한 사람이 작은 활에 화살을 메기고는 기차를 향해 쏜살같이 달려왔습니다.

"아, 인디언이에요. 인디언이라구요! 저것 좀 보세요."

그 소리를 듣자 검은 옷차림의 청년도 눈을 번쩍 떴고, 조반니와 캄파넬라도 그 자리에서 일어났습니다.

"어머, 이쪽으로 뛰어오고 있어요. 기차를 쫓아오는 건가요?"

"아니, 기차를 쫓아오고 있는 게 아니야. 사냥을 하거나 춤추고 있는 것이겠지."

청년은 지금 자신이 어디에 있는지 잊어버렸는지, 주머니에 손을 넣고 태평스럽게 말했습니다. 청년의 말대로, 인디언은 진짜로 춤추고 있는 것 같았습니다. 뛰어오는 것치고는 발걸음을 옮기는 게 어쩐지 불안해 보였기 때문입니다. 그때 머리에 꽂은 새하얀 날개가 앞쪽으로 휘날리더니, 갑자기 인디언은 멈춰 서서 하늘을 향해 재빨리 활을 쏘았습니다. 다음 순간, 하늘에서는 학 한 마리가 하늘하늘 떨어지면서 두 팔을 활짝 펴고 달리고 있던 인디언의 팔에 앉았습니다. 인디언은 기분이 좋은지, 몹시 호탕하게 웃음을 터뜨렸습니다. 그리고 학을 들고 반대편으로 뛰어갔습니다.

어느덧 인디언의 그림자는 멀어져갔고, 이윽고 전봇대가 이어지고 다시 옥수수 숲이 나타났습니다. 창밖을 내다보자 기차는 아찔할 정도로 높은 절벽 위를 달리고 있었고, 계곡 바닥에는 폭넓은 강물이 밝게 흐르고 있었습니다.

"이제 여기서부터는 내리막길이 이어지지요. 이번에는 단숨에 강물까지 내려가니까 만만치 않을 겁니다. 경사가 심하기 때문에 기차가 저쪽에서 이쪽으로 거슬러오는 경우는 결코 없지요. 보세요, 벌써 속도가 빨라지고 있지요?"

아까 그 노인의 목소리가 다시 들려 왔습니다.

기차는 곤두박질치듯 아래로 내려갔습니다. 기차가 절벽 끝을 지나갈 때에는 너무도 투명한 강물 때문에 바닥까지 들여다볼 수 있었습니다. 그 강물처럼 조반니의 마음도 맑아졌고, 작은 오두막 앞에서 쓸쓸한 표정으로 자신을 쳐다보는 아이를 보았을 때에는 너무나 반가워 소리를 지를 정도였습니다.

기차는 계속해서 달려갔습니다. 기차 안에 있는 사람들은 모두 뒤쪽으로 쓰러지면서도 의자를 꼭 부여잡았습니다. 조반니는 그 모습을 보고 캄파넬라와 함께 웃음을 터뜨렸습니다. 은하수도 기차를 따라 지금까지 아주 세차게 흘러왔는지, 기차 바로 옆에서 가끔 빛을 뿌리며 흐르고 있습니다. 붉은 빛을 머금은 패랭이꽃도 여기저기에 피어 있습니다. 기차는 가까스로 안정을 되찾고 천천히 달려갑니다.

그때 기슭 양쪽에, 별과 곡괭이가 그려진 깃발이 눈에 들어왔습니다.

"저건 무슨 깃발이지?"

조반니가 그제야 겨우 입을 열었습니다.

"글쎄, 잘 모르겠는데. 지도에도 없어. 쇠로 만든 배가 있는데."

"그래."

"혹시 다리를 만들려는 게 아닐까?"

소녀가 끼어들었습니다.

"아, 저건 공병工兵의 깃발이야. 다리를 놓는 연습을 하고 있지. 하지만 병사들은 보이지 않네."

그때 건너편 기슭의 하류 쪽에서 투명한 은하수 물이 반짝 빛을 뿌리더니, 기둥처럼 높이 솟구치며 콰과광 하고 귀를 찢는 소리를 터뜨렸습니다.

"발파야, 발파!"

캄파넬라는 신기한 듯이 펄쩍 뛰며 소리를 질렀습니다.

기둥처럼 치솟은 물이 사라지자, 커다란 연어와 송어가 하얀 배를 반짝거리며 허공으로 튀어 올랐다가 둥근 원을 그리고 다시 물속으로 떨어졌습니다. 조반니는 이제 팔짝 뛰어오르고 싶을 정도로 기분이 가벼워졌습니다.

"하늘의 공병부대야. 송어들이 이렇게 팔짝 하늘로 뛰어올랐어. 이렇게 기분 좋은 여행은 생전 처음이야. 정말 기분이 좋아."

"저 정도 송어라면, 가까이에서 보면 엄청나게 클 거야. 이 물속에는 물고기들이 아주 많은데!"

"작은 물고기도 있을까?"

소녀가 이야기에 빨려들듯이 눈을 반짝거리며 물었습니다.

"있겠지. 커다란 물고기가 있으니까 작은 물고기도 있을 거야.

하지만 너무 멀리 떨어져 있어서 작은 물고기는 안 보이는 거겠지."

조반니는 완전히 밝은 기분을 되찾아서 활기찬 웃음을 터뜨리며 대답했습니다.

"저건 틀림없이 쌍둥이별님의 궁전일 거야."

갑자기 소년이 창밖을 가리키며 소리쳤습니다. 오른쪽의 나지막한 언덕 위에 작은 수정으로 만든 것처럼 아름다운 궁전 두 채가 나란히 서 있었던 것입니다.

"쌍둥이별님의 궁전이라니, 그게 뭔데?"

"예전에 귀에 딱지가 앉을 정도로 엄마한테서 많이 들었어. 수정으로 된 작은 궁전 두 채가 나란히 있는 걸 보면, 틀림없이 쌍둥이별님의 궁전일 거야."

"쌍둥이별님이 뭘 했는데?"

"나도 알고 있어. 쌍둥이별님이 들판으로 놀러갔을 때 까마귀와 전갈이 싸운 얘기 말이지?"

"그게 아니야. '은하수 기슭에는 말이지' 하고 엄마가 얘기해주셨잖아……."

"그리고 혜성이 휘이익 휘익 하고 말했지?"

"다다시, 그건 다른 얘기잖아."

"그러면 지금 저기서 피리를 불고 있을까?"

"지금 바다에 있어."

"아니야. 바다에서 벌써 올라왔어."

"맞아, 맞아. 나도 알고 있어. 내가 얘기해 줄게."

건너편 강기슭이 갑자기 붉게 물들었습니다. 버드나무 같은 것에 가려서 안 보이는 은하수 물결도 가끔 쇠로 만든 바늘처럼 붉은빛을 뿌렸습니다. 새빨간 불이 건너편 기슭의 들판에서 커다랗게 타오르면서 차가운 보랏빛 하늘까지 모두 태울 것처럼 검은 연기를 내뿜었습니다. 그 불길은 루비보다도 빨갛고 투명하고, 리튬보다 아름답고 황홀했습니다.

"무슨 불일까? 무얼 태워야 저렇게 새빨간 불이 날 수 있을까?"

"전갈의 불이야."

조반니의 질문에, 캄파넬라가 지도를 쳐다보며 대답했습니다.

"전갈의 불이라면 나도 알고 있어."

"전갈의 불이 뭔데?"

이제 소녀의 말에도 조반니는 거부감을 갖지 않게 되었습니다.

"전갈이 불에 타서 죽었는데, 그 불이 지금도 타오르고 있다고 아빠가 그러셨어."

"전갈은 벌레지?"

"그래, 벌레야. 하지만 좋은 벌레야."

"전갈은 좋은 벌레가 아니야. 알코올에 들어 있는 걸 박물관에서 본 적이 있어. 꼬리에 갈고리가 달려 있고, 그 갈고리에 찔리면 죽는다고 선생님이 그러셨어."

"맞아. 하지만 좋은 벌레야. 아빠가 말씀해 주셨는데, 옛날에 전갈 한 마리가 발드라 들판에서 작은 벌레들을 잡아먹으며 살았대.

그러던 어느 날, 족제비 눈에 띄어서 잡아먹히게 되었다지 뭐야? 전갈은 죽을힘을 다해서 도망쳤지만 결국은 족제비에게 잡혔어. 그런데 갑자기 앞에 우물이 나타나서, 그 안에 떨어져 버렸어. 아무리 발버둥 쳐도 올라오지 못하고 우물 속으로 빠지기 시작했지. 그때 전갈은 이렇게 소원을 빌며 기도했대. '아아, 나는 지금까지 얼마나 많은 생명들을 앗아갔던가? 그러던 내가 족제비에게 잡히니 이토록 죽을힘을 다해서 도망치다니! 결국에는 이런 꼴이 되고 말았네. 아아, 이제는 그 무엇도 믿을 수 없다. 어째서 내 몸을 잠자코 족제비에게 내주지 않았을까? 내 몸을 주었더라면 족제비도 오늘 하루를 더 살아갈 수 있었을 텐데. 신이시여, 제 마음을 헤아려 주십시오. 다음 생애는 헛되이 목숨을 버리지 않고, 모든 이들의 참된 행복을 위해서 제 몸을 사용하게 해주십시오.' 그렇게 기도한 순간, 전갈은 자신의 몸이 아름답게 타오르는 새빨간 불이 되어 어둠을 밝혀 주고 있는 것을 보았대. 그래서 지금도 불타고 있다고 아빠가 그러셨어. 아마 저 불이 그 전갈의 불일 거야."

"그래, 저것 봐. 저기 나란히 서 있는 삼각 표지판들은 전갈처럼 생겼잖아."

조반니는 커다란 불길 건너편에 삼각 표지판 세 개가 전갈의 다리처럼 앞으로 뻗어 있고, 다섯 개의 삼각 표지판이 전갈의 꼬리와 갈고리처럼 나란히 있는 것을 보았습니다. 이 세상 어느 것보다 아름다운 새빨간 불길은 소리 없이 주위를 환하게 밝히며 타올랐습니다.

그 불길이 아득히 뒤쪽으로 물러난 순간, 사람들은 뭐라 말할 수 없는 화려한 악기 소리와 휘파람 소리, 떠들썩한 말소리를 들었습니다. 아마 인근 마을에서 축제라도 벌어지고 있는 것 같았습니다.

"켄타우로스, 이슬을 내려다오!"

지금까지 조반니 옆에서 잠들어 있던 소년이 건너편 창문을 쳐다보면서 갑자기 소리쳤습니다.

그곳에는 크리스마스트리 같은 푸른 등자나무와 전나무가 우뚝 서 있고, 수많은 알전구가 켜져 있어서 천 마리나 되는 반딧불이 모여 있는 것 같았습니다.

"아참, 그렇지. 오늘은 켄타우로스 축제야."

"여기는 켄타우로스 마을인가 봐."

소녀의 말이 끝나기도 전에 캄파넬라가 말했습니다.

(원문에 원고지 한 장이 누락되어 있음)

"내가 공을 던지면 결코 빗나가지 않아."

소년이 몹시 거드름을 피우며 말했습니다.

"이제 곧 남십자성이야. 내릴 준비를 해야지."

청년이 아이들을 쳐다보며 말했습니다.

"기차를 좀더 타고 싶어."

소년이 칭얼거렸습니다. 캄파넬라 옆에 앉은 소녀도 안절부절

못한 모습으로 내릴 차비를 했지만, 조반니나 캄파넬라와 헤어지고 싶지 않은 것 같았습니다.

"여기서 내려야만 해."

청년은 입을 꾹 다물고 소년을 내려다보면서 말했습니다.

"싫어. 난 기차를 타고 갈 거야."

조반니는 왠지 소년이 가엾다는 생각이 들었습니다.

"그래, 우리와 함께 타고 가자. 우리는 어디까지라도 갈 수 있는 차표를 갖고 있으니까."

"하지만 우리는 여기서 내리지 않으면 안 돼. 여기가 하늘나라로 가는 곳이니까."

그렇게 말하는 소녀의 표정은 너무나 쓸쓸해 보였습니다.

"하늘나라에는 뭐 하러 가려는 거야? 우리는 여기를 하늘나라보다 더 좋은 곳으로 만들어야 한다고 선생님께서 말씀하셨어."

"하지만 우리 엄마도 하늘나라에 계시고, 신께서도 그렇게 말씀하셨거든."

"그런 신은 가짜야."

"너희 신이 가짜야."

"그렇지 않아."

"너희 신이라니, 어떤 신을 말하는 거지?"

청년이 웃으면서 물었습니다.

"사실은 잘 몰라요. 하지만 진정한 유일신이지요."

"물론 진정한 신은 한 분밖에 없지."

"그게 아니라, 진정한 단 하나의 신을 말하는 거예요."

"내 말이 그 말이야. 너희가 말하는 그 진정한 신에게, 우리와 만날 수 있게 해달라고 기도하마."

청년은 엄숙한 표정을 지으며 두 손을 모았습니다. 소녀도 청년과 똑같이 두 손을 모았습니다. 모두 진심으로 이별을 아쉬워하는지 안색이 조금 창백해졌습니다. 조반니는 하마터면 소리 내어 울음을 터뜨릴 뻔했습니다.

"준비는 다 됐니? 이제 곧 남십자성이야."

그때였습니다. 투명한 은하수의 아득한 아래쪽에서 파란색과 오렌지색, 그리고 온갖 빛에 휘감긴 십자가가 한 그루의 나무처럼 빛을 내뿜으며 나타났고, 그 위에 창백한 구름이 둥근 원이 되어 후광처럼 걸려 있었습니다. 갑자기 기차 안이 소란스러워졌고, 사람들은 모두 북쪽에 있던 십자가를 향해 한 것처럼 똑바로 서서 기도를 올리기 시작했습니다. 아이들이 맛있는 참외에 달려들 때처럼 여기저기서 환호성이 튀어나왔고, 그 소리에 뒤섞여 말할 수 없이 깊고 조심스러운 한숨 소리도 들려 왔습니다. 십자가는 점점 창문 정면으로 가까이 다가왔고, 사과의 과육 같은 파르스름한 둥근 구름도 천천히 돌고 있는 게 보였습니다.

"할렐루야, 할렐루야."

사람들의 목소리가 밝고 즐겁게 울려 퍼지는 가운데, 차가운 하늘 멀리서 표현할 길이 없이 투명하고 상쾌한 나팔 소리가 들려왔습니다. 기차는 수많은 신호와 전등 불빛 속을 천천히 달려가더니, 드디어 십자가 앞에서 멈췄습니다.

"자, 어서 내리자."

청년은 소년의 손을 잡고 출구 쪽으로 걸어갔습니다.

"안녕."

소녀는 뒤를 돌아보고 두 소년에게 작별인사를 했습니다.

"안녕."

조반니는 울음을 터뜨리고 싶은 것을 가까스로 참으며 화난 것처럼 퉁명스럽게 대답했습니다. 소녀는 몹시 괴로운 듯이 눈을 크게 뜨고 그들을 쳐다보더니 아무 말 없이 밖으로 나갔습니다. 바람이 한가득 불어와서 사람들이 절반 이상이나 비어 있는 기차 안을, 휑한 쓸쓸함만 남긴 채 스쳐 지나갔습니다.

사람들은 모두 얌전하게 줄지어 걸어가더니, 십자가 앞에 있는 은하수 물가에 무릎을 꿇었습니다. 잠시 후 두 소년은 새하얀 옷을 입은 신성한 사람이 투명한 은하수 물을 건너 다가오는 것을 보았습니다. 하지만 그때는 이미 유리 호루라기 소리가 울려 퍼진 뒤여서 기차가 움직이고 있었습니다. 그 순간 강물 아래쪽에서 은빛 안개가 한꺼번에 흘러나와 아무것도 보이지 않게 되었습니다. 다만 수많은 호두나무가 희미한 안개 속에서 잎사귀를 반짝이며 서 있고, 황금빛 원광圓光을 등에 진 전기 다람쥐가 귀여운 얼굴로 힐끔힐끔 쳐다보고 있을 뿐이었습니다.

잠시 후 안개가 슬며시 걷히고, 어디로 이어졌는지 모르지만 작은 전등들이 선로를 따라 한 줄로 나란히 이어져 있는 길이 나타났습니다. 콩 빛을 내뿜는 작은 등불은 인사라도 하는 듯 금방 꺼졌다가 두 사람이 지나갈 때 다시 켜지는 것이었습니다.

뒤돌아보니 아까 그 십자가는 목에 걸 수 있을 만큼 작아져 있었습니다. 조금 전까지 같이 있었던 소년과 소녀, 청년은 아직도 강가에서 무릎을 꿇고 있는지 아니면 방향도 모르는 하늘나라로 올라갔는지, 주위가 희뿌연 해서 알 수가 없었습니다.

조반니는 깊은 한숨을 토해냈습니다.

"캄파넬라, 이제 우리 둘만 남았어. 우리는 이 세상 끝까지 함께 가자. 아까 그 전갈처럼, 나는 모든 사람의 행복을 위해서라면 내 몸을 백 번이라도 태울 수 있어."

"그래. 나도 마찬가지야."

캄파넬라 눈에 아름다운 눈물이 반짝거렸습니다.

"그런데 진정한 행복이란 과연 무엇일까?"

"나도 모르겠어."

"우리는 정신 바싹 차리고 살아가자."

조반니는 가슴 가득히 새로운 힘이 솟구치는 것을 느끼고 후욱 하고 숨을 토해냈습니다.

"아, 저기 석탄 주머니백조자리와 남십자성 근처에 있는 암흑성운_옮긴이가 있어. 하늘의 구멍이야."

캄파넬라가 그쪽을 피하는 듯이 주춤거리면서 은하수의 한 부분을 가리켰습니다. 조반니는 그쪽을 보고 움찔하며 몸을 움츠렸습니다. 은하수 한쪽에 새카만 구멍이 커다랗게 뚫려 있었던 것입니다. 아무리 눈을 씻고 쳐다봐도 그 구멍의 바닥이 얼마나 깊은지, 그 안에 무엇이 들어 있는지 보이지 않고 눈만 따끔거릴 뿐이었습니다.

조반니가 입을 열었습니다.

"이제 저렇게 엄청난 어둠도 두렵지 않아. 반드시 모든 사람의 진정한 행복을 찾으러 가겠어. 언제까지나, 언제까지나, 우리 함께 가자."

"그래, 꼭 함께 가자. 아아, 저기 있는 들판은 왜 저리도 아름다울까? 사람들이 모두 모여 있어. 저기가 진짜 하늘나라인가 봐. 아, 저기 있는 사람은 우리 엄마야!"

캄파넬라는 갑자기 멀리 떨어진 곳에 있는 아름다운 들판을 가리키며 소리쳤습니다.

조반니도 그 들판을 쳐다보았지만, 희미한 안개에 쌓인 것처럼 어렴풋해서 전혀 아름답게 보이지 않았습니다. 갑자기 쓸쓸한 생각이 온몸을 휘감아서 멍하니 그쪽을 쳐다보고 있자, 맞은편 강기슭에 있는 두 개의 전봇대가 팔짱을 끼고 있는 것처럼 붉은 가로대로 이어져서 나란히 서 있는 것이 눈에 들어왔습니다.

"캄파넬라, 저쪽으로 가보자."

그렇게 말하며 돌아본 순간, 캄파넬라는 없고 그가 있던 자리에는 검은 벨벳만 펼쳐져 있을 뿐이었습니다. 조반니는 날아가는 대포알처럼 벌떡 일어섰습니다. 그리고 어느 누구에게도 들리지 않도록 창밖으로 몸을 내밀어 가슴을 쾅쾅 치며 소리를 지르고는 목을 떨며 울음을 터뜨렸습니다. 사방이 온통 캄캄한 암흑으로 휩싸인 것 같은 생각이 들었습니다.

조반니는 눈을 뜨자, 피곤에 지쳐 언덕 풀밭에 잠들어 있는 자신을 발견했습니다. 가슴이 왠지 뜨겁게 달아오르고 뺨 위로 눈물이 흐르고 있었습니다.

조반니는 용수철처럼 벌떡 일어났습니다. 마을은 잠들기 전과 조금도 다른 게 없었고 아래쪽에는 수많은 등불이 켜져 있었습니다. 왠지 그 불빛이 뜨거울 것 같다는 생각이 들었습니다. 지금까지 꿈속에서 돌아다녔던 은하수도 잠들기 전과 변함이 없었습니다. 어두운 남쪽 지평선 위는 특별히 더 희미해진 것처럼 보였으며, 그 오른쪽에 있는 붉은 전갈자리도 아름답게 빛나는 등 별로 달라진 것이 없는 것 같았습니다.

조반니는 단숨에 언덕을 뛰어 내려갔습니다. 아직 저녁을 먹지 않고 기다리고 있을 엄마에 대한 연민이 가슴을 가득 메웠던 것입니다. 그는 검은 소나무 숲을 뚫고, 희미하게 보이는 목장의 철책을 돌아서 어두컴컴한 외양간으로 걸어갔습니다. 거기에는 누군가 지금 막 돌아왔는지, 좀 전에는 없었던 우마차에 두 개의 우유 통이 실려 있었습니다.

조반니는 안을 향해 소리를 높였습니다.

"아무도 없어요?"

그러자 두툼한 하얀 바지를 입은 사람이 안에서 나왔습니다.

"무슨 일이지?"

"오늘 우리 집에 우유가 배달되지 않았는데요."

"아, 미안하게 됐구나."

그 사람은 즉시 안으로 들어가더니, 우윳병을 들고 나와 조반니에게 건네주면서 미소를 지었습니다.

"정말 미안하구나. 오늘 낮에 깜빡 잊어버리고 철책 문을 열어 놓았더니, 장난꾸러기 송아지들이 어미 소의 젖을 절반이나 먹어 버렸지 뭐냐?"

"그랬군요. 그럼 이 우유를 가져갈게요."

"그래, 정말 미안하다."

"괜찮아요."

조반니는 아직 따뜻한 우윳병을 두 손으로 감싸고 목장을 나섰습니다. 그리고 큰 거리를 지나 잠시 걸어가자 사거리가 나왔습니다. 사거리의 오른쪽 끝에는 커다란 다리가 있었고 그 위에 있는 망루는 어둠을 뚫고 하늘 높이 서 있었습니다. 그 다리는 캄파넬라와 반 친구들이 쥐참외 등불을 띄워 보내러 갔던 강과 이어지는 다리였습니다. 그런데 사거리 모퉁이와 가게 앞에서 예닐곱 명의 여자들이 모여서, 다리를 쳐다보면서 쑥떡거리고 있는 것이었습니다. 그리고 다리 위에는 엄청나게 많은 등불이 대낮처럼 환하게 밝혀져 있었습니다.

갑자기 가슴이 싸늘해지고 불안이 엄습해 와서, 조반니는 근처에 있는 사람에게 소리치듯이 물었습니다.

"무슨 일이 있나요?"

"아이들이 물에 빠졌단다."

한 사람이 그렇게 말하자 주위에 있던 사람들이 일제히 조반니를 쳐다보았습니다. 조반니는 미친 사람처럼 정신없이 다리 쪽으로 뛰어갔습니다. 다리 위에는 발 디딜 틈도 없이 많은 사람들이 모여 있어서 강물이 보이지 않을 정도였습니다. 사람들 틈에 흰 옷을 입은 경찰관이 섞여 있는 모습이 보였습니다.

조반니는 다리 난간에서 펄쩍 뛰어내려 넓은 강가로 내려갔습니다. 강가를 따라 수많은 불빛이 정신없이 왔다 갔다 했습니다. 건너편 기슭의 어두운 제방에서도 등불이 움직이고 있었습니다. 그 사이를 쥐참외 등불도 없는 어두운 강물이 들릴 듯 말 듯한 소리를 내며 조용히 흐르고 있었습니다.

강 하류 쪽에 모래섬처럼 튀어나와 있는 곳에, 사람들이 새카맣게 모여 있었습니다. 조반니는 젖 먹던 힘까지 다 내서 그곳으로 뛰어갔습니다. 그때 좀 전에 캄파넬라와 함께 있었던 마르소가 눈에 띄었습니다. 마르소는 조반니를 보자마자 달려왔습니다.

"조반니, 캄파넬라가 물에 빠졌어!"

"왜? 언제?"

"자넬리가 쥐참외 등불을 강물이 흐르는 쪽으로 밀어주려 하는 찰나, 갑자기 배가 기우뚱하는 바람에 강물에 빠졌거든. 그러자 캄파넬라가 바로 뛰어들어서 자넬리를 배 쪽으로 밀어줬어. 자넬리는 가토에게 매달렸지만, 캄파넬라는 보이지 않았어."

"지금 사람들이 찾고 있지?"

"그래. 사람들이 달려오고, 캄파넬라 아빠도 오셨어. 하지만 아무리 찾아도 캄파넬라는 보이지 않아. 자넬리는 다른 애들이 집으로 데려다줬어."

조반니는 사람들이 모여 있는 곳으로 뛰어갔습니다. 검은 옷차림에 턱이 뾰족한 캄파넬라의 아버지가 아이들과 마을 사람들에 둘러싸여 있었습니다. 그는 창백한 표정으로 서서 오른손에 들고 있는 시계를 뚫어지게 쳐다보았습니다. 다른 사람들은 모두 강물을 쳐다보았습니다. 입을 여는 사람은 아무도 없었습니다. 조반니는 다리가 후들거리기 시작했습니다. 물고기를 잡을 때 사용하는 아세틸렌 램프가 바쁘게 왔다 갔다 했고, 검은 강물은 쪼르르 쪼르르 작은 잔물결을 이루며 흘러가고 있었습니다.

하류 쪽에는 거대한 은하가 강물 위에 비쳐져서 마치 강물이 아니라 어두운 하늘처럼 보였습니다.

조반니는 웬지 캄파넬라가 이미 은하의 끝에 가 있는 것 같아서 견딜 수가 없었습니다. 그러나 사람들은 아직도 "나, 무지무지 오랫동안 헤엄쳤지?" 하고 캄파넬라가 장난스럽게 말하면서 물속에서 나올 것이라는 희망을 버리지 않았습니다. 혹은 아무도 모르는 모래섬에 도착해서 자신을 데리러오기를 기다리고 있을지 모른다고 기대하는 것 같았습니다.

그 침묵을 뚫고 캄파넬라의 아버지가 단호하게 말했습니다.

"이제 틀렸습니다. 강물에 빠진 지 벌써 45분이나 지났으니까요."

조반니는 박사이신 캄파넬라의 아버지 앞으로 뛰어가서, '캄파넬라가 간 곳을 알고 있어요. 지금까지 캄파넬라와 함께 있었어요'라고 말하려고 했지만, 목이 메여 아무 말도 할 수가 없었습니다. 그러자 캄파넬라의 아버지는 조반니가 인사하러 왔다고 생각했는지 잠시 뚫어지게 내려다보며 따뜻하게 말을 걸었습니다.

"조반니로구나. 와줘서 고맙다."

조반니는 어떻게 대답해야 좋을지 몰라 고개만 숙였습니다.

"네 아버지는 집으로 돌아오셨니?"

캄파넬라의 아버지는 부서질 듯이 시계를 꼭 쥔 채 물었습니다.

"아직 안 오셨어요."

조반니는 조용히 고개를 저었습니다.

"웬일이시지? 그저께 아주 기운 넘치는 편지가 왔던데. 아마 오늘쯤에는 집에 도착하실 게다. 배가 늦는 모양이구나. 조반니, 내일 학교 수업이 끝나면 친구들과 함께 우리 집에 놀러오너라."

캄파넬라의 아버지는 그렇게 말하면서 다시 은하가 잠겨 있는 강물 아래쪽으로 시선을 고정시켰습니다.

조반니는 너무나 많은 일들이 가슴을 가득 메워서 아무 말도 하지 못했습니다. 다만, 한시라도 빨리 우유를 가지고 가서 엄마에게 아빠가 돌아오신다는 소식을 전해주려고, 뒤도 돌아보지 않고 쏜살같이 마을 쪽으로 뛰어갔습니다.

구스코 부도리의 전기

숲

구스코 부도리는 이하토브의 커다란 숲 속에서 태어났습니다. 아버지 구스코 나도리는 아무리 큰 나무라도 갓난아이를 눕히듯 쉽게 베어 버리는 유명한 나무꾼이었습니다.

부도리에게는 네리라는 여동생이 있었는데, 남매는 날마다 숲 속에서 즐겁게 뛰어 놀았습니다. 때로는 아버지의 쓱싹쓱싹 하는 톱질 소리가 간신히 들릴 정도로 먼 곳까지 놀러 가기도 했습니다. 남매는 그곳에서 나무딸기를 따서 샘물에 담그기도 하고 하늘을 향해 번갈아 산비둘기 울음소리를 흉내 내기도 했습니다. 그러면 여기저기에서 구구 하고 새들이 졸린 듯이 울기 시작했습니다.

어머니가 집 앞의 작은 밭에 보리를 뿌릴 때면, 남매는 길바닥에 멍석을 깔고 앉아 양철 깡통에 난초 꽃을 삶았습니다. 그러면 온갖 새들이 인사라도 하듯 노래를 하며, 남매의 부석부석한 머리 위로 휘리릭 날아갔습니다.

부도리가 학교에 다니게 되자 숲은 낮 동안 몹시 쓸쓸했습니다. 그 대신 점심때가 지나면 부도리는 네리와 함께 숲에 있는 모든 나무에 빨간 찰흙과 뜬숯으로 나무의 이름을 쓰거나 목청껏 노래를 불렀습니다.

홉 덩굴이 양쪽에서 뻗어 올라와 문처럼 보이는 자작나무에는 '뻐꾸기 출입금지'라고 쓰기도 했습니다.

어느새 부도리는 열 살이 되고, 네리는 일곱 살이 되었습니다. 그런데 어찌 된 일인지 그 해에는 봄부터 해님이 기묘하리만큼 하얗더니, 여느 해라면 눈이 녹으면서 이내 새하얀 꽃을 피울 목련도 감감무소식이었습니다. 더구나 5월에 접어든 후에도 가끔 진눈깨비가 질척질척 내렸으며, 7월 말이 되어도 아예 더위가 찾아오지 않았습니다. 그리하여 작년에 뿌려 둔 보리도 낱알이 없는 하얀 이삭밖에 매달지 않고, 대부분의 과일나무도 꽃만 피울 뿐 열매는 그대로 떨어져 버렸습니다.

마침내 가을이 되었는데도 밤나무 역시 안이 텅 비어 있는 푸르스름한 밤송이뿐이고, 사람들이 평소에 매일 먹는 가장 중요한 곡물인 오리자저자가 만들어낸 가공의 곡물_옮긴이마저 낱알 하나 영글지 않았습니다. 그로 인해 들녘에 있는 마을에서는 이미 엄청난 소동이 벌어졌습니다.

부도리의 아버지와 어머니는 종종 들녘 마을 쪽으로 장작을 팔러 가기도 하고, 겨울로 접어든 후에는 커다란 나무를 썰매에 싣고 몇 번이나 시내로 운반하기도 했지만, 늘 실망한 모습으로 보릿가루 몇 줌만 가져올 뿐이었습니다. 그래도 그럭저럭 그 겨울을 넘기고 이듬해 봄이 되어 그동안 소중히 간직해 둔 씨앗을 밭에 뿌렸는데, 그해에도 지난해와 똑같은 일이 벌어졌습니다. 그리고 가을로 접어들자 마침내 진짜 기근이 찾아왔습니다. 그즈음에는 이미 아이들도 학교에 가지 않았습니다.

부도리의 아버지와 어머니도 일을 그만둘 수밖에 없었습니다. 더 이상 할 일이 없었기 때문입니다. 그리고 매일 걱정스러운 얼굴로 의논을 하다가 번갈아 시내로 가서 수숫가루를 조금 가져오거나 풀이 죽은 채 빈손으로 털레털레 돌아왔습니다. 사람들은 졸참나무 열매나 칡, 고사리 뿌리, 부드러운 나무껍질 같은 것을 먹으며 그 겨울을 보내야 했습니다.

그런데 봄이 찾아왔을 무렵, 아버지와 어머니는 모두 심각한 병에 걸린 듯했습니다.

어느 날, 아버지는 두 손으로 머리를 감싼 채 한동안 깊은 생각에 잠겨 있다가 갑자기 벌떡 일어섰습니다.

"잠시 숲에 갔다 오마."

아버지는 비틀거리며 집을 나갔지만 주위가 캄캄해져도 돌아오지 않았습니다. 남매는 어머니에게 아버지가 어떻게 되었냐고 물어보았지만, 어머니는 말없이 남매의 얼굴을 쳐다볼 뿐이었습니다.

이튿날 어둠이 깊숙이 내려앉아 숲이 새까맣게 보일 무렵, 어머니가 갑자기 일어나더니 화로에 땔감을 잔뜩 집어넣어 온 집안을 환하게 밝혔습니다. 그리고 아버지를 찾으러 갈 테니 집에서 선반에 있는 가루를 조금씩 나눠 먹으라고 말하고는, 역시 아버지처럼 비틀거리며 집을 나섰습니다. 남매가 울면서 쫓아가자 어머니는 뒤를 돌아보며 야단치듯 말했습니다.

"너희들, 엄마 말 안 들을 거야?"

그리고 돌부리에 걸려 넘어질 뻔하면서도 총총걸음으로 숲 속으로 들어갔습니다. 남매는 소리 내어 울면서 그 주변을 몇 번이고 왔다 갔다 했습니다. 그러다 더 이상 참을 수 없어서 캄캄한 숲 속으로 들어가 홉 덩굴이 문처럼 되어 있는 곳이나 샘터 등 사방팔방 허둥지둥 돌아다니며 밤새 엄마를 찾았습니다. 별이 무슨 말인가 하듯 숲 속의 나무 사이로 반짝반짝 빛을 뿌리고 깜짝 놀란 새들이 가끔 어둠 속에서 날아올랐지만, 사람의 목소리는 어디에서도 들리지 않았습니다. 결국 남매는 힘없이 집으로 돌아와 죽은 듯 잠을 잤습니다.

부도리가 눈을 뜬 것은 점심때가 지나서였습니다.

어머니가 말했던 가루를 떠올리며 선반을 열어 보니, 주머니 안에 메밀가루와 졸참나무 열매가 한가득 들어 있었습니다. 부도리는 네리를 흔들어 깨운 뒤 함께 메밀가루를 먹고, 아버지가 있었을 때처럼 화로에 불을 지폈습니다.

그로부터 20여 일쯤 지난 어느 날, 남매가 멍하니 앉아 있자 문밖에서 누군가의 목소리가 들렸습니다.

"오늘은 누가 있나?"

아버지가 돌아온 줄 알고 부도리가 밖으로 뛰어나가자, 눈빛이 날카로운 남자가 바구니를 등에 맨 채 서 있었습니다. 남자는 바구니 안에서 둥근 찹쌀떡을 꺼내더니 툭 던지면서 말했습니다.

"난 이 지방의 기근을 도와주러 온 사람이다. 자, 어서 먹어라."

남매가 영문을 몰라서 멍하니 서 있자 남자가 다시 말했습니다.

"먹어. 어서 먹으라니까."

남매가 멈칫멈칫 먹기 시작하자 남자는 그 모습을 가만히 지켜보았습니다.

"참 착한 애들이군. 그러나 착하기만 해서는 아무 쓸모가 없지. 나를 따라가자. 하지만 남자애는 원래 강하고, 나도 둘이나 데려갈 수는 없다. 여자애야, 넌 여기 있어도 먹을 게 없으니까 아저씨랑 같이 시내로 가자. 매일 빵을 먹게 해주마."

남자는 말이 끝나기가 무섭게 네리를 안아 등에 멘 바구니에 넣더니, "오오, 됐다 됐어! 오오, 됐다 됐어!"라고 소리치면서 바람처럼 재빨리 집에서 나갔습니다. 네리는 집 밖에 나가자 그제야 왕 울음을 터뜨렸습니다.

"도둑이다! 도둑 잡아라!"

부도리는 울며불며 쫓아갔지만 남자는 이미 숲을 지나서 멀리 떨어진 풀밭을 달리고, 네리의 애처로운 울음소리만 희미하게 들릴 뿐이었습니다.

부도리는 목이 터져라 소리치며 숲의 끝자락까지 쫓아갔지만 결국 지쳐서 풀썩 쓰러지고 말았습니다.

천잠사 공장

부도리가 문득 눈을 뜬 순간, 별안간 머리 위에서 기이하리만큼 감정이 없는 평탄한 목소리가 귓속을 파고들었습니다.

"이제야 겨우 정신이 들었나 보군. 넌 아직 기근인 줄 알아? 냉큼 일어나서 날 도와주거라."

목소리가 들리는 쪽을 쳐다보자 버섯처럼 생긴 갈색 모자를 쓰고 셔츠 위에 외투를 걸쳐 입은 남자가 철사로 만든 물건을 이리저리 흔들고 있었습니다.

부도리가 물었습니다.

"이제 기근은 끝났나요? 도와달라니, 뭘 도와달라는 거죠?"

"그물 치는 일이야."

"여기에 그물을 치나요?"

"그래."

"그물을 쳐서 뭐하는데요?"

"산누에를 기를 거다."

그러고 보니 부도리 앞에 있는 밤나무에 두 남자가 사다리를 타고 올라가서 열심히 그물 같은 것을 던지거나 펼치는 것 같았지만, 그물과 실은 전혀 보이지 않았습니다.

"저기에 산누에를 기를 수 있어요?"

"기를 수 있지. 꼬마 녀석이 되게 말이 많군. 그리고 너, 재수 없는 소리 하지 마. 산누에도 기를 수 없는 곳에 뭐 하러 공장을 짓겠어? 암, 기를 수 있고말고! 실제로 날 비롯해서 많은 사람이 그걸로 먹고 살거든."

부도리는 갈라진 목소리로 겨우 말했습니다.

"그렇군요."

"게다가 이 숲은 내가 다 사들였어. 여기서 일을 도와준다면 괜찮지만 그게 아니면 여기서 당장 나가라. 어디를 가든 어차피 먹을 건 없겠지만."

부도리는 울음을 터트릴 뻔 했지만 간신히 참으면서 말했습니다.

"그렇다면 도와드릴게요. 그런데 그물을 어떻게 치는데요?"

"그물 치는 방법은 물론 가르쳐줄 거다. 이걸 말이야……."

남자는 들고 있던 철사 바구니 같은 것을 두 손으로 길게 잡아당겼습니다.

"봤지? 이렇게 잡아당기면 사다리가 되거든."

남자는 오른쪽에 있는 밤나무로 뚜벅뚜벅 걸어가더니 아래쪽에 사다리를 걸었습니다.

"자, 이제 네가 이 그물을 들고 위로 올라가. 자, 어서 올라가라니까."

남자는 그물이라고 하면서 공처럼 생긴 이상한 물건을 부도리에게 주었습니다. 부도리는 할 수 없이 그물 공을 들고 사다리를 타고 올라갔지만, 사다리의 계단이 너무 가늘어 손과 발에 파고

드는 바람에 손발이 찢어질 것 같았습니다.

"더 높이 올라가. 좀더, 좀더! 그리고 아까 준 그물 공을 던져. 밤나무를 넘어가도록 하늘 높이 던지는 거야. 뭐야, 너 지금 떨고 있냐? 사내 녀석이 무슨 겁이 그렇게 많아? 던져, 어서 던지라고! 이 녀석, 던지라니까!"

할 수 없이 모든 힘을 짜내어 파란 하늘을 향해 그물 공을 던졌다고 생각한 순간, 갑자기 해님이 새카맣게 보이면서 부도리는 거꾸로 떨어졌습니다. 하지만 남자가 재빨리 부도리를 받은 덕분에 부도리는 무사할 수 있었습니다. 남자는 부도리를 땅에 내려놓으면서 불같이 화를 냈습니다.

"무슨 녀석이 이렇게 겁도 많고 근성도 없냐? 물러 터진 놈 같으니라고! 내가 받아 주지 않았다면 넌 지금쯤 머리가 깨졌을 거야. 난 네 생명의 은인이다. 앞으로 절대 대들거나 무례한 말을 하면 안 돼! 자, 이번에는 저쪽 나무로 올라가. 조금 있으면 밥도 줄게."

남자는 부도리에게 다시 새 그물 공을 주었습니다. 부도리는 사다리를 들고 다음 나무로 가서 그물 공을 던졌습니다.

"좋아, 이제 제법 쓸 만한데. 그물공은 아직 많이 있어. 게으름 피우지 마. 밤나무라면 어떤 거라도 좋으니까 올라가서 그물 공을 던져라."

남자는 주머니에서 그물 공을 열 개 정도 꺼내서 부도리에게 주고는 건너편으로 성큼성큼 걸어갔습니다. 부도리는 그물 공을 다시 세 개 던졌지만, 숨이 목까지 차오르고 몸이 나른해서 견딜 수 없었습니다. 이제 충분한 것 같아서 그만두고 집에 가 보았더니, 집에는 놀랍게도 어느새 붉은 흙으로 만든 굴뚝이 달려 있고, 입구에는 '이하토부 천잠사 공장'이라는 간판이 걸려 있었습니다.

안에서 조금 전의 남자가 담배를 피우며 나왔습니다.

"어이, 꼬마. 먹을 걸 갖고 왔다. 이거 먹고 어두워지기 전에 돈을 더 벌어야지."

"더 이상 못 하겠어요. 집에 갈래요."

"집이라니, 저기 말이야? 저기는 네 집이 아니야. 내 천잠사 공장이지. 저 집도, 이 주변의 숲도 몽땅 내가 사들였거든."

그 말을 들은 부도리는 완전히 자포자기해서, 남자가 준 찐빵을 말없이 우걱우걱 먹은 후에 그물 공을 열 개 정도 더 던졌습니다.

그날 밤 부도리는 예전에 자신의 집이었고 지금은 천잠사 공장으로 변한 건물 구석에서 몸을 작게 웅크리고 잠들었습니다.

조금 전의 남자는 서너 명의 낯선 사람들과 함께 밤늦게까지 화롯가에서 불을 지피며 뭔가를 마시거나 떠들곤 했습니다. 이튿날 아침, 부도리는 일찍부터 숲에 가서 어제와 똑같은 일을 반복했습니다.

그로부터 한 달이 지나자 숲속의 모든 밤나무에 그물이 걸렸습니다. 그러자 산누에치기 남자는 좁쌀 같은 것이 잔뜩 붙어 있는 널빤지를 모든 나무에 대여섯 개씩 매달라고 했습니다. 시간이 지나자 나무에서 싹이 나오면서 숲은 새파랗게 변했습니다. 그리고 나무에 매달았던 널빤지에서 작고 푸르스름한 벌레들이 실을 타고 한 줄로 기어 나와 가지로 올라갔습니다.

그런 다음에 부도리와 일꾼들은 매일 땔감을 만들어야 했습니다. 땔감이 집 주변에 산더미처럼 쌓이고 밤나무에 끈처럼 생긴 푸르스름한 꽃이 흐드러지게 필 무렵이 되자, 널빤지에서 올라갔던 벌레도 밤나무 꽃과 똑같은 색깔과 모양으로 되었습니다. 그리고 그 벌레들은 숲 속의 모든 밤나무 잎을 흔적도 남기지 않고 전부 갉아먹었습니다.

이윽고 벌레들은 그물눈마다 커다란 노란색 고치를 매달기 시작했습니다.

그러자 산누에치기 남자는 부도리와 일꾼들을 미친 듯이 몰아세우며, 바구니에 고치를 모으게 했습니다. 그런 다음에 닥치는 대로 냄비에 넣어 펄펄 끓인 뒤, 밤낮을 가리지 않고 물레 세 대를 덜컹덜컹 덜컹덜컹 돌려서 실을 뽑아 냈습니다. 그렇게 만든 노란색 실이 오두막에 절반쯤 쌓였을 무렵, 밖에 놓아둔 고치에서는 크고 새하얀 나방들이 하늘하늘 날아다니기 시작했습니다. 산누에치기 남자는 귀신처럼 무서운 표정을 지으며 본인도 필사적으로 실을 뽑았고, 들녘 마을에서 네 명을 더 데려와서 일을 시켰습니다. 하지만 날이 갈수록 나방은 더 많이 생겨서, 결국 숲 전체에 눈송이가 날아다니는 듯했습니다.

그러던 어느 날, 짐마차 예닐곱 대가 오더니 지금까지 만든 실을 모두 싣고 시내 쪽으로 가기 시작했습니다. 일꾼들도 한 명씩

짐마차를 타고 떠났습니다.

마지막 짐마차가 떠난 후, 산누에치기 남자가 부도리에게 말했습니다.

"꼬마야, 내년 봄까지 먹을 식량은 집에 놔두었다. 넌 그때까지 여기서 숲과 공장을 지키고 있어라."

남자는 말을 마치자마자 기묘하게 히죽히죽 웃으면서 짐마차를 따라 재빨리 사라졌습니다.

부도리는 우두커니 혼자 남겨졌습니다. 집 안은 폭풍이 지나간 자리처럼 너저분해졌고, 숲은 산불이라도 난 것처럼 황폐해졌습니다.

이튿날 아침, 부도리는 집 안과 주변을 치우다가 산누에치기 남자가 늘 앉아 있던 곳에서 낡은 골판지 상자를 발견했습니다. 상자 안에는 열 권 정도의 책이 빼곡하게 들어 있었습니다. 산누에 그림과 기계 그림만 있어서 도무지 이해할 수 없는 책도 있고, 풀과 나무의 그림과 이름이 자세하게 쓰여 있는 책도 있었습니다.

부도리는 열심히 책에 있는 글자를 따라 쓰거나 그림을 따라 그리며 그해 겨울을 보냈습니다.

봄이 되자 다시 산누에치기 남자가 화려한 차림으로 예닐곱 명의 새로운 일꾼을 데리고 나타났습니다. 그리고 이튿날부터 지난해와 똑같은 일을 시작했습니다.

모든 밤나무에 그물을 치고 노란 널빤지를 매달자 벌레가 가지로 기어 올라가고, 부도리와 일꾼들은 또 땔감을 만들기 시작한 것입니다.

어느 날 아침 부도리와 일꾼들이 장작을 패고 있을 때, 갑자기 땅이 흔들리며 지진이 시작되었습니다. 그리고 아주 먼 곳에서 콰광 하는 소리가 들렸습니다.

잠시 후, 해가 이상하게 어두워지고 미세한 재들이 하늘에서 후두둑후두둑 떨어지면서 숲은 온통 새하얗게 변했습니다. 부도리와 일꾼들이 깜짝 놀라 나무 밑에 웅크리고 있자 산누에치기 남자가 헐레벌떡 뛰어왔습니다.

"이봐, 이제 틀렸어. 분화가 시작됐어. 화산이 폭발했다고! 산누에는 모두 재를 뒤집어쓰고 죽어 버렸어. 다들 어서 철수해. 야, 부도리. 넌 여기 있고 싶으면 있어도 좋지만 이번엔 먹을 걸 줄 수 없어. 그리고 여기 있으면 위험해. 너도 들녘 마을로 가서 돈을 버는 게 좋을 거야."

말이 끝나기도 전에 산누에치기 남자는 정신없이 뛰어 갔습니다. 부도리가 공장에 갔을 때는 이미 아무도 없었습니다. 부도리는 힘없이 사람들의 발자국이 찍힌 하얀 재를 밟으며 들녘 마을 쪽으로 걸어갔습니다.

수렁논

부도리는 재를 잔뜩 뒤집어쓴 숲 속을 나와 마을을 향해 반나절이나 걷고 또 걸었습니다. 재는 바람이 불 때마다 나무에서 후두둑 떨어져서 마치 연기나 눈보라처럼 보였습니다. 하지만 마을에 가까워질수록 재는 점점 적어지고 희미해졌으며, 드디어 나무도 초록색으로 보이고 재에 찍힌 발자국도 더 이상 보이지 않았습니다.

마침내 숲을 다 빠져나왔을 때 부도리는 자기도 모르게 눈을 휘둥그레 떴습니다. 눈앞에서 저 멀리 새하얀 구름이 있는 곳까지 들녘에는 꼭 아름다운 연분홍색과 초록색, 회색의 카드가 펼쳐져 있는 것 같았습니다. 가까이 다가가 보니 연분홍색인 곳에는 키 작은 꽃들이 옹기종기 피어 있고, 꿀벌이 이 꽃에서 저 꽃으로 바쁘게 돌아다녔습니다. 초록색인 곳에는 작은 이삭을 매단 풀들이 발 디딜 틈도 없이 빼곡히 자라고, 회색인 곳에는 얕은 진흙 수렁이 자리하고 있었습니다. 그리고 폭이 좁은 나지막한 둑이 그 사이를 가로막고, 사람들은 말을 몰아 땅을 일구거나 파헤치고 있었습니다.

부도리가 잠시 논길을 걷고 있자 길 한가운데에서 두 사람이 싸움이라도 하듯 서로 목청을 높이고 있었습니다.

붉은 수염이 난 오른쪽 사람이 말했습니다.

"어쨌든 난 모험을 해보기로 결심했습니다."

그러자 하얀 삿갓을 쓴 키 큰 할아버지가 말했습니다.

"좋게 말할 때 그만두게. 그렇게 비료를 많이 넣으면 지푸라기는 얻어도 곡식은 한 톨도 얻지 못할 걸세."

"천만에요. 내가 보기에 올해는 지난 3년 치의 더위가 한꺼번에 몰려올 겁니다. 그러면 1년에 3년 치를 수확할 수 있습니다."

"그만둬, 그만둬. 그만두라니까!"

"천만에요. 이제 와서 그만두라고요? 꽃은 전부 파묻었으니까 이번에는 콩을 60뙈기 심고 닭똥을 100바리(3600관) 쏟아 부을 겁니다. 서둘러야 해요. 요즘은 너무 바빠서 콩의 덩굴손에라도 도와달라고 부탁하고 싶은 심정입니다."

부도리는 자신도 모르게 다가가서 고개를 숙였습니다.

"그렇게 바쁘면 저를 써주시지 않겠습니까?"

그러자 두 사람은 흠칫 놀란 표정으로 고개를 들더니, 손을 턱에 대고 잠시 부도리를 빤히 쳐다보았습니다. 그러더니 붉은 수염이 대뜸 웃음을 터트렸습니다.

"좋아, 좋아. 네가 말을 다루면 되겠구나. 그래, 날 따라가자. 그러면 성공할지 실패할지, 가을까지 지켜보세요. 자, 가자. 정말로 콩의 덩굴손에라도 도와달라고 부탁할 참이었거든."

붉은 수염은 부도리와 할아버지에게 번갈아 이야기하더니 서둘러 앞장을 섰습니다.

"늙은이 말을 듣지 않으면 언젠가 후회할 걸세."

뒤에서 할아버지가 그렇게 중얼거리면서 한참 동안 그들을 바라보았습니다.

그때부터 부도리는 하루도 빠짐없이 수렁논에 들어가 말을 몰아 진흙을 파헤쳤습니다. 하루하루 시간이 지날 때마다 연분홍색 카드와 초록색 카드는 점점 없어지고 수렁논으로 바뀌었습니다. 말은 이따금 힘차게 발길질을 해서 사람들의 얼굴에 흙탕물을 튀겼습니다.

수렁논 하나가 끝나면 곧바로 다음 수렁논으로 들어갔습니다. 하루가 너무도 길고 일은 너무도 힘들어서 나중에는 자신이 걷는지 서 있는지조차 알 수 없고, 진흙이 설탕처럼, 물이 수프처럼 느껴지기도 했습니다. 바람이 끊임없이 불어와 가까이에 있는 흙탕물에 물고기 비늘 같은 물결을 일으키고, 멀리 떨어진 곳의 물은 양철색으로 만들었습니다. 하늘에서 느긋하게 흘러가는 새콤달콤해 보이는 뭉게구름이 몹시 부러워 보일 만큼 힘든 날들이 이어졌습니다.

이렇게 20여 일이 지나자 그제야 겨우 수렁논은 완전히 질퍽질퍽해졌습니다. 마음이 급해진 주인은 이튿날 아침부터 여기저기서 데려온 사람들과 함께, 창처럼 생긴 초록색 오리자를 빼곡히 심었습니다. 열흘 만에 그 일이 끝나자 다음에는 부도리와 일꾼들을 데리고 지금까지 자신의 일을 도와주었던 사람들을 도와주러 갔습니다. 그 일도 일단락되자 다시 자신의 수렁논으로 돌아와서 쓸모없는 잡초를 뽑았습니다.

주인의 오리자는 어느새 성장해서 까맣게 변했는데 옆의 수렁논은 희미한 연두색이었기 때문에, 멀리서 봐도 양쪽 수렁논의 경계를 확실히 구별할 수 있었습니다. 일주일에 걸쳐 잡초를 뽑아낸 후에는 다시 다른 사람의 일을 도와줘야 했습니다.

그러던 어느 날 아침이었습니다. 주인이 부도리를 데리고 자신의 수렁논을 지나가다가 갑자기 "앗!" 하고 소리를 지르며 그 자리에 말뚝처럼 우뚝 멈췄습니다. 더구나 입술까지 새파래지더니 멍하니 앞쪽을 쳐다보았습니다.

주인의 입에서 겨우 말이 흘러나왔습니다.

"병에 걸렸어."

부도리가 물었습니다.

"머리라도 아프세요?"

"내가 아니라 오리자 말이야. 저기를 봐."

부도리는 웅크리고 앉아서 주인이 가리킨 오리자를 살펴보았습니다. 그러자 모든 이파리에 지금까지 본 적이 없는 빨간 점들이 생긴 게 아니겠어요? 주인은 입을 다문 채 힘없이 수렁논을 한 바퀴 돌아보고는 집을 향해 걸어갔습니다. 부도리가 걱정되어서 따라가자 주인은 말없이 수건을 물에 적셔 머리에 올린 채, 마루에서 그대로 잠들어 버렸습니다.

잠시 후 주인의 아내가 밖에서 뛰어들어 왔습니다.

"오리자에 병이 생겼다는 게 사실이에요?"

"그래, 이제 틀렸어."

“무슨 방법이 없나요?”

“틀렸다니까. 5년 전과 똑같아.”

“그래서 내가 모험을 하지 말라고 했잖아요. 할아버지도 그렇게 말리시고요.”

아내가 눈물을 흘리며 울기 시작했습니다. 그러자 주인이 돌연 기운을 차리고 벌떡 일어났습니다.

“이러고 있을 수 없어. 이하토브에서 손꼽히는 농사꾼인 내가 이 정도에 두 손 들고 항복할 것 같아? 좋아. 내년에는 꼭 해낼 거야. 부도리, 우리 집에 오고 나서 아직 하루도 실컷 잔 적이 없지? 닷새든 열흘이든 좋으니까 직성이 풀릴 만큼 실컷 자라. 그다음에 내가 수렁논에서 재미있는 마술을 보여 주지. 그 대신 올 겨울은 모든 식구들이 계속 메밀만 먹어야 한다. 메밀은 좋아하지?”

말이 끝나기가 무섭게 주인은 재빨리 모자를 쓰고 밖으로 나갔습니다.

부도리는 주인이 시킨 대로 헛간에 들어가서 자려고 했지만 자꾸 수렁논이 눈앞에서 아른거려서, 다시 어슬렁어슬렁 수렁논으로 나갔습니다. 그러자 언제 왔는지 주인이 혼자 팔짱을 끼고 둑에 서 있었습니다. 수렁논에는 물이 가득 차서 오리자는 겨우 이파리만 내밀고 있을 뿐, 위에는 석유가 번들번들 떠 있었습니다.

주인이 말했습니다.

“지금 병충을 죽이는 중이야.”

“석유로 병충이 죽나요?”

부도리가 묻자 주인은 숨을 훅 들이마시고 목을 움츠렸습니다.

"머리까지 석유에 잠기면 사람도 죽으니까."

그때 옆 수렁논의 주인이 어깨를 치켜세우고 씩씩거리며 다가와서 버럭 고함을 질렀습니다.

"왜 물에 기름 따위를 넣은 거지? 전부 내 논으로 흘러 들어오고 있잖아."

주인은 의외로 침착하게 대답했습니다.

"왜 물에 기름 따위를 넣었냐고? 오리자가 병에 걸리는 바람에 물에 기름 따위를 넣은 거지."

"왜 내 논 쪽으로 흘려보낸 거야?"

"왜 자네 논 쪽으로 흘려보냈냐고? 물이 그쪽으로 흐르니까 기름도 따라 흐르는 거지."

"그러면 왜 내 논 쪽으로 물이 흐르지 못하게 물꼬를 막지 않는 거야?"

"왜 자네 논 쪽으로 물이 흐르지 못하게 물꼬를 막지 않았냐고? 거기는 내 물꼬가 아니라서 막지 못한 거지."

옆 논의 주인은 분노가 머리끝까지 치밀어 오르고 말문까지 막힌 채, 갑자기 첨벙첨벙 물속으로 들어가더니 자신의 물꼬에 진흙을 쌓기 시작했습니다.

주인이 빙긋이 웃었습니다.

"저 사람 성질이 보통 아니거든. 내가 물꼬를 막으면 화를 낼 테니까 일부러 직접 막게 한 거야. 저기만 막으면 오늘 밤 안에 오리자의 머리 꼭대기까지 물이 찰 테니까. 자, 이제 집에 가자."

주인은 앞장서서 집을 향해 씩씩하게 걷기 시작했습니다.

이튿날 아침, 부도리는 주인과 함께 다시 수렁논으로 가보았습니다. 주인은 물속에서 이파리 하나를 뜯어서 꼼꼼히 살펴보더니 계속 찜찜한 표정을 지었습니다. 그다음 날도 마찬가지였습니다. 그다음 날도 마찬가지였습니다. 그다음 날도 마찬가지였습니다.

다음 날 아침, 마침내 주인이 결심한 듯 말했습니다.

"자, 부도리. 이제 여기에 메밀을 뿌리자. 넌 저기 가서 옆 논의 물꼬를 트고 와라."

부도리는 주인이 시키는 대로 옆 논의 물꼬를 텄습니다. 석유가 섞여 있는 물은 무서운 기세로 옆 논으로 흘러갔습니다. 옆 논의 주인이 또 씩씩거리며 달려오겠다고 생각하고 있자, 아니나 다를까 점심때쯤 커다란 낫을 들고 나타났습니다.

"이봐, 왜 남의 논에 석유를 흘려보내는 거야?"

주인은 뱃속에서 나오는 굵은 목소리로 당당하게 대답했습니다.

"석유를 흘려보내는 게 왜 나쁜가?"

"오리자가 다 죽잖아."

"오리자가 다 죽을지 죽지 않을지, 일단 내 수렁논의 오리자를 보게. 오늘까지 나흘간 머리 꼭대기까지 석유에 잠기게 했지. 그런데 자네 눈으로 보다시피 이렇게 멀쩡하지 않은가? 오리자가 빨개진 건 병충해 때문이고, 힘이 넘치는 건 석유 덕분이라네. 자네 논에서는 석유가 오리자의 뿌리 부분만 지나가지 않는가? 그게 오히려 더 좋을지 모르지."

"석유가 거름이 된단 말인가?"

옆 논 주인의 얼굴빛이 조금 부드러워졌습니다.

"석유가 거름이 될지 안 될지는 모르지만 어쨌든 석유는 기름이 아닌가?"

"그래, 석유는 물론 기름이지."

옆 논의 주인은 완전히 기분을 풀고 껄껄 웃었습니다. 물은 계속해서 빠져나가고, 눈 깜짝할 새에 오리자의 뿌리 부근까지 드러났습니다. 오리자의 뿌리는 마치 불에 탄 것처럼 온통 빨간 점투성이였습니다.

"자아, 이제 우리 논에서 오리자를 베어내자!"

주인은 웃으면서 말하더니 부도리와 함께 오리자를 전부 베어낸 뒤, 즉시 메밀을 뿌리고 흙을 덮었습니다. 그리고 그 해에는 주인의 말처럼 정말로 메밀만 먹었습니다.

이듬해 봄이 되자 주인이 말했습니다.

"부도리, 올해는 수렁논이 작년보다 3분의 1이 줄어서 일이 상당히 편할 거야. 그 대신 넌 죽은 내 아들이 봤던 책으로 열심히 공부해서 오리자를 훌륭하게 키워다오. 지금까지 황당한 모험만 한다고 날 비웃었던 녀석들이 깜짝 놀라도록 말이야."

주인은 부도리에게 산더미처럼 많은 책을 주었습니다. 부도리는 일하는 틈틈이 그 책을 모조리 읽었습니다. 그중에서 특히 구보라는 사람의 사고방식을 설파해 놓은 책은 매우 재미있어서 몇 번씩 읽고 또 읽었습니다. 또 그 사람이 이하토브 시에서 '한 달 학교'를 운영하고 있다는 사실을 알고는, 그 학교에 가서 꼭 배우고 싶다고 생각하기도 했습니다.

그해 여름, 부도리는 일찌감치 커다란 공을 세웠습니다. 작년과 비슷한 시기에 오리자가 또 병충해에 걸리려고 하는 것을 나뭇재와 소금을 이용해서 막은 것입니다. 그리고 8월 중순이 되자 오리자는 전부 이삭을 맺었습니다. 모든 이삭에는 작고 하얀 꽃이 피었고, 꽃은 점점 물색으로 바뀌며 시원한 바람을 맞고 물결처럼 넘실넘실 일렁였습니다.

주인의 기쁨은 절정에 도달해서, 만나는 사람마다 이렇게 자랑하는 것이었습니다.

"어때? 지난 4년 동안 오리자에 모험을 했다 실패했지만, 올해는 한꺼번에 4년 치를 수확할 수 있잖나? 이런 기분을 자네들은 모를걸. 이런 맛에 모험을 하는 거지."

그런데 그 이듬해에는 기쁨이 슬픔으로 바뀌었습니다. 오리자를 심을 때부터 비가 한 방울도 오지 않아서 수로는 말라버리고 늪 바닥은 갈라졌으며, 가을의 수확은 고작 겨우내 먹을 것뿐이었으니까요. 내년에는 꼭 성공하겠다고 결심했지만 다음 해에도 똑같이 가뭄이 찾아왔습니다. 그 후에도 내년에는, 내년에는, 하고 새로 결심하곤 했지만 주인은 점점 비료도 살 수 없는 지경에 이르러서 말도 팔고 수렁논도 잇달아 팔아야 했습니다.

어느 해 가을날, 주인은 괴로운 얼굴로 부도리에게 말했습니다.

"부도리, 난 원래 이하토브의 부농富農으로 손꼽히는 사람이었지. 돈도 많이 벌었지만 시도 때도 없이 찾아오는 추위와 가뭄 때문에 지금은 수렁논이 3분의 1로 줄었고, 내년에는 비료도 살 수 없는 처지가 되었다. 나만이 아니야. 내년에 비료를 살 수 있는 사람이 이하토브에 몇 명이나 될지……. 그렇게 되면 그때는 네가 일한 품삯도 줄 수 없을 거야. 게다가 한창 일할 젊은 나이에 내 옆에만 있으면 네 청춘이 너무 불쌍하잖니? 미안하지만 이걸 가지고 어디든 가서 행운을 찾아봐라."

주인은 이렇게 말한 뒤, 돈 한 꾸러미와 감색으로 물들인 새 삼베옷, 빨간 가죽구두를 부도리에게 주었습니다.

부도리는 지금까지 일이 얼마나 힘들었는지도 잊어버리고, 아무것도 필요 없으니 주인 밑에서 계속 일하고 싶었습니다. 그러나 여기에 있어 봤자 할 일이 별로 없다는 것은 부도리가 가장 잘 알고 있었습니다. 부도리는 주인에게 몇 번이나 고맙다는 인사를 하고, 지난 6년 동안 일했던 수렁논과 주인에게 작별을 고한 뒤 기차역을 향해 터덜터덜 걷기 시작했습니다.

구보 대박사

부도리는 두 시간쯤 걸어서 기차역에 도착했습니다. 그리고 표를 사서 이하토브행 기차에 올라탔습니다. 기차는 드넓게 펼쳐진 수렁논을 뒤로 밀어내며 쏜살같이 달렸습니다. 수렁논 너머에서는 수많은 검은 숲이 잇달아 모양을 바꾸며 역시 뒤쪽으로 밀려갔습니다.

부도리의 마음속에 온갖 생각이 떠오르고 가슴이 벅차올랐습니다. 빨리 이하토브 시에 도착해서 친절한 책을 쓴 구보라는 사람을 만나고, 가능하면 일도 하면서 공부도 하고 싶었습니다. 그래서 모든 사람들이 붉은 수염의 주인처럼 힘들이지 않고 수렁논을 만들었으면, 또 화산재나 가뭄, 한파를 이기는 방법을 찾을 수 있었으면, 하는 마음이 굴뚝같았습니다. 그러자 기차가 너무도 느리고 답답하게 느껴져서 견딜 수 없을 정도였습니다.

기차는 그날 점심때가 지나서 이하토브 시에 도착했습니다. 기차역에서 한걸음 내딛자 땅 밑에서 솟아나는 듯한 웡웡거리는 울림과 탁하고 묵직한 공기, 끊임없이 오가는 자동차들로 인해 부도리는 한동안 멍하니 서 있어야 했습니다. 겨우 정신을 차리고 주위 사람에게 구보 대박사大博士의 학교로 가는 길을 물었습니다. 그러자 누구에게 물어도 다들 부도리의 지나치게 진지한 얼굴을 보고 웃음을 터트리면서 "그런 학교는 처음 들어보는데"라든지, "골목 대여섯 개를 더 지나가서 물어보게"라고 말하는 것이었습니다.

부도리가 가까스로 학교를 찾아낸 것은 이미 땅거미가 질 무렵이었습니다. 당장이라도 무너질 것 같은 크고 하얀 건물의 2층에서 누군가가 큰 소리로 강의를 하고 있었습니다.

"안녕하세요!"

부도리는 힘껏 소리쳤지만 아무도 나오지 않았습니다.

"안녕하세요!"

부도리는 다시 목청을 높여 주위가 떠나가라 소리를 질렀습니다. 그러자 바로 머리 위에 있는 2층 창문에서 잿빛의 큼지막한 얼굴이 나타났고, 안경알 두 개가 반짝 빛을 뿌렸습니다.

"지금은 수업 중이다. 시끄러운 녀석이군. 볼일이 있으면 들어오거라."

안경 쓴 남자가 그렇게 호통을 치고는 곧장 얼굴을 집어넣자 안에서 일제히 웃음이 터졌습니다. 하지만 그 사람은 신경도 쓰지 않고 다시 큰 소리로 강의를 계속했습니다.

부도리는 배에 힘을 넣은 다음, 되도록 발소리를 내지 않도록 조심하면서 2층으로 올라갔습니다. 계단 막다른 곳에 문이 열려 있고, 안을 쳐다보자 정면에 아주 큰 교실이 나타났습니다. 교실 안에는 각자 다른 옷을 입은 학생들이 발 디딜 틈 없이 앉아 있었습니다. 맞은편에 있는 커다란 검은 벽에는 하얀 선이 잔뜩 그어져 있고, 조금 전의 키 크고 안경 쓴 사람이 커다란 망루처럼 생긴 모형을 여기저기 가리키며 목소리를 높여서 설명했습니다.

모형을 보자마자 부도리는 생각했습니다.

'아아, 이건 선생님의 책에 쓰여 있던 "역사의 역사"라는 모형이다.'

선생님이 웃으면서 손잡이 하나를 돌렸습니다. 그러자 찰칵 소리가 나더니 모형은 기묘하게 생긴 배 모양으로 바뀌었습니다. 다시 손잡이를 돌리자 찰칵 소리가 나며 이번에는 커다란 지네처럼 바뀌었습니다.

학생들은 도저히 모르겠다는 듯 연신 고개를 갸웃거렸지만 부도리는 매우 흥미진진했습니다.

"그래서 이런 그림이 완성된다."

선생님은 검은 벽에 복잡한 그림을 잇달아 그렸습니다.

왼손에도 분필을 들고 재빨리 그림을 그렸습니다. 학생들은 모두 열심히 선생님을 따라했습니다. 부도리도 안주머니에서, 수렁논에서부터 가지고 있던 지저분한 수첩을 꺼내 그림을 그렸습니다. 선생님은 그림을 다 그린 뒤 단상에 똑바로 서서 학생들을 뚫어지게 쳐다보았습니다. 그림을 다 그린 부도리가 자신의 그림을 가로로, 또는 세로로 쳐다보고 있을 때, 옆에 있던 한 학생이 입이 찢어져라 하품을 했습니다.

부도리가 그 학생에게 조용히 물었습니다.

"저기, 선생님 성함이 뭐죠?"

그러자 학생은 부도리를 무시하듯 코웃음 치며 대답했습니다.

"구보 대박사님이야. 그것도 몰라?"

그러고는 부도리를 뚫어지게 쳐다보며 덧붙였습니다.

"처음부터 이런 그림을 그릴 수 있을 것 같아? 나만 해도 똑같은 강의를 벌써 6년째 듣고 있어."

학생은 그렇게 말하고 자신의 노트를 안주머니에 집어넣었습니다. 그때 교실에 불이 켜졌습니다. 어느새 어둠이 내려앉은 것입니다.

대박사가 맞은편에서 말했습니다.

"벌써 저녁이 되었고, 내 강의는 전부 끝났다. 제군들 중에서 원하는 사람은 다른 때처럼 내게 노트를 보여 준 다음, 내 몇 가지 질문에 대답하고 나서 소속을 정하도록."

학생들은 비명 같은 소리를 지르면서 허둥지둥 노트를 덮었습니다. 그리고 대부분은 그대로 돌아갔지만 50, 60명은 한 줄로 서서 대박사 앞을 지나가며 노트를 보여 주었습니다. 그러면 대박사는 노트를 힐끔 쳐다본 뒤 한두 마디 질문을 하고 나서 학생의 옷깃에 분필로 '합격' '재수강' '분발'이라고 썼습니다. 그동안 학생들은 몹시 걱정스러운 표정을 지으며 목을 움츠리고 있었는데, 어깨를 떨구고 복도에 나간 뒤 친구들이 옷깃에 적힌 글자를 읽어 주면 기뻐하기도 하고 한숨을 내쉬기도 했습니다.

시험이 순조롭게 진행되고 마침내 부도리 혼자 남았습니다. 부도리가 작고 지저분한 수첩을 꺼냈을 때 구보 대박사가 입이 찢어져라 하품을 하면서 몸을 숙이는 바람에, 하마터면 수첩이 대박사의 입 안으로 빨려 들어갈 뻔했습니다.

대박사가 절묘한 타이밍에 숨을 한 번 쉬고 나서 말했습니다.

"좋아. 아주 정확하게 그렸군. 그런데 다른 건 뭔가? 아하, 수렁 논의 비료와 말의 먹이인가? 그러면 내 질문에 대답해 보게. 공장 굴뚝에서 나오는 연기에는 어떤 색깔이 있지?"

부도리는 의욕이 넘쳐서인지 자기도 모르게 큰 소리로 대답했습니다.

"검정, 갈색, 노랑, 회색, 흰색, 무색. 그리고 이걸 혼합한 색입니다."

대박사가 웃었습니다.

"무색 연기라…… 좋은 대답이야. 이제 모양에 대해 말해 보게."

"바람이 없고 연기가 많으면 기둥을 세워 놓은 것처럼 되는데, 그런 다음에는 조금씩 퍼집니다. 구름이 낮게 깔린 날에는 기둥이 구름까지 올라가고, 그런 다음에 옆으로 퍼집니다. 바람이 부는 날에는 기둥이 기울어지는데, 기울기의 각도는 바람의 세기에 따라서 제각기 다릅니다. 물결 모양이 되거나 여러 개로 갈라지는 것은 바람 때문이기도 하지만, 연기나 굴뚝의 특성 때문이기도 합니다. 연기가 아주 적을 때는 코르크 마개를 뽑을 때처럼 살짝 올라갈 때도 있고, 연기에 무거운 가스가 섞이면 굴뚝 입구에서 방울방울 매달려서 한 방향 또는 여러 방향으로 떨어질 때도 있습니다."

대박사가 다시 웃었습니다.

"잘했어. 자네는 지금 어떤 일을 하고 있나?"

"일자리를 찾고 있습니다."

"재미있는 일이 있네. 명함을 줄 테니까 즉시 거기로 가보게."

대박사는 명함을 꺼내 뭐라고 쓴 뒤에 부도리에게 주었습니다. 부도리가 인사를 하고 나가려고 하자 대박사는 잠시 눈인사를 하고 나서 나지막하게 중얼거렸습니다.

"뭐야, 쓰레기를 태우고 있는 건가?"

그런 다음 탁자 위에 있던 가방에 분필 조각과 손수건, 책 등을 한꺼번에 쑤셔 넣고 옆구리에 끼우더니, 조금 전에 얼굴을 내밀었던 창문을 통해 밖으로 휙 날아갔습니다. 부도리가 깜짝 놀라 창문으로 뛰어가자 대박사는 어느새 장난감 같은 작은 비행선을 타고 직접 핸들을 조종하면서 푸르스름한 안개가 드리운 시내 위를 똑바로 날아가고 있었습니다. 부도리가 넋이 나간 얼굴로 쳐다보고 있자 대박사는 맞은편에 있는 커다란 회색 건물의 평평한 지붕 위에 도착해서 갈고리 같은 것에 비행선을 연결하더니, 그대로 건물 안으로 쑥 들어가서 보이지 않았습니다.

이하토브 화산국

부도리가 구보 대박사에게서 받은 명함에 적힌 사람을 찾아서 겨우 도착한 곳은 커다란 갈색 건물이었습니다. 건물 뒤쪽에는 길게 늘어진 주머니처럼 생긴 높은 기둥이 밤하늘을 배경으로 하얗게 우뚝 솟아 있었습니다.

부도리가 현관으로 올라가 초인종을 누르자 곧 사람이 나왔습니다. 그는 부도리가 내민 명함을 받아들고 힐끔 쳐다보더니, 맨 끝에 있는 커다란 방으로 안내해 주었습니다.

그곳에는 지금까지 한 번도 본 적이 없는 커다란 테이블이 있고, 한가운데에 머리가 희끗희끗하고 마음씨 좋아 보이는 멋진 남자가 똑바로 앉아서 귀에 수화기를 대고는 뭔가 적고 있었습니다. 그리고 부도리가 들어가는 것을 보자마자 옆의 의자를 가리키면서 계속 뭔가를 적어 내려갔습니다.

그 방 오른쪽 벽에는 아름답게 채색된 이하토브 전체의 지도 모형이 걸려 있어서, 철도와 시내, 강, 들녘 마을까지 전부 한눈에 알아볼 수 있게 되어 있었습니다. 한가운데를 달리는 등뼈 같은 산맥과 해안을 따라 선線을 그려놓은 듯한 산맥, 산맥에서 뻗어 나와 바다 속으로 들어가며 작은 섬으로 변한 수많은 산들에는 모두 빨강과 주황, 노랑 불이 켜져 있었습니다. 불빛들은 번갈아 색깔이 바뀌기도 하고 매미처럼 찌잉 울기도 했으며 숫자가 나타났다가 사라지기도 했습니다.

벽 아래쪽에 있는 선반에는 검은색 타자기 같은 것이 세 줄씩 100대도 넘게 늘어서 있었는데, 모두 조용히 움직이거나 이따금 소리가 나기도 했습니다. 부도리가 정신없이 쳐다보고 있자 그 사람은 수화기를 딸각 내려놓더니 안주머니에서 명함집을 꺼내 명함을 한 장 내밀었습니다.

"당신이 구스코 부도리 군인가요? 난 이런 사람입니다."

명함에는 '이하토부 화산국 기사 펜넨나무'라고 적혀 있었습니다. 부도리가 인사하는 것에 익숙지 않아서 우물쭈물하는 것을 보고 그 사람은 다시 친절하게 말했습니다.

"조금 전에 구보 박사의 전화를 받고 기다리고 있었지요. 앞으로 여기서 일하면서 열심히 공부하세요. 여기 일은 작년에 막 시작했지만 책임이 막중한 일인 데다, 절반은 언제 분화할지 모르는 화산 위에서 해야 하지요. 더구나 화산의 특성은 학문을 열심히 닦는다고 해서 알 수 있는 게 아닙니다. 우리는 앞으로 정확하고 확실하게 일을 해내야 합니다. 그럼, 저쪽에 당신이 잘 곳을 마련해 두었으니 오늘은 푹 쉬세요. 내일 이 건물을 자세히 안내해 드리지요."

이튿날 아침 펜넨 노老 기사는 부도리를 데리고 건물 안을 구석구석 안내해 주면서 갖가지 기계와 장치에 대해 꼼꼼하게 설명해 주었습니다. 건물 안의 모든 기계는 이하토브에 있는 300여 개의 활화산이나 휴화산과 이어져 있어서 화산들이 연기나 재를 내뿜거나 용암이 흐르는 모습은 물론이고 겉으로 보기에 조용한 오래된 화산이라도, 그 안의 용암이나 가스 상태부터 산의 변화까지 전부 숫자나 도표로 나타나고 있었습니다. 그리고 격심한 변화가 있을 때마다 모형은 각각 다른 소리로 울리게 되어 있었습니다.

부도리는 그날부터 펜넨 노기사를 따라다니며 기계를 다루는 방법과 관측하는 방법을 배우는 등 밤낮을 가리지 않고 열심히 일하고 열심히 공부했습니다. 그리고 2년쯤 지나자 다른 사람들과 함께 온갖 화산들을 돌아다니며 기계를 설치하거나 고장 난 기계를 수리하기도 했습니다. 그리하여 이하토브에 있는 300여 개의 화산들과 화산들의 움직임에 대해 손바닥을 들여다보듯 훤히 알게 되었습니다.

실제로 이하토브에는 매일 70여 개의 화산이 연기를 내뿜거나 용암을 분출했고, 50여 개의 휴화산은 가스를 뿜어내거나 뜨거운 물을 내보냈습니다. 그리고 나머지 160~170여 개의 사화산 중에는 언제 무슨 일이 시작될지 모르는 것도 있었습니다.

어느 날 부도리가 노기사와 함께 일하고 있을 때였습니다. 갑자기 남쪽 해안에 있는 산무토리 화산에서 모락모락 연기가 뿜어 나오는 것을 기계가 감지했습니다.

노기사가 외쳤습니다.

"부도리 군! 산무토리는 오늘 아침까지 아무 일도 없었지?"

"예, 지금까지 산무토리가 움직이는 것은 본 적이 없습니다."

"아아, 분화가 코앞으로 다가왔네. 오늘 아침의 지진이 화산을 자극한 거야. 이 산에서 북쪽으로 10킬로미터 떨어진 곳에 산무토리 시가 있네. 이번에 폭발하면 아마 산 북쪽의 3분의 1을 날려버릴 걸세. 그러면 황소나 탁자만 한 바위가 뜨거운 재나 가스와 함께 산무토리로 와르르 떨어질 텐데. 어쨌든 지금 당장 바다 쪽에 있는 산에 구멍을 뚫어 가스를 빼내거나 용암을 내보내야 하네. 나와 같이 가보세."

두 사람은 곧장 준비를 해서 산무토리행 기차를 탔습니다.

산무토리 화산

이튿날 아침, 두 사람은 산무토리 시에 도착해서 점심때쯤에 산무토리 화산 꼭대기로 올라갔습니다. 그곳에 있는 오두막에 관측기계가 있었기 때문입니다. 그곳은 산무토리 산의 오래된 분화구인 외륜산外輪山, 이중화산 또는 그 이상의 복합화산체에서 중앙 화구구를 감싸고 있는 원 또는 초승달 모양의 산릉이나 산_옮긴이이 바다 쪽을 향해 움푹 파인 곳이었습니다. 오두막의 창문에서 바라보자 바다는 파랑과 회색의 수많은 줄무늬로 보이고, 그 안에서 검은 연기를 토해 내는 기선들이 은빛 물줄기를 이끌며 미끄러지고 있었습니다.

노기사는 말없이 모든 관측기를 조사하고 나서 부도리에게 말했습니다.

"자네는 이 산이 앞으로 며칠 안에 분화할 것 같나?"

"한 달도 못 넘길 것 같습니다."

"그래, 한 달은커녕 열흘도 못 넘길 걸세. 빨리 조치하지 않으면 되돌릴 수 없는 지경에 이를 거야. 내가 보기에 이 산의 바다를 향한 곳 중에는 저기가 제일 약한 것 같네만."

노기사는 그렇게 말하며 산 중턱 골짜기의 연초록색 풀밭을 가리켰습니다. 구름의 그림자가 파란 꼬리를 끌고 조용히 미끄러지고 있었습니다.

"저기에는 용암층이 두 개밖에 없고, 나머지는 부드러운 화산재와 화산자갈층이지. 게다가 저기까지는 목장길이 잘 닦여 있어서 장비를 운반하기도 어렵지 않네. 내가 작업반을 보내 달라고 요청하지."

노기사는 서둘러 화산국으로 연락하기 시작했습니다. 바로 그때, 발밑에서 중얼거림 같은 희미한 소리가 들리고 관측 오두막이 잠시 삐걱삐걱 움직였습니다. 노기사가 기계에서 떨어졌습니다.

"화산국에서 곧 작업반을 보낸다는군. 말이 작업반이지 결사대나 마찬가지야. 지금까지 이렇게 위험한 일을 해본 적이 없네."

"열흘 안에 할 수 있을까요?"

"할 수 있어. 설치하는 데 사흘, 산무토리 시의 발전소에서 전선을 끌어오는 데 닷새는 걸릴 테고……."

노기사는 잠시 손가락을 꼽으며 생각하다가 이윽고 안심한 듯 다시 조용히 말했습니다.

"어쨌든 부도리 군. 차 한 잔 마시는 게 어때? 고민만 하기엔 경치가 너무 좋지 않나?"

부도리는 가져온 알코올램프에 불을 붙이고 차를 끓이기 시작했습니다. 하늘에는 점점 구름이 많아지고 해가 산 밑으로 넘어갔는지 바다는 쓸쓸한 잿빛으로 바뀌었으며, 새하얀 파도가 일제히 화산 기슭으로 밀려왔습니다.

그때 부도리는 하늘에서 언젠가 본 적이 있는 이상하게 생긴 작은 비행선을 발견했습니다. 노기사도 튕기듯 일어났습니다.

"아! 구보가 왔군!"

부도리도 노기사를 따라서 오두막에서 뛰어나갔습니다. 비행선은 이미 오두막 왼쪽에 있는 커다란 바위 위에 멈추고, 안에서 키가 큰 구보 대박사가 훌쩍 뛰어내렸습니다. 대박사는 잠시 그 주변에서 커다란 바위 틈새를 찾더니, 이내 발견했는지 재빨리 나사를 조여서 비행선을 연결했습니다.

대박사가 히죽히죽 웃으면서 말했습니다.

"차가 날 부르는데 어찌 오지 않을쏘냐. 많이 흔들리나?"

노기사가 대답했습니다.

"아직 그 정도는 아니네. 하지만 아무래도 위에서 바위가 떨어지고 있는 것 같아."

그때 갑자기 산이 화가 난 듯 울기 시작해서, 부도리는 눈앞이 새파래지는 것 같았습니다. 산은 계속 이리저리 흔들렸습니다. 구보 대박사와 펜넨 노기사는 몸을 숙인 채 바위에 매달리고, 비행선도 커다란 파도에 휩쓸린 배처럼 천천히 흔들렸습니다.

지진이 겨우 멈추자 구보 대박사가 재빨리 일어나서 오두막으로 들어갔습니다. 안에서는 찻잔이 뒤집히고, 알코올램프에서 파란 불꽃이 뜨겁게 타오르고 있었습니다. 구보 대박사는 기계를 꼼꼼히 살펴보고 나서 노기사와 머리를 맞대고 이런저런 의논을 했습니다. 그리고 마지막에 이렇게 결론을 내렸습니다.

"아무래도 내년에는 전부 조력발전소를 만들어야겠네. 그러면 지금 같은 경우에도 그날 당장 일할 수 있고, 부도리 군이 말한 것처럼 수렁논에도 비료를 내려줄 수 있잖나?"

"그러면 가뭄이 들어도 전혀 겁낼 필요가 없겠지."

노기사의 말을 듣고 부도리는 가슴이 두근두근 콩닥콩닥 거렸습니다. 산도 기뻐서 춤을 추는 것 같았습니다. 실제로 그때 산이 심하게 흔들리면서 부도리는 바닥으로 굴러 떨어졌습니다.

대박사가 말했습니다.

"굉장하군, 굉장해! 이번 건 산무토리 시에서도 제법 느꼈을 걸세."

노기사가 말했습니다.

"이번 진동은 우리 발밑에서 북쪽으로 1킬로미터쯤, 지표 아래 700미터쯤 되는 곳에서, 이 오두막의 60, 70배쯤 되는 바윗덩어리가 용암 안으로 떨어진 거네. 그런데 가스가 마지막 바위 표면을 뚫고 나올 때까지는 그런 바윗덩어리 100개, 200개는 용암 안에 떨어뜨려야 하지."

대박사는 한동안 생각에 잠기더니 "아, 참. 난 이제 가보겠네"라고 말하며 오두막집을 나가서 어느새 비행선에 훌쩍 올라탔습니다. 노기사와 부도리는 대박사가 비행선의 불빛을 두세 번 흔들어 인사하면서 산을 돌아 저편으로 사라지는 것을 보고 나서 다시 오두막으로 들어가 교대로 잠을 자고 교대로 관측을 했습니다. 그리고 새벽녘에 작업반이 도착하자 노기사는 부도리를 관측소에 혼자 남겨두고 어제 말한 산중턱 골짜기의 풀밭까지 내려갔습니다. 사람들의 목소리나 철근 부딪치는 소리가, 밑에서 바람이 불어올 때마다 손에 잡힐 듯 가까이 들렸습니다.

노기사는 부도리에게 끊임없이 그쪽의 진행 상황을 알려주고, 가스의 압력과 산의 변화를 물었습니다. 그로부터 사흘 동안 격렬한 지진과 땅울림 때문에 부도리는 물론이고 산기슭에 있는 사람들도 잠시도 눈을 붙이지 못하고 밤을 꼬박 새워야 했습니다.

나흘째 오전에 노기사로부터 연락이 왔습니다.

"부도리 군, 준비가 다 끝났네. 서둘러 내려오게. 관측기계는 한 번 살펴본 뒤 그대로 놔두고, 표는 전부 가져와야 하네. 오늘 오후쯤이면 그 오두막집은 형체도 없이 사라질 테니까."

부도리는 노기사가 시킨 대로 한 뒤 산에서 내려갔습니다. 그곳에는 지금까지 화산국 창고에 있던 커다란 철재들이 멋진 망루로 변하고, 갖가지 기계들은 전류만 흐르면 당장 작동할 수 있게 되어 있었습니다. 펜넨 노기사의 뺨은 몰라보게 야위었고, 작업반 사람들도 창백한 얼굴에 눈만 반짝였지만 그래도 다들 웃으면서 부도리를 맞이해 주었습니다.

노기사가 말했습니다.

"그러면 이제 철수하지. 다들 준비하고 차에 타게."

사람들은 황급히 준비해서 스무 대의 자동차에 나눠 탔습니다. 차는 줄을 지어 산무토리 시를 향해 산기슭을 쏜살같이 달려갔습니다.

산과 산무토리 시의 중간쯤에서 노기사가 차를 멈추게 했습니다.

"여기에 천막을 치게. 그리고 다들 한숨 자두는 게 좋을 거야."

사람들은 한 마디도 하지 않고 천막을 친 다음 쓰러지듯 잠들었습니다.

그날 오후, 노기사가 수화기를 내려놓고 소리쳤습니다.

"자, 전선이 도착했다! 부도리 군, 시작하게."

펜넨 노기사가 스위치를 켰습니다. 부도리와 사람들은 천막 밖으로 나와서 화산의 중턱을 바라보았습니다. 들판에는 새하얀 백합이 한가득 피어 있고, 그 너머에 푸르른 산이 고요히 솟아 있었습니다.

갑자기 산의 왼쪽 기슭이 이리저리 흔들리고 새까만 연기가 화악 솟아오르는가 싶더니 곧장 하늘까지 올라가서 이상한 버섯 모양이 되었습니다. 또한 그 밑에서 황금색 용암이 번들번들 흘러

나와 눈 깜짝할 새에 부채꼴 모양으로 화악 퍼지더니 바다로 흘러들어 갔습니다. 그와 동시에 땅이 격렬하게 흔들리면서 흐드러지게 피어 있던 백합꽃이 출렁인 순간, 콰광 하는 커다란 소리가 모든 것을 쓰러뜨릴 만큼 강렬하게 울려 퍼졌습니다. 잠시 후 바람이 세차게 불었습니다.

"됐다! 우리가 해냈어!"

사람들은 산기슭 쪽으로 손을 내밀며 목청껏 외쳤습니다. 순간 산의 연기가 무너져 내리는 것처럼 하늘 전체로 퍼지면서 하늘은 순식간에 새까매졌고, 뜨거운 돌멩이가 후두둑 떨어졌습니다. 사람들이 천막으로 들어가 걱정스러운 표정으로 마음을 조이고 있자 펜넨 노기사가 시계를 보면서 말했습니다.

"부도리 군, 성공이야! 이제 위험은 사라졌네. 산무토리 시 쪽으로 재가 조금 떨어질 뿐이야."

작은 돌멩이는 점점 재로 바뀌었습니다. 이윽고 그 재도 거의 사라지면서 사람들은 천막 밖으로 뛰어나왔습니다. 들판은 눈이 닿는 곳까지 온통 회색으로 바뀌고, 재는 한 치(약 3.3cm)쯤 쌓였습니다. 백합꽃은 모두 꺾여서 잿더미에 파묻히고, 하늘은 이상한 초록색으로 뒤덮였습니다. 그리고 산무토리 산기슭에는 작은 혹이 생겼는데, 그 혹에서 잿빛 연기가 끊임없이 모락모락 피어올랐습니다.

그날 저녁, 부도리와 사람들은 재와 작은 돌멩이를 밟으며 다시 산으로 올라가 새로운 관측기계를 설치하고 돌아왔습니다.

구름바다

그로부터 4년 동안, 구보 대박사가 계획한 대로 이하토브 해안을 따라 조력발전소가 200군데나 만들어졌습니다. 이하토브를 둘러싼 화산에는 관측 오두막과 함께 하얀 칠을 한 철제 망루가 잇달아 세워졌습니다.

부도리는 기사 대행이 되어서, 1년의 대부분을 화산을 돌아다니거나 위험한 화산에 가서 조치를 하곤 했습니다.

이듬해 봄, 이하토브 화산국에서는 다음과 같은 포스터를 크고 작은 도시와 마을에 붙였습니다.

질소비료를 하늘에서 뿌려 드리겠습니다.

올여름에 비가 내릴 때, 여러분의 수렁논과 채소밭에 초산암모니아를 뿌려 드릴 예정이오니 비료를 사용하실 분들은 그것을 감안해서 필요한 비료 양을 계산하시기 바랍니다. 분량은 사방 100미터에 120킬로그램입니다.

비도 조금은 내려드릴 수 있습니다. 가뭄이 계속될 때에는 농작물이 말라 버리지 않을 만큼 약간의 비를 내리게 할 수 있으므로, 지금까지 물이 없어서 경작하지 못했다면, 올해는 아무 걱정하지 말고 수렁논에 농작물을 심으시기 바랍니다.

그해 6월, 부도리는 이하토브 시 한가운데에 있는 이하토브 화산 꼭대기의 오두막에 있었습니다. 산 밑에는 온통 잿빛 구름바다가 펼쳐져 있었습니다. 구름바다의 곳곳에서 이하토브 화산들의 꼭대기가 마치 섬처럼 새까맣게 보였습니다.

구름의 바로 위쪽에서 비행선 한 척이 날아다녔습니다. 꼬리에서 새하얀 연기를 내뿜으며 이쪽 산봉우리에서 저쪽 산봉우리로 날아다니는 모습이 마치 새하얀 다리를 걸쳐놓는 것 같았습니다. 비행선의 연기는 시간이 흐를수록 점점 두껍고 선명해지면서 조용히 구름바다로 가라앉아 이내 구름과 하나가 되더니, 구름바다에는 희끄무레 빛나는 커다란 그물이 이 산에서 저 산으로 둘러쳐졌습니다. 어느새 비행선은 연기를 거두고 인사를 하듯 잠시 원을 그리고는 마침내 뱃머리를 숙이고 조용히 구름 속으로 가라앉았습니다.

그때 전화기가 찌잉 울리고, 펜넨 노기사의 목소리가 들렸습니다.

"비행선이 지금 돌아왔네. 아래쪽의 준비는 완벽하네. 비도 시원하게 쏟아지고, 이제 시작해도 될 것 같네. 시작하게."

부도리는 버튼을 눌렀습니다. 조금 전의 연기 그물은 순식간에 아름다운 분홍색과 파란색, 보라색으로 바뀌고, 눈이 번쩍 뜨일 만큼 반짝이면서 켜졌다 꺼졌다 했습니다. 부도리는 넋을 잃고 멍하니 그 광경을 바라보았습니다. 그러는 사이에 점점 해가 저물고, 불빛이 사라졌을 때는 구름바다가 회색인지 쥐색인지 알 수 없었습니다.

그때 전화벨이 울렸습니다.

"이미 빗속에서 초산암모니아가 생기고 있네. 양도 그 정도면 딱 좋아. 이동 상태도 좋은 것 같고. 이제 4시간만 지나면 이 지역의 이번 달 비료는 충분할 걸세. 계속해 주게."

부도리는 기쁨을 참지 못해 펄쩍 뛰어오르고 싶었습니다.

'이 구름 아래에서 예전의 붉은 수염 주인도, 석유가 비료가 되냐고 묻던 옆 논의 주인도 모두 기뻐하며 빗소리를 듣고 있을 거야. 그리고 내일 아침에는 몰라보게 푸르러진 오리자를 손으로 어루만지겠지.'

부도리는 마치 꿈을 꾸는 심정으로 구름이 새까매지거나 아름답게 빛나는 것을 바라보았습니다. 그런데 짧은 여름밤이 벌써 밝아 오는 것 같았습니다. 번쩍이는 번개 사이로 동쪽의 구름바다 끝에서 희미한 노란빛이 고개를 내밀었습니다.

하지만 고개를 내민 것은 달이었습니다. 노랗고 큼지막한 달이 조용히 떠올랐습니다. 달은 구름이 파랗게 빛날 때는 기이하리만큼 하얗게 보이고, 연분홍으로 빛날 때는 왠지 웃는 것처럼 보였습니다. 부도리는 자신이 누구인지, 무슨 일을 하고 있는지 잊은 채 멍하니 달을 쳐다보았습니다.

그때 전화기가 울렸습니다.

"이쪽에는 번개가 제법 많이 쳤네. 그물이 군데군데 찢어진 것 같군. 번개가 너무 많이 치면 내일 신문에서 시끄럽게 떠들어댈 테니까 10분만 더 하고 그만두는 게 좋겠어."

부도리는 수화기를 내려놓고 귀를 기울였습니다. 구름바다는 이쪽에서도 중얼중얼 저쪽에서도 중얼중얼 거렸습니다. 귀를 쫑긋 세우고 들어보니 그것은 역시 드문드문 들리는 번개 소리였습니다.

부도리는 스위치를 껐습니다. 순간, 모든 빛이 사라지고 달빛만 남은 구름바다는 조용히 북쪽으로 흘러갔습니다. 부도리는 담요를 몸에 감고 편안히 잠들었습니다.

가을

날씨가 좋아서이기도 하지만 그해 농작물 수확은 지난 10년 동안 경험한 적이 없을 만큼 좋아서, 화산국에는 이 마을 저 마을에서 보낸 감사장과 격려의 편지가 도착했습니다. 부도리는 처음으로 삶의 보람을 느꼈습니다.

그러던 어느 날이었습니다. 부도리는 다치나라는 화산에 다녀오는 길에 추수가 끝나고 텅 비어 있는 수렁논들 사이의 작은 마을을 지나가게 되었습니다. 그리고 마침 점심때라서 빵을 사기 위해 잡화나 과자 파는 가게에 들렀습니다.

"빵 있습니까?"

가게 안에는 맨 발의 세 남자가 눈이 빨개질 만큼 술을 마시고 있었는데, 그중 한 남자가 일어서더니 이상한 대답을 했습니다.

"빵이 있기는 한데 도저히 먹을 수가 없거든. 돌덩이라서 말이야."

남자들은 뭐가 그렇게 재미있는지 부도리의 얼굴을 보고 낄낄거리며 웃었습니다. 기분이 상해서 부도리가 밖으로 나오자 안쪽에서 머리를 짧게 깎은 키 큰 남자가 다가와서 다짜고짜 물었습니다.

"이봐! 자네가 올여름에 전기로 비료를 내리게 한 부도리지?"

"그런데요."

부도리는 스스럼없이 대답했습니다. 그러자 남자는 주위가 떠나가라 고함을 질렀습니다.

"다들 이리 와봐! 화산국의 부도리가 왔다!"

그러자 가게 안에 있던 사람들과 근처 밭에서 일하던 농부 열여덟 명이 히죽히죽 웃으면서 뛰어왔습니다.

한 사람이 말했습니다.

"이봐, 네 녀석 전기 때문에 우리 오리자가 전부 쓰러졌어! 왜 그런 짓을 한 거야?"

부도리는 조용히 대답했습니다.

"오리자가 쓰러졌다뇨? 봄에 붙였던 포스터를 못 봤어요?"

"뭐야? 이 녀석이 정말!"

갑자기 한 사람이 부도리의 모자를 손으로 쳐서 떨어뜨렸습니다. 그것을 신호로 사람들이 일제히 달려들어 부도리를 때리고 발로 걷어찼습니다. 부도리는 영문도 모르는 채 정신을 잃고 쓰러졌습니다.

정신을 차려 보니 부도리는 병원의 하얀 침대에 누워 있었습니다. 베개 맡에는 위로의 전보와 격려의 편지들이 수북이 쌓여 있었습니다. 부도리는 온몸이 아프고 열이 나서 움직일 수 없었지만, 일주일쯤 지나자 원래의 기운을 되찾았습니다. 그리고 신문을 통해 그때의 사건이 비료 사용법을 잘못 가르쳐준 농업 기사가, 오리자가 쓰러진 것을 전부 화산국 탓으로 돌렸기 때문이라는 사실을 알고 주위가 떠나가라 혼자 웃었습니다.

이튿날 오후, 병원의 급사가 와서 말했습니다.

"네리라는 부인이 찾아오셨습니다."

부도리가 꿈인지 생시인지 모르는 상태에서 어안이 벙벙해 있자, 햇볕에 까무잡잡하게 탄 농부의 아내 같은 여자가 쭈뼛쭈뼛 안으로 들어왔습니다. 그동안 많이 달라지긴 했지만 예전의 숲 속에서 누군가에게 끌려갔던 네리임이 틀림없었습니다. 남매는 한동안 아무 말도 하지 못했지만, 부도리가 겨우 그 이후의 일을 묻자 네리는 이하토브 농사꾼의 말투로, 지금까지 무슨 일이 있었는지 조곤조곤 말하기 시작했습니다.

네리를 데려간 남자는 사흘쯤 지나자 귀찮아졌는지 어느 작은 목장 근처에 네리를 두고 어딘가로 사라졌습니다. 혼자 남은 네리는 울면서 그 주변을 돌아다니다 목장 주인의 눈에 띄었습니다. 가엾게 여긴 목장 주인은 네리를 자신의 집으로 데려가 아기를 돌보게 했습니다. 시간이 흘러 네리가 무슨 일이든 잘할 수 있게 되자 목장 주인은 마침내 3, 4년 전에 자신의 큰아들과 결혼을 시켰다고 합니다.

네리는 여느 해 같으면 멀리 떨어진 밭까지 두엄을 운반해야 해서 매우 힘들었을 텐데, 올해는 하늘에서 비료가 내린 덕분에 전부 가까운 순무 밭에 뿌리고, 멀리 있는 옥수수 밭 농사도 잘 되어서 집안사람들이 모두 좋아한다는 이야기도 했습니다.

또 주인 아들인 남편과 함께 그 숲에 몇 번이나 가봤지만 집은 완전히 무너지고 부도리는 어디로 갔는지 몰라서 실망을 껴안은 채 돌아왔는데, 어제 신문을 통해 남편이 부도리가 다쳤다는 것을 알고 물어물어 찾아왔다고도 했습니다.

부도리는 몸이 다 나으면 반드시 농장에 찾아가서 감사의 말을 하겠다고 약속하고 네리를 돌려보냈습니다.

카르보나도 섬

그로부터 5년간 부도리의 인생에서 가장 행복한 나날이 계속되었습니다. 붉은 수염의 주인집에도 감사의 인사를 하러 몇 번이나 찾아갔습니다.

이미 나이가 많이 들긴 했지만 주인은 여전히 건강해 보였습니다. 털이 긴 토끼를 1000마리 넘게 기르고 붉은 양배추만 경작하는 등 지금도 여전히 모험을 즐기고 있지만, 살림살이는 예전보다 훨씬 좋아 보였습니다.

네리는 귀여운 아들을 낳았습니다. 겨울이 되어 한가해지면 네리는 아들을 완벽한 농사꾼처럼 차려 입혀, 남편과 함께 부도리의 집에 와서 머물다 가곤 했습니다.

그러던 어느 날, 예전에 산누에치기 남자 밑에서 함께 일했던 사람이 부도리를 찾아와서, 부모님의 무덤이 숲의 맨 끝자락에 있는 커다란 비자나무 밑에 있다고 알려 주었습니다.

산누에치기 남자는 처음에 숲에 와서 나무들을 보러 돌아다니다가 부도리 부모님의 싸늘해진 시신을 발견했습니다. 하지만 부도리 몰래 땅에 묻고 그 위에 자작나무 가지를 꽂아 둔 것입니다. 부도리는 즉시 네리 가족을 데리고 그곳에 가서 하얀 석회암으로 무덤을 만들고, 그 후에도 주변을 지나갈 때마다 항상 들르곤 했습니다.

부도리가 스물일곱 살이 되던 해, 아무래도 그 지긋지긋한 한파가 또 올 것 같은 느낌이 들었습니다. 기상 관측소에서는 태양의 상태와 북쪽 바다의 얼음 상태를 보고 그해 2월에 모든 사람들에게 사실을 알렸습니다. 그것이 점점 현실이 되면서 봄이 되어도 목련꽃이 피지 않고, 5월에도 열흘씩 진눈깨비가 내렸습니다. 사람들은 모두 예전의 흉년을 떠올리고는 두려움에 사로잡혀 미칠 듯한 심정이 되었습니다. 구보 대박사도 기상관측소 사람들이나 농업 기사와 의논하거나 신문에 의견을 싣기도 했지만, 혹독한 추위만큼은 어찌할 도리가 없었습니다.

6월에 접어들어도 아직 누렇기만 한 오리자나, 싹을 틔우지 않는 나무를 보자 부도리는 더 이상 가만히 있을 수 없었습니다. 이대로 시간이 지나면 숲에도 들판에도 그 해의 부도리 가족처럼 비참해질 사람들이 헤아릴 수 없이 많이 생길 것입니다. 부도리는 아무것도 먹지 못한 채 며칠 밤을 꼬박 새우며 생각에 잠겼습니다.

어느 날 밤, 부도리는 구보 대박사의 집을 찾아갔습니다.

"선생님, 기층 안에 탄산가스가 증가하면 따뜻해지나요?"

"그야 그렇지. 지구가 생기고 나서 지금까지 기온은 거의 공기 중의 탄산가스 양으로 정해졌다고 할 정도니까."

"카르보나도 화산섬이 지금 폭발하면 이 기후를 바꿀 만큼의 탄산가스를 내뿜을까요?"

"그건 나도 계산해 봤네. 지금 그 섬이 폭발하면 가스는 즉시 대순환의 상층 바람에 섞여 지구 전체를 감싸겠지. 그리고 하층 공기와 지표 열의 방출을 막아 지구 전체의 온도를 평균 5도 정도 높일 걸세."

"선생님, 지금 당장 탄산가스를 내뿜게 할 수 없을까요?"

"물론 가능하지. 하지만 그 일을 하러 가면, 마지막 한 사람은 도저히 빠져나올 수 없네."

"선생님, 그 일은 제가 하겠습니다. 펜넨 선생님이 허락하도록 부디 선생님께서 말씀해 주세요."

"그건 안 돼. 자네는 아직 젊고, 지금 자네가 하는 일을 대신할 사람은 별로 없으니까."

"저 같은 사람은 앞으로 얼마든지 나옵니다. 저보다 훨씬 일을 잘하는 사람이 나타나서, 저보다 훨씬 훌륭하고 훨씬 아름답게 일할 겁니다."

"난 받아들일 수 없네. 정 그렇다면 자네가 직접 펜넨 기사에게 말하게."

부도리는 펜넨 노기사와 의논을 했습니다. 노기사는 고개를 끄덕였습니다.

"좋은 생각이군. 하지만 내가 하겠네. 난 올해 이미 예순셋일세. 거기서 죽는 것보다 더 멋진 죽음이 어디 있겠나?"

"하지만 선생님, 이 일은 너무 불확실합니다. 한 번에 제대로 폭발한다고 해도 가스가 비에 씻길지도 모르고, 또 모든 게 예상대로 되지 않을지도 모릅니다. 이번 일로 선생님께서 세상을 떠나시면 앞으로는 정말 손쓸 도리가 없지 않습니까?"

노기사는 말없이 고개를 떨어뜨렸습니다.

그로부터 사흘 후, 화산국의 배가 카르보나도 섬으로 서둘러 떠났습니다. 사람들은 그곳에 망루 몇 개를 세우고 전선을 연결했습니다.

모든 준비가 끝나자 부도리는 사람들을 배로 돌려보내고 혼자 섬에 남았습니다.

이튿날, 이하토브 사람들은 푸른 하늘이 탁한 초록색으로 바뀌고, 해와 달이 구릿빛으로 바뀌는 것을 보았습니다.

그로부터 사나흘이 지나자 날씨는 점점 따뜻해지고, 그해 가을은 거의 여느 해의 수확과 비슷했습니다. 그리고 이 이야기의 시작처럼 될 수도 있었을 많은 부도리의 어머니와 아버지는 많은 부도리와 네리와 함께 따뜻한 음식을 먹고 밝은 장작불을 쪼이며 그해 겨울을 행복하게 보낼 수 있었습니다.

주문이 많은 요리점

주문이 많은 요리점

영국 병사 같은 차림의 젊은 신사 두 명이 차가운 빛을 뿌리는 사냥총을 어깨에 메고는, 곰처럼 덩치가 큰 하얀 사냥개 두 마리를 끌고 나뭇잎이 사락사락 거리는 깊은 산 속을 걸어가고 있습니다.

"이 산은 정말 이상해. 새도, 짐승도, 그림자도 보이지 않잖아? 뭐든지 좋으니까 빨리 총을 탕탕 쏴보고 싶은데 말이야."

"사슴의 샛노란 배에 두서너 발 쏘고 나면 얼마나 기분이 통쾌할까? 사슴은 뱅뱅 맴을 돌다가 털썩 쓰러지겠지?"

그곳은 상당히 깊숙한 산 속이었습니다. 그들과 함께 온 전문 사냥꾼들도 어떻게 해야 좋을지 몰라 갈팡질팡하다가 결국은 꽁지 빠지게 도망쳤을 정도였으니까요. 게다가 산세가 너무나 험악해 곰처럼 덩치 큰 하얀 사냥개들도 현기증을 일으켜, 목이 터져라 짖어대다가 거품을 토해 내며 죽어버렸습니다.

"나는 지금 2400엔을 손해 봤어."

한 신사가 개의 눈꺼풀을 뒤집어보면서 말했습니다.

"나는 2800엔을 손해 봤네."

다른 한 사람이 억울한 듯이 고개를 절레절레 저으며 말했습니다. 그러자 첫 번째 신사가 얼굴을 찡그리더니, 다른 신사의 얼굴을 뚫어지게 쳐다보며 말했습니다.

"나는 그만 집으로 돌아가겠네."

"그게 좋겠어. 갑자기 날씨도 싸늘해지고 배도 고파서, 나도 그만 돌아가려던 참이야."

"그러면 그만 철수하지. 집에 가는 길에 어제 묵었던 숙소에서 산새를 사가면 되지 않겠나?"

"토끼도 있었잖은가? 그것들을 사가면 결국 사냥한 것과 똑같아지지. 그러면 그만 가세."

그런데 곤란한 일이 생겼습니다. 어디로 가야 하는지 짐작조차 할 수가 없었습니다.

그때 세찬 바람이 불어와서 풀은 사락사락, 나뭇잎은 살랑살랑, 나무는 우지끈 우지끈 소리를 냈습니다.

"배가 고파죽겠군. 배가 등가죽에 붙었나봐."

"나도 그래. 이제 걸어 다닐 힘도 없어."

"나는 한 발짝도 못 걷겠네. 아아, 어떡하지? 뭐 좀 먹을 게 없을까?"

"먹을 수만 있다면 뭐든지 좋겠는데."

두 신사는 사락사락 소리 나는 억새 속에서 그렇게 말했습니다. 그때 문득 뒤를 돌아보자 눈이 휘둥그레질 만큼 멋진 서양식 건물이 보였습니다. 현관에는 이런 팻말이 걸려 있었습니다.

서양식 요리점

들고양이 가게

"이봐, 마침 잘됐군. 이런 깊은 산 속에 이렇게 멋진 레스토랑이 있다니! 들어가지 않겠나?"

"이렇게 깊은 산 속에 레스토랑이라……. 어쩐지 좀 수상한데. 하지만 식사는 할 수 있겠지."

"물론이야. 간판에 레스토랑이라고 쓰여 있지 않나?"

"그럼 들어가지. 배가 고파서 쓰러지기 일보 직전이네."

두 사람은 새하얀 타일이 깔려 있는 멋진 현관으로 들어섰습니다. 유리로 된 현관문에는 황금빛 문자로 이렇게 쓰여 있었습니다.

'어느 분이든 들어오십시오. 결코 사양하지 않습니다.'

두 사람은 그 글을 보고 기쁨을 감출 수가 없었습니다.

"역시 세상에 죽으란 법은 없어. 하루 종일 고생이란 고생은 다 했지만, 저녁이 되니 이렇게 좋은 일이 기다리고 있지 않은가? 이 집은 레스토랑이긴 하지만, 맛있는 음식을 공짜로 주나 보군."

"아무래도 그런 것 같아. '결코 사양하지 않습니다'라는 말이 바로 그 뜻일 거야."

문을 열고 안으로 들어가자 복도가 나타났고, 유리문 안쪽에는 다시 황금빛 문자로 이렇게 쓰여 있었습니다.

'특히 뚱뚱한 분이나 젊은 분은 두 손 들고 환영합니다.'

두 사람은 '두 손 들고 환영합니다'는 말에 좋아서 입을 다물지 못했습니다.

"이봐. 그렇다면 두 손 들고 우리를 환영한다는 뜻이지?"

"그럼! 우리는 양쪽에 다 해당하지 않은가?"

성큼성큼 복도를 걸어가자, 다음에는 물빛 페인트를 칠한 문이 있었습니다.

"정말 이상한 집이야. 왜 이리 문이 많을까?"

"러시아식이라서 그래. 추운 곳이나 산 속은 거의 다 이렇지."

문을 열려고 하자 문 위에 샛노란 글씨로 이렇게 쓰여 있었습니다.

'저희 집은 주문이 많은 요리점이니까, 부디 양해해주십시오.'

"이렇게 깊은 산 속인데도 장사가 꽤 잘되나 보지?"

"그런가 보네. 하긴 대도시에서도 큰길가에는 커다란 요리점이 거의 없고, 오히려 한적한 곳에 많지 않은가?"

두 사람은 그렇게 말하면서 문을 열었습니다. 그러자 안쪽에 또 다시 글이 쓰여 있는 문이 있었습니다.

'주문이 상당히 많지만, 부디 화내지 마시고 참아 주십시오.'

"이게 무슨 뜻이지?"

한 신사가 얼굴을 찡그렸습니다.

"음……. 아마 주문이 너무 많아서, 준비하는 데 시간이 걸려 미안하다는 뜻이 아닐까?"

"그런가보군. 어쨌든 빨리 안으로 들어가자고."

"그래. 어서 자리를 잡고 앉고 싶네."

그런데 귀찮기 짝이 없게도 또다시 문이 나타났습니다. 그리고 문 옆에는 거울이 걸려 있고, 그 밑에는 긴 손잡이가 달린 빗 하나가 놓여 있었습니다.

문에는 빨간 색으로 이렇게 쓰여 있었습니다.

'손님 여러분. 여기서 단정하게 머리를 빗고, 신발에 묻은 흙도 털어 주십시오.'

"맞는 말이야. 나도 조금 전까지 산 속에 있는 레스토랑이라고 우습게 봤거든."

"예의범절이 까다로운 집이야. 아마 지체 높은 분들이 자주 오나 보군."

두 사람은 머리를 단정하게 빗고 신발에 묻은 흙을 털었습니다. 그런데 놀라운 일이 일어났습니다. 머리를 빗고 내려놓자 빗은 흔적도 없이 사라지더니, 문이 닫혀 있었는데도 바람이 살며시 안으로 들어온 것입니다.

두 사람은 깜짝 놀라 딱 달라붙어서, 문이 열린 다음 방으로 들어갔습니다.

'빨리 따뜻한 음식을 먹고 기운을 차리지 않으면 엄청난 일을

당할지도 모른다.'

두 사람의 머릿속에는 그 생각밖에 없었습니다.

안으로 들어가자 문에는 다시 이상한 글이 쓰여 있었습니다.

'사냥총과 탄환은 여기에 놓아 주십시오.'

그곳을 쳐다보자 바로 옆에 검은 받침대가 놓여 있었습니다.

"맞아. 이 세상에 사냥총을 들고 식사하는 법이 어디 있나?"

"그래. 지체 높은 사람들이 자주 오나봐."

두 사람은 어깨에서 사냥총을 내리더니, 끈을 풀고 검은 받침대 위에 올려놓았습니다.

다음 순간, 다시 검은 문이 나타났습니다.

'부디 모자와 외투, 신발을 벗으십시오.'

"어떻게 하지? 벗을까, 말까?"

"하는 수 없지, 벗는 수밖에. 안에 있는 사람들은 분명히 지체 높은 분들일 거야."

두 사람은 모자와 코트를 못에 걸더니, 신발을 벗고 터벅터벅 걸어서 안으로 들어갔습니다.

문에는 또다시 이렇게 쓰여 있었습니다.

'넥타이핀, 커프스 버튼, 안경, 지갑, 기타 금속류, 특히 날카로운 물건들은 모두 여기에 놓아두십시오.'

문 바로 옆에는 새까맣게 칠한 멋진 금고가 입을 벌리고 있었고, 그 옆에는 열쇠까지 놓여 있었습니다.

"아하! 요리를 하는 데 전기를 사용하나보군. 그래서 금속류는 위험하다, 특히 날카로운 것은 위험하다고 미리 경고하는 거야."
"그런가 보네. 그렇다면 식사하고 나서, 계산은 여기서 하나 보지?"
"아무래도 그런 것 같아."
"틀림없어."
두 사람은 안경을 벗고 커프스 버튼을 떼어내어 모두 금고 안에 넣고는 꼼꼼히 금고를 잠갔습니다.
조금 더 앞으로 걸어가자 다시 문이 있고, 그 앞에 유리 항아리가 놓여 있었습니다.
'항아리 안에 들어 있는 크림을 얼굴과 손발에 빈틈없이 발라 주십시오.'
항아리 안에 들어 있는 것은 우유로 된 크림이었습니다.
"얼굴과 손발에 크림을 바르라니, 무슨 뜻이지?"
"밖이 몹시 춥지 않은가? 갑자기 따뜻한 곳에 들어오면 살이 트니까 미리미리 예방하자는 뜻이겠지. 아무래도 안에는 훌륭한 사람들이 많이 와 있나 보네. 이런 곳에서 뜻하지도 않게 귀족들과 친구가 될 수 있을지도 몰라."
두 사람은 항아리 안에 있는 크림을 얼굴과 손에 바르고, 그리고 양말을 벗어 발에도 발랐습니다. 그렇게 발라도 크림이 남아서, 얼굴에 바르는 척하면서 남은 크림을 몰래 먹었습니다. 그러고 나서 서둘러 문을 열었습니다.
'크림을 바르셨나요? 귀까지 잘 바르셨나요?'

문 안에는 이렇게 쓰여 있었고, 옆에는 작은 크림 항아리가 놓여 있었습니다.

"맞아. 귀에는 바르지 않았어. 자칫하면 귀가 틀 뻔했군. 여기 주인은 실로 용의주도한 사람이야."

"그래. 세심한 부분까지 잘도 신경을 쓰는군. 그나저나 아무 거라도 빨리 뱃속을 채우고 싶은데, 계속 이렇게 복도에 있어서야 먹을 수가 없지 않은가?"

그들 바로 앞에는 다음 문이 있었습니다.

'요리는 곧 완성됩니다. 15분까지 기다릴 필요도 없이 즉시 드실 수가 있습니다. 지금 곧 병 속에 있는 향수를 머리에 잘 뿌려 주십시오.'

두 사람은 문 앞에 놓인 황금으로 장식된 향수병을 들고, 머리에 철벅철벅 뿌렸습니다. 그런데 이상하게도 그 향수에서 식초 냄새가 났습니다.

"왜 이렇게 식초 냄새가 나지? 어떻게 된 거야?"

"아마 하녀가 감기에 걸려서 잘못 놓고 갔나봐."

두 사람은 문을 열고 안으로 들어갔습니다.

문 안쪽에는 커다란 글자로 이렇게 쓰여 있었습니다.

'주문이 너무 많아서 귀찮으셨지요? 미안합니다. 더 이상 주문은 없습니다. 이제 항아리 안에 있는 소금을 온몸에 듬뿍 바르고 잘 문질러 주십시오.'

문에 쓰여 있는 대로 파란 도자기로 된 멋진 소금 항아리가 놓여 있었지만, 이번만은 두 사람 모두 깜짝 놀라며 크림을 덕지덕지 바른 얼굴을 서로 쳐다보았습니다.

"아무래도 이상해."

"나도 이상하단 생각이 들어."

"주문이 많다고 했는데, 우리가 주문을 많이 하는 게 아니라 이 레스토랑이 우리에게 주문을 많이 하는 거잖아."

"그러니까 서양식 요리점이라는 건, 내 생각에는 오는 손님에게 서양식 요리를 먹이는 것이 아니라, 들어온 사람을 서양식 요리로 만들어서 잡아먹는 집이라는 건가봐. 그, 그, 그, 그렇다면, 우, 우, 우리가……."

신사 한 명이 사시나무처럼 바들바들 떨면서 말을 제대로 하지 못했습니다.

"우, 우, 우리가…… 으악!"

다른 신사도 바들바들 떨면서 말을 잇지 못했습니다.

"도, 도망……."

바들바들 떨면서 신사 한 명이 뒷문을 밀려고 했지만, 문은 꿈쩍도 하지 않았습니다.

안쪽에는 커다란 두 개의 열쇠구멍과 함께 은빛 포크와 나이프 모양으로 구멍이 뚫려 있는 문이 있었습니다.

'지금까지 수고가 많으셨습니다. 대단히 잘 하셨습니다. 그럼 어서 안으로 들어오십시오.'

게다가 열쇠구멍 안에서는 두 개의 파란 눈알이 두리번거리며 이쪽을 보고 있었습니다.

"으악!"

바들바들 바들바들.

"으악!"

바들바들 바들바들.

두 사람은 큰 소리로 울음을 터뜨렸습니다. 그러자 문 안에서 누군가가 속삭이듯이 말하기 시작했습니다.

"안 돼. 눈치채 버렸어. 소금을 문지르지 않은 것 같아."

"당연하지. 두목님이 잘못 써서 그래. '주문이 너무 많아서 귀찮으셨지요? 미안합니다'라니, 참으로 얼빠지게도 썼지 뭐야?"

"어느 쪽이든 상관없어. 어차피 우리에게는 뼈다귀도 나눠주지 않을 테니까."

"그건 그래. 하지만 만약에 저 녀석들이 들어오지 않으면 그건 우리 책임이야."

"불러볼까? 그래, 불러보자. 이봐요, 손님들. 어서 오세요, 어서 오세요, 어서 오세요. 접시도 씻어 놓았고, 야채도 소금으로 간을 해놓았어요. 이제 손님 여러분과 야채를 적당히 섞어서, 새하얀 접시에 올려놓기만 하면 돼요. 그러니까 어서 들어오세요."

"손님들, 어서 오세요, 어서 오세요. 혹시 샐러드를 싫어하시나요? 그렇다면 지금부터 불을 지펴서 프라이로 해드릴까요? 어쨌든 어서 들어오세요."

너무나 속을 끓인 나머지 그들의 얼굴은 꼬깃꼬깃한 휴지 조각처럼 일그러졌습니다. 두 사람은 일그러진 얼굴을 마주보고 바들바들 떨면서 소리 없이 눈물을 흘렸습니다.

안에서는 후후후후 하고 웃음이 터지더니 다시 소리가 흘러 나왔습니다.

"어서 오세요, 어서 오세요. 그렇게 눈물을 흘리면 애써 바른 크림이 모두 흘러내리잖아요. ……네, 알겠습니다. 이제 곧 가지고 가겠습니다. 자, 어서 들어오세요."

"어서 들어오세요. 냅킨을 두른 두목님께서 나이프를 들고 입맛을 다시면서 손님 여러분을 기다리고 있습니다."

두 사람은 끊임없이 눈물을 흘리고 또 흘렸습니다.

그때 갑자기 뒤에서 "컹컹컹!" 하는 소리가 들리고, 곰처럼 생긴 새하얀 개들이 문을 뚫고 안으로 뛰어들었습니다. 그러자 다음 순간, 열쇠구멍을 통해 이쪽을 내다보던 눈알이 눈 깜짝할 사이에 사라졌습니다. 새하얀 개들은 컹컹컹 소리를 지르며 한동안 방 안을 빙글빙글 돌아다니더니, 다시 한번 날카롭게 울부짖으며 갑자기 다음 문으로 뛰어갔습니다. 그러자 문이 벌컥 열리며, 개들은 빨려 들어가는 것처럼 안으로 들어갔습니다.

문 건너편은 바닥이 보이지 않는 늪처럼 캄캄한 어둠이었습니다.

"크윽, 카악, 끄륵끄륵."

안에서는 그런 소리가 들리더니, 잠시 후 거친 숨소리가 들려왔습니다.

다음 순간, 집은 연기처럼 사라지고 두 사람은 추위에 덜덜 떨면서 풀 속에 서 있는 자신들을 발견했습니다.

주위를 둘러보자 윗도리와 신발, 지갑, 넥타이핀은 나뭇가지에 매달려 있거나 나무 밑동에 흩어져 있었습니다. 그때 세찬 바람이 불어와서 풀은 사락사락, 나뭇잎은 살랑살랑, 나무는 우지끈 우지끈 소리를 냈습니다.

개가 으르렁거리며 돌아왔고, 뒤쪽에서는 누군가가 부르는 소리가 들려 왔습니다.

"주인님, 주인님."

두 사람은 갑자기 기운이 솟아나서 소리쳤습니다.

"이봐! 이보게! 여기야, 여기! 여기 있어! 빨리 오게."

도롱이 모자를 쓴 전문 사냥꾼이 거침없이 풀을 헤치며 다가왔습니다. 그 모습을 보고서야 두 사람은 겨우 안도의 한숨을 내쉬었습니다. 그리고 사냥꾼이 가지고 온 경단을 먹고, 도중에 10엔을 주고 산새를 사서 도쿄로 돌아왔습니다. 그러나 휴지 조각처럼 꾸깃꾸깃해진 두 사람의 얼굴만은 뜨거운 목욕탕에 가도, 원래의 얼굴로 다시는 되돌아가지 않았습니다.

첼로 연주자 고슈

첼로 연주자 고슈

고슈는 마을에 있는 활동사진관에서 첼로를 켜는 사람이었습니다. 하지만 첼로를 켜는 솜씨가 그다지 뛰어나지 못하다는 소문이 자자했습니다. 뛰어나지 못한 정도가 아니라, 실은 동료 악사들 중에서 제일 서툴렀기 때문에 언제나 악장에게 야단맞곤 했습니다.

점심때가 지나자, 사람들은 모두 연습실에 둥글게 둘러앉아, 다음 번 마을 음악회에서 연주하기로 되어 있는 〈제6교향곡〉을 연습하고 있었습니다.

트럼펫은 열심히 아름다운 가락을 뽑아냈습니다. 클라리넷도 그에 맞춰 아름다운 선율을 자아냈습니다. 바이올린도 두 가지 빛깔을 뿜어내는 바람처럼 신비한 소리를 냈습니다.

고슈도 입을 일자로 다물고 접시처럼 크게 뜬 눈으로 악보를 바라보면서, 온몸의 신경을 연주에 쏟아 부었습니다.

아름다운 악기 소리를 뚫고 악장의 손뼉 소리가 들려 왔습니다. 그러자 사람들은 모두 연주를 멈추었고, 기침 소리 하나 내지 않았습니다.

악장이 큰 소리로 말했습니다.

"첼로가 늦잖아! 따안딴따 딴따따, 여기부터 다시 시작!"

사람들은 악장이 지적한 데서 조금 앞부분부터 다시 연주하기 시작했습니다.

고슈는 화끈 달아오른 얼굴로 땀을 뻘뻘 흘리면서, 가까스로 지적받은 곳을 연주해 갔습니다. 안도의 한숨을 내쉬면서 계속 연주하고 있자, 악장이 다시 손뼉을 쳤습니다.

"첼로, 현이 맞지 않아. 자꾸 그러면 곤란해. 나는 자네에게 도레미 같은 기본을 가르칠 시간이 없단 말이야."

사람들은 모두 가엾은 생각이 들어서, 일부러 악보를 들여다보거나 악기를 만지는 척했습니다. 고슈는 황급히 현을 맞추었습니다. 물론 고슈도 잘못하긴 했지만 첼로도 그리 좋은 게 아니었습니다.

"그러면 지금 앞 소절부터 시작하지."

사람들은 다시 연주하기 시작했습니다. 고슈도 입술을 깨물며 연주에 전념했습니다. 이번에는 꽤 나아가서 기분이 좋아졌을 때, 악장이 다시 위협하는 듯한 표정으로 손뼉을 쳤습니다.

'또야?'

고슈는 흠칫 놀랐습니다. 그러나 다행스럽게도 이번에는 다른 사람이었습니다. 고슈는 조금 전 자신이 지적받았을 때 다른 사람들이 했던 것처럼, 일부러 악보에 눈을 가까이 대면서 생각에 잠기는 척했습니다.

“그러면 다음 부분!”

눈을 크게 뜨고 연주하기 시작하자, 갑자기 악장이 발을 쿵쾅거리며 버럭 소리를 질렀습니다.

“틀렸어! 전혀 맞지 않잖아! 이 부분은 곡의 심장인데, 이렇게 거친 소리가 나서야 되겠어? 연주회까지는 이제 열흘밖에 안 남았어. 그런데 음악을 전문으로 하는 우리가, 말편자를 만드는 대장장이나 사탕가게 견습생 같은 어중이떠중이에게 지기라도 한다면 체면이 뭐가 되겠어? 그리고 고슈 군, 자네 때문에 정말 큰일이야. 자네 음악에는 표정이라는 게 없잖아! 화를 내거나 좋아하는 등 감정이라는 게 전혀 없어. 게다가 다른 악기와 조화를 이루지 못해서, 언제나 자네 혼자만 신발 끈이 풀린 채 다른 사람들 뒤를 졸졸 따라다니는 것 같아. 그러면 정말 곤란해. 정신 바싹 차리고 신경 써야지. 명예로운 우리 금성음악단이 자네 한 사람 때문에 좋지 않은 평이라도 받는다면, 다른 사람들에게 너무 미안하지 않겠나? 그러면 여기까지 할 테니까, 잠시 쉬고 나서 여섯 시 정각에 다시 모이게.”

악장의 말이 끝나자 사람들은 모두 고개를 숙이더니, 담배를 물고 성냥불을 붙이거나 화장실을 가려고 밖으로 나갔습니다.

고슈는 잠시 조악하게 생긴 상자 같은 첼로를 껴안고 벽을 향해 입술을 깨물며 눈물을 뚝뚝 떨구었습니다. 하지만 마음을 다잡고 지금 연주한 부분을 처음부터 조용히 연주하기 시작했습니다.

어둠이 주위를 감쌀 무렵, 고슈는 제법 커다란 검은 물건을 등에 지고 집으로 돌아왔습니다. 그곳은 마을에서 조금 떨어진 한적한 강가에 있는 물레방앗간으로, 고슈는 그곳에서 혼자 살고 있었습니다. 낮에는 물레방앗간 주위에 있는 조그만 밭에서 토마토 가지를 치거나 양배추 속의 벌레를 잡고, 점심시간이 지나면 언제나 마을로 가곤 했습니다.

고슈는 집에 들어가자마자, 등에 지고 온 검은 물건을 펼쳤습니다. 그것은 다름 아닌, 악장에게 야단맞을 정도로 거친 소리를 내던 첼로였습니다. 고슈는 첼로를 바닥 위에 살그머니 내려놓고, 선반에서 컵을 가져와서 양동이에 있는 물을 떠 벌컥벌컥 들이켰습니다. 그리고 머리를 한 번 흔들고 의자에 걸터앉더니, 호랑이처럼 날쌘 기세로 낮에 연주했던 부분을 연주하기 시작했습니다.

악보를 넘기면서 연주하고, 생각에 잠기면서 연주하면서 마지막 부분에 이르자, 다시 처음으로 되돌아가 몇 번씩이나 반복해서 연주했습니다.

얼마나 시간이 흘렀을까, 이제는 무엇을 연주하는지도 모를 정도로 피곤이 몰려와서 얼굴은 붉게 달아오르고 눈에는 새빨간 핏발이 섰습니다. 지금이라도 당장 쓰러질 것만 같았습니다.

그때 누군가 뒷문을 똑똑 두들기는 자가 있었습니다.

"호슈야?"

고슈는 졸린 목소리로 소리쳤습니다. 그런데 문을 밀고 살며시 들어온 것은, 지금까지 대여섯 번 본 적이 있는 커다란 얼룩고양이였습니다.

고양이는 고슈의 밭에서 따온 반쯤 익은 토마토를 무거운 듯이 들고 들어오더니, 바닥에 내려놓으면서 입을 열었습니다.

"아아, 피곤해. 토마토 옮기는 것도 쉽지 않네."

"뭐야?"

"선물이에요. 맛있게 드세요."

고슈는 낮부터 쌓이고 쌓인 울분을 한꺼번에 풀려는 듯이 고래고래 소리를 질렀습니다.

"누가 네 녀석에게 토마토를 갖고 오라고 했지? 애당초 네 녀석이 가지고 온 걸 내가 먹을 거라고 생각한 거야? 게다가 이 토마토는 우리 밭에서 난 거고, 아직 빨갛게 익지도 않았잖아! 지금까지 토마토 줄기를 갉아먹고 우리 밭을 엉망으로 만든 게 네 녀석이지? 지금 당장 꺼져 버려! 망할 놈의 고양이 녀석!"

고양이는 어깨를 둥글게 말고 눈을 움푹 집어넣었지만, 입 주위에는 빈정거리는 웃음이 떠다녔습니다.

"선생님, 그렇게 화를 내시면 몸에 좋지 않아요. 그보다 슈만의 〈트로이메라이〉를 연주해 주세요. 제가 들어줄 테니까요."

"건방진 녀석! 고양이 주제에 음악을 연주해 달라고?"

고슈는 울화통이 터져, 이 고양이를 어떻게 할지 잠시 생각에 잠겼습니다.

"사양하실 건 없어요. 어서 연주해 주세요. 저는 선생님의 음악을 듣지 않으면 잠이 안 오거든요."

"정말 건방진 녀석이구나! 정말 건방져!"

고슈는 빨갛게 달아오른 얼굴로 낮에 악장이 했던 것처럼 발을 쿵쾅거렸지만, 갑자기 마음을 고쳐먹고 말했습니다.

"좋아, 연주해 주지."

그는 무슨 생각을 했는지 문과 창문을 모두 잠그고, 첼로를 꺼내더니 불을 껐습니다. 그러자 창문 밖에서 스무 날이 지난 어렴풋한 달빛이 방 안을 희미하게 감쌌습니다.

"뭘 연주하라고 했지?"

"〈트로이메라이〉. 낭만적인 슈만의 작품."

고양이는 입을 훔치더니 점잔을 빼며 말했습니다.

"그래? 〈트로이메라이〉라…… 이것 말이지?"

고슈는 무슨 생각을 했는지 일단 손수건으로 자신의 귓구멍을 꽉 막았습니다. 그리고 폭풍우처럼 거센 기세로 〈인도의 호랑이 사냥꾼〉이라는 곡을 연주하기 시작했습니다.

고양이는 잠시 고개를 갸우뚱거리며 듣고 있다가 갑자기 눈을 깜빡거리더니, 미친 듯이 문을 향해 뛰어갔습니다. 그리고 온몸을 부딪쳤지만 문은 열리지 않았습니다. 다음 순간, 마치 일생일대의 실수를 했다는 듯이 정신없이 날뛰는 바람에 눈과 이마에서는 타닥타닥 불꽃이 일었습니다. 그리고 콧수염과 코에서도 불꽃이 번뜩이자 고양이는 간지러운 듯이 잠시 재채기를 하는 표정을 짓더니, 이렇게 있을 수 없다는 듯이 또다시 펄쩍 뛰기 시작했습니다. 고슈는 신이 나서 웃음을 터뜨리며 점점 더 기세 좋게 연주해 갔습니다.

"선생님, 이제 됐으니까 그만하세요. 이렇게 부탁할게요, 제발 그만두세요. 앞으로는 절대로 선생님에게 이래라저래라 하지 않겠습니다."

"닥쳐라. 지금부터 호랑이를 잡는 대목에 들어간다!"

고양이가 너무나 괴로운 듯이 펄쩍 뛰거나 빙빙 돌면서 벽에 온몸을 부딪치자, 부딪친 자국이 잠시 동안 새파랗게 빛났습니다. 그러다 고양이는 결국 팔랑개비처럼 고슈의 주위를 빙글빙글 맴돌았습니다. 그러자 고슈도 머리가 빙글빙글 돌고 어지러워서 연주를 그만둘 수밖에 없었습니다.

"자, 이제 그만 용서해 주마."

연주를 중단하자 고양이는 천연덕스럽게 말했습니다.

"선생님, 오늘밤 연주는 좀 이상하군요."

고슈는 다시 불끈 화가 치밀었지만, 아무렇지도 않은 표정을 짓더니 궐련을 입에 물고 성냥을 꺼냈습니다.

"어때? 어디 좀 아프게 해줄까? 혀를 내밀어 봐라."

고양이는 고슈를 놀리는 것처럼 길고 뾰족한 혀를 날름 내밀었습니다.

"아아, 혓바늘이 돋았구나."

고슈는 그렇게 말하면서 고양이 혀에 대고 갑자기 성냥을 긋더니 자기 담배에 불을 붙였습니다. 그러자 고양이는 펄쩍 뛰면서 팔랑개비처럼 혀를 흔들며 입구에 있는 문으로 뛰어가서 머리를 쾅쾅 부딪쳤습니다. 그리고 잠시 비틀거리다가 다시 뒤로 물러나서 쾅쾅 부딪치며 비틀비틀, 다시 뒤로 물러나서 쾅쾅 부딪치며 비틀비틀 거리며 도망갈 길을 찾으려고 했습니다.

고슈는 잠시 배를 잡고 웃음을 터뜨리며 고양이의 모습을 지켜보았습니다.

"내보내 주지. 대신 다시는 오지 마라, 이 얼빠진 녀석!"

고슈는 문을 열고, 바람처럼 덤불 속으로 달려가는 고양이를 보며 히죽거렸습니다. 그런 다음에야 겨우 마음이 후련해졌는지, 누가 업어 가도 모를 정도로 꿈속에 빠져들었습니다.

그다음 날에도 고슈는 검은 첼로를 등에 지고 집으로 돌아왔습니다. 그리고 물을 벌컥벌컥 들이켜고 나서, 어제와 마찬가지로 첼로를 연주하기 시작했습니다. 이윽고 12시가 지나고 1시가 지나고 2시가 지났지만 고슈는 연주를 멈추지 않았습니다. 몇 시쯤 되었을까, 자신이 연주하고 있는지도 모를 만큼 완전히 빠져 있을 때, 누군가 지붕을 톡톡 두드리는 자가 있었습니다.

"고양이 녀석, 아직도 혼이 덜 났느냐?"

그런데 갑자기 천장 구멍에서 소리가 나더니 잿빛 새가 내려왔습니다. 바닥에 앉은 것을 보니 그 새는 다름 아닌 뻐꾸기였습니다.

"뻐꾸기가 오다니, 무슨 일이지?"

"음악을 배우고 싶어요."

고슈는 조심스럽게 말하는 뻐꾸기의 말을 비웃었습니다.

"음악이라구? 네 노래는 뻐꾹 뻐꾹 하는 소리만 낼 뿐이잖아?"

뻐꾸기는 더할 수 없이 진지한 표정으로 대답했습니다.

"예, 그래요. 하지만 뻐꾹 소리를 내는 것도 아주 어려워요."

"어렵다구? 오랫동안 우는 게 힘들지, 노랫소리와는 아무 상관이 없잖아?"

"그렇지 않아요. 예를 들어 '뻐꾹' 하고 우는 것과 '뻐꾹' 하고 우는 건 소리가 다르거든요."

"내가 듣기에는 똑같은데 뭘."

"그러면 당신이 잘 모르는 거예요. 우리 친구들은 '뻐꾹' 하고 만 번을 노래하면 만 번이 모두 달라요."

"웃기지 마시지. 그렇게 잘 알고 있으면서 왜 내게 음악을 배우고 싶다는 거야?"

"나는 도레미를 정확하게 노래하고 싶어요."

"도레미라니, 무슨 개똥같은 소리야?"

"외국에 가기 전에 꼭 한 번 노래하고 싶어요."

"외국이라니, 그건 또 무슨 개똥같은 소리야?"

"선생님, 제발 도레미를 가르쳐주세요. 내가 따라서 부를 테니까요."

"귀찮아 죽겠네. 그러면 딱 세 번만 연주해 줄 테니까, 끝나면 당장 꺼져야 돼!"

고슈는 첼로를 들고 찌징 찌징 하고 현을 맞추어 '도레미파솔라시도'를 연주했습니다. 연주가 끝나기도 전에 뻐꾸기는 황급히 날개를 파닥거렸습니다.

"아니에요, 아니에요. 그게 아니에요."

"시끄러워. 그렇다면 네가 한번 해보라구."

"도레미는 이렇게 하는 거예요."

뻐꾸기는 잠시 동안 몸을 앞으로 구부리고 있더니, 한 번을 울었습니다.

"뻐꾹."

"뭐야? 그게 도레미야? 그렇다면 너희들에게는 도레미도, 〈제6 교향곡〉도 똑같겠구나."

"그렇지 않아요."

"뭐가 그렇지 않다는 거지?"

"이것을 많이, 오랫동안 계속하는 게 얼마나 어려운지 아세요?"

"그러니까 이렇게 말이지?"

고슈는 다시 첼로를 들고, '뻐꾹 뻐꾹 뻐꾹 뻐꾹 뻐꾹 뻐꾹' 하고 계속 연주했습니다. 그러자 뻐꾸기는 몹시 기뻐하며 첼로 소리에 맞추어 '뻐꾹 뻐꾹 뻐꾹 뻐꾹' 하고 소리쳤습니다. 마치 이 노래가 끝나면 죽어도 좋다는 듯이 온힘을 다 해 끝없이 소리치는 것입니다.

고슈는 슬슬 손이 아파 와서 연주를 그만두었습니다.

"이 녀석! 이제 그만하지 못하겠어?"

“빼꾹 빼꾸 빼 빼 빼 빼 빼.”

빼꾸기는 유감스러운 듯이 눈을 치켜뜨고 잠시 소리치다가, 이윽고 멈추었습니다.

고슈는 머리끝까지 화가 치밀었습니다.

“빼꾹아! 이제 볼일이 끝났으면 그만 돌아가.”

“제발 한 번만 더 연주해 주세요. 당신의 연주는 좋기는 하지만 조금 틀리거든요.”

“뭐야? 네가 배우는 거지, 내가 네 녀석에게 배우는 줄 알아? 돌아가지 못하겠어!”

“제발 딱 한 번만 더 부탁해요. 제발요.”

빼꾸기는 몇 번씩이나 고개를 꾸벅꾸벅 숙였습니다.

“그러면 이번이 마지막이야.”

고슈가 첼로의 활을 들자, 빼꾸기는 빼꾹 하고 한 번 숨을 쉬고 나서 다시 고개를 숙였습니다.

“될 수 있으면 오랫동안 연주해 주세요.”

“정말 끈질긴 녀석이군.”

고슈는 쓴웃음을 지으며 연주하기 시작했습니다. 그러자 빼꾸기는 다시 진지한 표정으로 몸을 구부리며, 죽을힘을 다해 열심히 소리쳤습니다.

“빼꾹 빼꾹 빼꾹.”

처음에는 울화통이 치밀었지만, 계속해서 연주하는 사이에 문득 이런 생각이 들었습니다.

'내 첼로 소리보다 뻐꾸기 노랫소리가 도레미에 딱 맞는 게 아닐까?'

계속해서 연주하면 연주할수록, 첼로 소리보다 뻐꾸기 노랫소리가 도레미에 더 맞는 것 같았습니다.

"이런! 이렇게 어리석은 짓을 하다간 나까지 새가 돼겠어."

고슈는 갑자기 첼로를 켜던 손을 멈추었습니다. 그러자 뻐꾸기는 머리를 세차게 얻어맞은 것처럼 흐느적거리다가 다시 조금 전과 같은 소리를 내었습니다.

"뻐꾹 뻐꾹 뻐꾹 뻐 뻐 뻐 뻐 뻐."

그리고 원망스러운 듯이 고슈를 쳐다보며 입을 열었습니다.

"왜 그만두시는 거죠? 우리 뻐꾸기들은 아무리 오기가 없는 녀석이라도 목에서 피가 나올 때까지 소리치는데요."

"건방이 하늘을 찌르는군! 이렇게 어리석은 짓을 언제까지 하라는 거야? 이제 그만 나가! 날이 밝아오고 있잖아."

고슈는 화를 내면서 창문을 가리켰습니다.

밖을 쳐다보자 동쪽 하늘이 희미한 은빛으로 물들고, 시커먼 구름이 북쪽으로 달려가고 있었습니다.

"그러면 해님이 나올 때까지만 부탁할게요. 잠시라도 좋으니까 한 번만 더 연주해 주세요."

뻐꾸기는 다시 고개를 숙였습니다.

"닥쳐라! 가만히 있으니까 머리 꼭대기까지 기어오르려는 거야? 이 바보 녀석! 당장에 나가지 않으면 털을 모두 뽑아서 아침

식사로 잡아먹어 버리겠다!"

고슈는 쾅쾅거리며 발을 굴렀습니다. 그러자 뻐꾸기는 화들짝 놀라더니, 그 길로 창문을 향해 날아올랐습니다. 그러나 유리에 세차게 머리를 부딪치고는 바닥에 털썩 떨어졌습니다.

"창문을 향해 날아가다니, 어리석은 녀석 같으니라구!"

고슈는 벌떡 일어서서 창문을 열려고 했지만, 그 창문은 그리 쉽게 열리는 것이 아니었습니다. 고슈가 계속해서 창문을 열려고 덜컹거리는 사이에 뻐꾸기는 또다시 창문에 부딪혀서 바닥으로 떨어졌습니다. 바닥을 내려다보니 뻐꾸기의 부리 부분에 피가 약간 배어 있었습니다.

"창문을 열어줄 테니까 잠시만 기다려!"

가까스로 창문을 조금 열었을 때, 뻐꾸기는 무슨 일이 있어도 밖으로 나가려는 듯이 창문 밖에 있는 동쪽 하늘을 뚫어지게 쳐다보며 있는 힘을 모두 짜내어 팔짝 날아올랐습니다. 그러나 이번에는 더욱 세차게 유리에 부딪히는 바람에, 잠시 동안 꼼짝도 할 수 없었습니다. 창문 밖으로 날려 보내주려고 손을 내밀자, 뻐꾸기는 눈을 번쩍 뜨고 허공으로 날아올라 다시 창문을 향해 몸을 부딪치려고 했습니다.

그 순간, 고슈는 자신도 모르게 발을 들고 창문을 걷어찼습니다. 그러자 창문은 귀가 찢어질 만큼 큰 소리를 내면서 깨졌고, 창틀은 밖으로 떨어졌습니다. 창문이 있던 곳에 휑한 빈 공간이 생기자 뻐꾸기는 화살처럼 밖으로 날아갔습니다. 그러더니 끝도 없이 똑바로 날아가서, 결국에는 그림자도 보이지 않았습니다.

고슈는 잠시 동안 어이가 없는 표정으로 밖을 쳐다보다가, 방구석으로 걸어가서 그대로 잠들어 버렸습니다.

이튿날에도 밤이 이슥해질 때까지 첼로를 연주하고 잠시 쉬기 위해 물을 한 컵 마시고 있자, 다시 문을 톡톡 두드리는 자가 있었습니다.

오늘밤에는 무엇이 와도 처음부터 협박해서 쫓아내리라고 결심하고 컵을 든 채 기다리자, 새끼 너구리 한 마리가 문을 빠끔히 열고 들어오는 것이었습니다.

고슈는 문을 조금 넓게 열어놓고 발을 쾅쾅 구르며 소리쳤습니다.

"이 녀석, 너구리야! 너는 너구리 죽이라는 것도 몰라?"

새끼 너구리는 멍한 표정으로 바닥에 주저앉은 채, 도저히 모르겠다는 듯이 고개를 갸우뚱거렸습니다.

"너구리 죽 같은 것, 나는 몰라."

너구리의 멍한 표정을 보고 자신도 모르게 웃음을 터뜨릴 뻔했지만, 고슈는 일부러 무서운 표정을 지었습니다.

"그러면 가르쳐주지. 너구리 죽이라는 건 말이야, 너 같은 너구리에다 양배추와 소금을 넣고 펄펄 끓여서 이 몸이 먹도록 만든 것이지."

그러자 새끼 너구리는 이상한 표정을 지으며 말했습니다.

"하지만 우리 아버지가 고슈님은 아주 좋은 사람이고 무섭지 않으니까, 가서 배우고 오라고 했어."

고슈는 참고 참았던 웃음을 터뜨렸습니다.

"뭘 배우라고 했는데? 나는 아주 바쁜 데다가 지금 잠이 쏟아지고 있어."

새끼 너구리는 갑자기 기운이 솟는 것처럼 앞으로 한 걸음 다가왔습니다.

"나는 작은북을 치고 있거든. 첼로에 맞춰서 연주해 보라고 하셨어."

"작은북이 어디 있는데?"

"이것 봐."

새끼 너구리는 등에서 북채처럼 생긴 작은 나무토막 두 개를 꺼냈습니다.

"그걸로 뭘 할 건데?"

"〈유쾌한 마부〉를 연주해 줘."

"〈유쾌한 마부〉라니, 재즈 음악이야?"

"그래, 악보는 여기 있어."

고슈는 새끼 너구리가 등에서 꺼낸 악보를 보자마자 웃음을 터뜨렸습니다.

"흐음, 재미있는 곡이군. 좋아, 그러면 연주해 주지. 너는 작은북을 칠 거야?"

고슈는 새끼 너구리가 어떻게 할지 궁금해서, 그쪽을 힐끔힐끔 쳐다보며 연주하기 시작했습니다. 그러자 새끼 너구리는 작은북

채로 첼로의 아랫부분을 톡톡 두드리며 박자를 맞추었습니다. 그 소리가 아름다운 조화를 이루어, 연주하는 사이에 고슈는 아주 재미있다는 생각이 들었습니다.

마지막까지 연주를 마치자 새끼 너구리는 잠시 고개를 갸우뚱거리며 생각에 잠겼습니다. 그리고 드디어 생각났는지 입을 열었습니다.

"고슈님은 두 번째 현을 켤 때 항상 늦어. 그래서 내가 박자를 맞출 때, 마치 무엇인가에 걸려서 넘어질 뻔하거든."

고슈는 흠칫 놀랐습니다. 분명 아무리 재빨리 연주해도 그 현만은 조금 지난 다음에 소리가 나오는 것 같은 생각이 어젯밤부터 들었던 것입니다.

"그럴지도 모르지. 이 첼로에 문제가 있어."

고슈는 서글픈 듯이 대답했습니다. 그러자 새끼 너구리는 불쌍하다는 표정으로 다시 생각에 잠겼습니다.

"어디에 문제가 있지? 다시 한번 연주해 보지 않겠어?"

"좋아, 그러면 시작한다."

고슈는 첼로를 껴안고 연주하기 시작했습니다. 새끼 너구리는 좀 전처럼 첼로의 몸체를 톡톡 두들기면서, 가끔 고개를 갸우뚱거리며 첼로 소리에 귀를 기울였습니다. 그들이 연주를 마칠 무렵에는 동쪽 하늘이 어렴풋하게 밝아 왔습니다.

"아아, 날이 밝았어. 정말 고마워."

새끼 너구리는 갑자기 서두르며 악보와 작은북 채를 등에 지고 검은 테이프로 단단히 묶더니, 두서너 차례 고개를 숙이고 밖으로 나가 버렸습니다.

고슈는 잠시 멍한 상태에서 지난밤에 깨진 창문 사이로 들어오는 바람을 맞았지만, 마을로 가기 전에 기운을 찾으려고 서둘러 잠자리로 파고들었습니다.

이튿날에도 고슈는 밤을 새워 첼로를 켜다가, 해님이 떠오르기 직전에 그만 지쳐서 악보를 든 채 꾸벅꾸벅 졸았습니다. 그러자 다시 누군가가 문을 톡톡 두드리는 자가 있었습니다. 그 소리는 들릴 듯 말 듯 가냘팠지만, 매일 일어나는 일이기 때문에 고슈는 즉시 알아들을 수 있었습니다.

"들어와."

그러자 문틈으로 들쥐가 들어오더니, 그 뒤를 따라 작은 새끼 들쥐가 들어와서 고슈 앞으로 쪼르륵쪼르륵 걸어왔습니다. 고슈는 지우개처럼 작달막한 들쥐 새끼를 보고는 웃음을 참지 못했습니다. 들쥐는 고슈가 웃는 이유를 모르겠다는 듯이 눈을 떼굴떼굴 굴리더니, 푸른 알밤 하나를 앞으로 내밀고 정중하게 고개를 숙였습니다.

"선생님, 우리 아이가 아파서 곧 죽을 것 같아요. 부디 자비를 베풀어 이 아이를 낫게 해주세요."

"나는 의사가 아니야."

고슈는 조금 발끈해서 대답했습니다. 그러자 어미 들쥐는 고개를 숙인 채 아무 말도 하지 않더니, 다시 결심한 듯이 입을 열었습니다.

"그건 거짓말이에요. 선생님은 매일같이 그렇게 훌륭하게 모든 동물들의 병을 고쳐 주셨잖아요?"

"무슨 말을 하는지 모르겠어."

"선생님 덕분에 토끼 할머니도 나았고, 너구리 아저씨도 나았고, 그렇게 고집불통인 부엉이까지 나았는데, 어째서 우리 아이만 고쳐줄 수 없다는 거예요? 너무하시잖아요?"

"뭘 잘못 알고 있구나. 나는 부엉이의 병을 고쳐준 적이 없어. 물론 어젯밤에 새끼 너구리가 와서는 악대 흉내를 내고 가기는 했지만 말이야. 하하하."

고슈는 어이가 없어서 새끼 들쥐를 내려다보며 웃었습니다. 그 모습을 보더니 어미 들쥐는 참았던 울음을 터뜨렸습니다.

"아아! 어차피 병에 걸릴 거라면 좀더 일찍 걸렸으면 좋았을 텐데! 조금 전까지 그렇게 끼잉끼잉 하고 음악 소리가 났는데, 병에 걸리자마자 소리가 그치더니 이제는 아무리 부탁해도 연주해 주지 않는다고 하시는군! 우리 아이는 왜 이리 불쌍할꼬!"

고슈는 깜짝 놀라 소리쳤습니다.

"뭐야? 내 첼로 소리를 듣고 부엉이와 토끼의 병이 나았단 말이야? 대체 어떻게 된 거지?"

어미 들쥐는 한 손으로 눈을 문지르며 대답했습니다.

"그래요. 이 근처에 사는 동물들은 병에 걸리기만 하면 선생님 댁의 마룻바닥으로 들어가곤 하지요. 그러면 병이 감쪽같이 낫는 거예요."

"정말로 병이 낫는단 말이야?"

"예. 온몸의 피가 원활히 돌게 되고 기분도 좋아져요. 그러면 그 자리에서 즉시 낫는 동물도 있고, 집에 돌아간 뒤 병이 낫는 동물도 있어요."

"신기한 일이군. 내 첼로 소리를 들으면 병이 낫는다니! 좋았어. 그렇다면 연주해 주지."

고슈는 잠시 끼익 끼익 현을 맞추고 난 뒤, 새끼 들쥐를 들어 첼로 구멍 속으로 집어넣었습니다.

"나도 함께 가겠어요. 병원에 갈 때마다 그렇게 하니까요."

어미 들쥐는 미친 듯이 첼로에 달려들었습니다.

"너도 들어갈 거야?"

고슈는 어미 들쥐를 첼로 구멍 속에 넣으려고 했지만, 구멍이 너무 작아서 머리의 절반밖에 들어가지 않았습니다. 그러자 어미 들쥐는 파닥파닥 발버둥을 치면서 안에 있는 아기 들쥐에게 소리쳤습니다.

"얘야, 무섭지 않니? 밑으로 떨어질 때 엄마가 가르쳐준 것처럼 두 발을 가지런히 모으고 떨어졌니?"

"예. 다치지 않게 떨어졌어요."

아기 들쥐는 모기처럼 가냘픈 목소리로 첼로 바닥에서 대답했습니다.

"걱정할 필요 없어. 그러니까 울지 말라고 말해줘."

고슈는 어미 들쥐를 밑에 내려놓은 다음, 활을 들고 랩소디를 연주해 주었습니다. 어미 들쥐는 너무나 걱정스러운 듯이 첼로 소리를 듣고 있다가, 더 이상 기다릴 수 없다는 듯이 말했습니다.

"이제 됐어요. 부디 내 아이를 꺼내주세요."

"벌써 다 나았어?"

첼로를 내려놓고 구멍 속으로 손을 넣자, 잠시 후 아기 들쥐가 나왔습니다. 고슈의 손에서 바닥으로 내려온 아기 들쥐는 눈을 꼭 감고 바들바들 바들바들 떨었습니다.

"어때? 기분은 괜찮아?"

아기 들쥐는 한마디도 대꾸하지 않고, 여전히 눈을 감은 채 바들바들 바들바들 떨다가 갑자기 벌떡 일어서서 달리기 시작했습니다.

"아아, 이제 다 나았구나! 감사합니다, 감사합니다!"

어미 들쥐는 아기 들쥐와 함께 뛰다가, 고슈 앞에 와서 연신 고개를 숙이면서 감사하다는 말을 수도 없이 했습니다.

고슈는 왠지 어미 들쥐가 가엾다는 생각이 들었습니다.

"얘들아, 너희들 빵은 먹겠지?"

그 말에 들쥐들은 깜짝 놀라더니, 눈을 떼굴떼굴 굴리며 주위를 둘러보았습니다.

"빵이라는 건 밀가루를 반죽해서 만드는 것으로, 모락모락 부풀어서 맛있는 거라고 하던데요. 하지만 우리는 이 집의 찬장에 몰래 들어간 적도 없습니다. 더구나 이렇게 신세를 졌는데 어떻게 그런 것을 훔쳐 먹겠어요?"

"그런 뜻이 아니라 그냥 먹겠느냐고 물어봤을 뿐이야. 그렇다면 먹을 수는 있지? 잠시만 기다려. 배가 아팠던 네 아이에게 줄 테니까."

고슈는 첼로를 바닥에 두고, 찬장에서 빵을 꺼내 조금 떼어낸 뒤 들쥐 앞에 놓았습니다.

어미 들쥐는 바보처럼 울다가 웃다가 하면서 고개를 숙이더니, 소중한 것을 대하듯 빵을 물고는 아기 들쥐를 앞장세우고 밖으로 나갔습니다.

"아아, 들쥐와 얘기하는 것도 꽤 피곤하구나."

고슈는 잠자리에 털썩 쓰러지더니 조용히 숨소리를 내며 깊이 잠들었습니다.

그로부터 엿새가 지났습니다. 그날 밤, 금성음악단원들은 발그스름하게 상기된 얼굴로 악기를 들고, 강당의 무대에서 마을의 공회당 안쪽에 있는 대기실로 우르르 몰려나왔습니다. 아주 멋지게 〈제6교향악〉을 연주한 것입니다. 강당에서는 박수소리가 폭풍우처럼 우렁차게 울려 퍼졌습니다.

악장은 주머니에 손을 넣고 박수 따위는 아무래도 상관없다는 듯 어슬렁어슬렁 돌아다녔지만, 실은 가슴 가득 환희가 밀려와서 어찌할 바를 몰랐던 것입니다. 사람들은 담배를 물고 성냥을 켜거나 악기를 케이스에 넣었습니다.

강당에서는 아직도 세찬 박수소리가 끊이지 않았습니다. 끊이기는커녕 점점 더 커져, 왠지 무서운 느낌이 들 정도로 엄청나게 큰 소리로 변했습니다.

그때 큼지막한 하얀 리본을 단 사회자가 대기실로 들어왔습니다.

"앙코르를 받아 주셔야죠. 짧은 곡이라도 좋으니까 좀 부탁합니다."

악장이 발끈해서 버럭 소리를 질렀습니다.

"안 됩니다! 이렇게 멋진 연주를 한 다음에는 무슨 연주를 해도 우리들 성에 차지 않습니다."

"그러면 악장님께서 나가셔서 인사라도 해주십시오."

"그것도 안 됩니다. 이봐, 고슈 군. 자네가 나가서 아무거나 연주하고 오게."

"제가 말입니까?"

고슈는 어안이 벙벙해졌습니다. 그러자 제1바이올린 연주자가 갑자기 고개를 들더니 악장의 말에 맞장구를 쳤습니다.

"그래, 자네밖에 없어."

"자, 어서 나갔다 오게."

악장이 다시 한번 못을 박았습니다.

사람들은 억지로 첼로를 들이밀더니, 문을 열고는 고슈를 무대로 떠밀었습니다. 고슈가 구멍 뚫린 첼로를 들고 곤란한 표정으로 무대에 나가자, 사람들은 더욱 신이 나서 주위가 떠나가라 박수를 쳤습니다. 휘파람을 불고 소리를 지르는 사람도 있었습니다.

'끝까지 바보 취급을 하는군. 좋아, 두고 봐. 〈인도의 호랑이 사냥꾼〉을 연주할 테니까!'

고슈는 마음을 가라앉히고 무대 한가운데로 나갔습니다. 그리고 얼룩고양이가 왔을 때처럼 화난 코끼리 같은 자세로 〈인도의 호랑이 사냥꾼〉을 연주했습니다. 그런데 이상한 일이 일어났습니다. 청중들이 모두 쥐 죽은 듯이 조용해지더니 눈을 지그시 감고 귀를 기울이는 게 아니겠습니까?

연주는 계속되어, 고양이가 화를 내며 타닥타닥 불꽃을 내뿜던 부분도 지나가고, 몇 번이나 몸을 문에 부딪쳤던 부분도 지나갔습니다.

연주를 마치자 고슈는 청중들 쪽으로 눈길도 돌리지 않고, 고양이처럼 첼로를 들고 재빨리 대기실로 도망쳤습니다. 그런데 대기실에서도 악장을 비롯한 모든 동료들이 불난 집의 불을 끈 뒤처럼 눈을 지그시 감고 조용히 앉아 있는 것이었습니다.

고슈는 자포자기한 심정으로 사람들 사이를 헤치고 지나가 의자에 털썩 주저앉고는 다리를 꼬았습니다.

사람들 모두 고개를 들고 고슈를 쳐다보았지만, 모두들 진지한 표정을 짓고 있어서 비웃는 것 같지는 않았습니다.

"오늘은 정말 이상한 밤이야."

그렇게 생각했을 때, 악장이 자리에서 일어서더니 입을 열었습니다.

"고슈 군, 정말 잘했어. 선곡에는 조금 문제가 있었지만, 모두들 진지하게 들었네. 불과 일주일인가 열흘 만에 이렇게 늘 수 있다니! 어린아이가 멋진 군인으로 성장한 것 같네. 그것 보게. 마음만 먹으면 얼마든지 할 수 있지 않나?"

"정말 잘했어."

동료들이 모두 칭찬하자, 악장이 덧붙였습니다.

"몸이 건강하니까 이렇게 할 수 있었지, 보통 사람이라면 아마 죽었을 거야."

그날 밤, 고슈는 어둠이 깊이 내려앉은 다음에야 집으로 돌아올 수 있었습니다.

그는 집에 도착하자마자 물을 벌컥벌컥 들이켰습니다. 그런 다음 창문을 열고, 언젠가 뻐꾸기가 날아간 머나먼 하늘을 바라보며 중얼거렸습니다.

"뻐꾹아, 그때는 정말 미안했어. 나는 화가 난 게 아니었어."

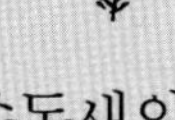

쏙독새의 별

쏙독새의 별

쏙독새는 보기에도 참으로 흉측하게 생긴 새입니다.

얼굴은 된장을 덕지덕지 바른 것처럼 군데군데 얼룩덜룩하고, 부리는 납작한 게 귀까지 째져 있습니다. 게다가 다리는 한심할 정도로 가냘파서 몇 발짝도 걷지 못합니다. 그런 탓에, 다른 새들은 쏙독새의 얼굴을 보기만 해도 짜증내며 고개를 돌리곤 했습니다.

종다리도 그리 예쁜 새는 아니지만 쏙독새보다는 자신이 훨씬 아름답다고 생각하기에, 어스름한 저녁 무렵에 쏙독새를 만나면 참으로 귀찮다는 듯이 뚱한 표정으로 눈을 감으면서 고개를 돌려 버립니다. 종다리보다 더 몸집이 작은 수다쟁이 새들은, 기회가 있을 때마다 쏙독새 앞에서 험담을 늘어놓곤 했습니다.

"흥, 또 나왔구나. 어머, 저 꼴 좀 봐! 정말이지 저 쏙독새는 새들의 수치야!"

"저 부리 좀 봐. 어떻게 새의 부리가 저렇게 클 수가 있어? 아마 개구리 친척일 거야."

아아! 만약에 쏙독새가 아니라 매였다면 작은 새들은 기조차 펴지 못하고, 이름을 듣기만 해도 새파랗게 질린 얼굴로 바들바들 떨며 몸을 바싹 웅크린 채 나뭇잎 뒤에 숨었을 것입니다. 하지만 쏙독새는 매처럼 무서운 새의 형제나 친척이 아니라, 오히려 아름다운 물총새나 보석처럼 귀한 벌새의 형제 격이었습니다.일본어로 매는 '다카', 쏙독새는 '밤의 매'라는 뜻의 '요다카'이다_옮긴이

벌새는 꽃 속의 꿀을 먹고, 물총새는 물고기를 먹고, 쏙독새는 날개 달린 작은 곤충을 잡아먹었습니다. 게다가 쏙독새에게는 갈고리처럼 날카로운 발톱도, 창처럼 예리한 부리도 없었기 때문에, 아무리 연약한 새라도 쏙독새를 무서워할 이유가 없었던 것입니다.

매의 친척이나 형제도 아니면서, 왜 쏙독새에게는 '밤의 매'라는 무서운 이름이 붙은 걸까요? 그것은 쏙독새의 날개가 놀라울 만큼 강해서, 바람을 가르고 하늘 높이 비상할 때는 사나운 매처럼 강해 보였기 때문입니다. 그리고 귀를 찢는 날카로운 울음소리가 왠지 매의 울음소리와 비슷했기 때문입니다. 물론 매는 흉측하게 생긴 쏙독새가 자신과 비슷한 이름을 가지고 있다는 것에 화가 나서 견딜 수 없었습니다. 그래서 쏙독새의 얼굴만 보면 어깨에 힘을 주고 "이름을 다시 지어라! 빨리 이름을 다시 지으라니까!" 하고 호통치곤 했습니다.

그러던 어느 날, 어둠이 싸목싸목 밀려들 무렵에 매가 쏙독새의 집에 찾아왔습니다.

"이봐, 쏙독새. 안에 있느냐? 아직도 이름을 바꾸지 않았잖아? 보기보다 부끄러움을 모르는 녀석이군. 나와 너의 인격은 하늘과 땅처럼 차이가 난다는 것을 모르느냐? 나는 푸른 하늘을 끝없이 날아다니지만, 너는 구름이 잔뜩 낀 어두컴컴한 날이나 어두운 밤이 아니면 밖으로 나오지 않지 않느냐? 그리고 내 부리와 발톱, 그리고 너의 부리와 발톱을 비교해 보거라."

"매님, 이름을 바꾸는 건 도저히 불가능합니다. 이름은 제 맘대로 붙이는 것이 아니라 신께서 내리시는 것이니까요."

"뭐야? 내 이름은 신께서 주셨다고 할 수 있지만, 네 이름은 나와 밤에게서 빌린 것에 불과하지 않느냐? 어서 이름을 바꾸거라."

"매님, 그건 어려운 일입니다."

"그리 어려운 일이 아니다. 그럼 내가 좋은 이름을 지어주지. 장돌뱅이라는 이름은 어떠냐? 장돌뱅이 말이다. 어때, 좋은 이름이지? 그런데 이름을 바꾸려면 공표公表 의식을 치르지 않으면 안 된다. 그 의식은 말이지, 목에 장돌뱅이라고 쓴 팻말을 걸고 '앞으로 나를 장돌뱅이라고 불러주세요!'라고 소리 지르며, 모두에게 인사하며 돌아다니는 것이다."

"그것만은 도저히 할 수가 없습니다."

"아니, 할 수 있다. 그렇게 해야 한다. 만약에 모레 아침까지 그렇게 하지 않으면, 내 날카로운 발톱이 너를 갈기갈기 찢어서 죽여 버릴 게다. 그러니까 곰곰이 생각해 보거라. 나는 모레 아침에 먼동이 트자마자, 한 집 한 집 돌아다니며 네 녀석이 다녀갔는지 물어보겠다. 만약에 한 집이라도 들르지 않으면 네 녀석의 목숨은 그날이 마지막인 줄 알거라."

"그건 너무나 어려운 일입니다. 그럴 바에야 차라리 지금 당장 죽는 편이 낫습니다. 차라리 지금 죽여 주십시오."

"아니다. 잘 생각해 보거라. 장돌뱅이도 그리 나쁜 이름은 아니니까."

매는 날개를 한껏 펼치고 자신의 둥지로 날아갔습니다.

매가 떠나자, 쏙독새는 지그시 눈을 감고 생각에 잠겼습니다.

'나는 왜 이렇게 모든 새들에게 미움을 받는 걸까? 아마 내 얼굴이 된장을 바른 것처럼 지저분한 데다 입이 찢어졌기 때문이겠지. 하지만 나는 한 번도 나쁜 짓을 저지른 적이 없어. 동박새 새끼가 보금자리에서 떨어졌을 때도 내가 데려다줬지. 하지만 어미 동박새는 유괴범에게서 새끼를 되찾는 것처럼 내게 달려들어 새끼를 빼앗아갔어. 그러면서 비참하게도 나를 비웃기까지 했지. 그러더니 이번에는…… 아아! 장돌뱅이라는 팻말을 목에 걸고 돌아다니라니, 정말 끔찍한 일이야.'

어둠의 장막이 주위를 감싸자 쏙독새는 둥지에서 날아올랐습니다. 엷은 구름이 심술궂은 빛을 뿌리면서 낮게 드리워져 있습니다. 쏙독새는 구름에 닿을락말락하게 스쳐 지나가면서 소리 없이 하늘을 날아다녔습니다.

그런 다음 갑자기 입을 크게 벌리고 날개를 똑바로 펼치더니, 화살처럼 재빠르게 하늘을 가로질렀습니다. 작은 날벌레 몇 마리가 쏙독새의 목으로 들어갔습니다.

몸이 땅에 닿으려는 순간, 쏙독새는 다시 몸을 돌려 하늘 높이 날아올랐습니다. 이제 구름은 잿빛으로 물들었고, 건너편 산에는 새빨간 노을이 불꽃처럼 활활 타올랐습니다.

이렇게 마음껏 하늘을 날아다닐 때면 마치 하늘이 두 개로 나뉜 것 같은 생각이 들었습니다. 투구풍뎅이 한 마리가 쏙독새의 목으로 들어와서 미친 듯이 발버둥 쳤습니다. 쏙독새는 아무 생각 없이 투구풍뎅이를 삼켜버렸지만, 왠지 등골이 오싹해졌습니다.

이제 구름은 완전히 시커멓게 변했고, 동쪽 하늘은 시뻘건 불덩어리처럼 붉게 물들어서 무서운 기분이 들 정도였습니다. 쏙독새는 가슴이 막힌 것처럼 답답했지만 다시 동쪽 하늘로 날아올랐습니다.

투구풍뎅이 한 마리가 또다시 쏙독새의 목으로 들어왔습니다. 그리고 목 속을 할퀴는 것처럼 파닥파닥 날개를 퍼덕였습니다. 쏙독새는 투구풍뎅이를 억지로 삼켰지만, 갑자기 가슴이 덜컹 내려앉아서 그만 큰 소리로 울음을 터뜨리고 말았습니다. 그리고 눈물을 펑펑 쏟으면서 하늘을 빙글빙글 맴돌았습니다.

'아아, 투구풍뎅이와 이름도 모르는 수많은 날벌레들이 매일 저녁 나 때문에 죽음을 맞는구나! 그리고 이 세상에 하나밖에 없는 나는 내일모레면 매에게 죽게 될 거야. 그 사실이 나를 이토록 괴롭게 한다. 아아, 괴롭다, 괴롭다. 앞으로는 벌레를 잡아먹지 않고 차라리 굶어죽겠다. 아니, 그러기 전에 매가 나를 갈기갈기 찢어 죽일 거다. 그렇다면 차라리 머나먼 하늘 저쪽으로 가버리자.'

불덩어리처럼 타오르던 붉은 노을은 물처럼 흘러가서 점점 드넓게 퍼지더니, 구름도 새빨갛게 태우는 것 같았습니다.

쏙독새는 그 광경을 쳐다보면서, 동생인 물총새가 있는 곳으로 똑바로 날아갔습니다. 아름다운 물총새는 이제 막 일어나서, 멀리 떨어진 산에서 산불처럼 활활 타오르는 노을을 보고 있었습니다.

그때 쏙독새가 쏜살같이 날아오자, 물총새는 고개를 갸우뚱하며 물었습니다.

"형님, 안녕하세요? 무슨 급한 일이라도 생겼습니까?"

"아니다. 머나먼 곳으로 떠나기 전에 잠시 너를 보러 온 거다."

"어디로 떠나시려는 겁니까? 벌새도 멀리 떨어져 있는 데다, 형님까지 떠나시면 나는 외톨이가 돼버리지 않습니까?"

"하지만 도저히 떠나지 않을 수가 없구나. 오늘은 아무 말도 하지 말거라. 그리고 너도 어쩔 수 없이 잡아야 하는 게 아니라면 함부로 물고기를 잡지 말도록 해라. 그러면 그만 가겠다. 잘 있거라."

"왜 그러세요? 조금만 더 있다 가세요."

"아니다. 지금 떠나나 조금 있다 떠나나 마찬가지다. 나중에 벌새에게 안부나 전해 주거라. 이제 다시는 만날 수 없을 거다. 안녕!"

쏙독새는 눈물을 뚝뚝 떨구면서 집으로 돌아왔습니다. 짧은 여름밤이라서 그런지, 벌써 동쪽 하늘이 환하게 밝아오고 있었습니다.

새벽안개를 빨아들인 새파란 풀고사리 잎이 차갑게 흔들렸습니다. 쏙독새는 소리 높여 꾸륵꾸륵 울면서 빈틈없이 둥지를 정리하고, 몸에 붙어 있는 날개와 털을 가지런히 정리한 다음에 다시 하늘 높이 날아올랐습니다.

희뿌연 안개가 걷히자, 마침 동쪽에서 해님이 떠올랐습니다. 쏙독새는 눈앞이 아찔할 만큼 눈부신 것을 참고, 재빠른 화살처럼 해님에게 날아갔습니다.

"해님, 해님. 부디 당신이 있는 곳으로 저를 데려가 주십시오. 불에 타서 죽어도 상관없습니다. 저처럼 흉측하게 생긴 새라도, 불에 타오를 때에는 희미한 빛을 내뿜겠지요. 부디 저를 데려가 주십시오."

그러나 아무리 날아가도 해님은 가까워지지 않고, 오히려 점점 작아지고 멀어질 뿐이었습니다.

"쏙독새로구나. 그래, 아주 괴롭겠지. 오늘밤 하늘 높이 날아올라서 별에게 부탁해 보거라. 너는 낮에 움직이는 새가 아니니까 말이다."

쏙독새가 인사하려고 고개를 숙인 순간, 갑자기 현기증이 일어 결국 들판에 있는 풀밭에 떨어져버렸습니다. 마치 꿈속에서 날아다니는 것처럼 온몸이 빨간 별과 노란 별 사이를 왔다 갔다 하거나, 끝없는 바람에 휘날리거나, 매의 날카로운 발톱에 잡혀 있는 듯한 느낌에 휩싸였습니다.

갑자기 차가운 게 얼굴에 떨어져서 쏙독새는 눈을 떴습니다. 어린 암억새 이파리에서 이슬이 떨어진 것입니다. 어느새 어둠이 밀려들었는지, 하늘은 희미한 한 조각의 빛도 찾아볼 수 없이 검푸르고, 주위에는 온통 별들이 반짝이고 있습니다.

쏙독새는 하늘 높이 날아올랐습니다. 오늘밤에도 노을은 새빨갛게 타오르고 있었습니다. 쏙독새는 희미한 노을빛과 차가운 별빛 속에서 하늘 높이, 하늘 높이 날아올랐습니다. 그리고 빙글빙글 맴을 돌더니 드디어 마음을 정했는지, 서쪽 하늘에 있는 아름다운 오리온으로 똑바로 날아갔습니다.

"별님, 서쪽에 있는 검푸른 별님. 부디 당신이 있는 곳으로 저를 데려가 주세요. 불에 타서 죽어도 괜찮습니다."

오리온은 쏙독새의 말이 들리지도 않는 듯이, 계속해서 용맹스러운 노래만 불렀습니다. 쏙독새는 터져 나오는 울음을 참으면서 비틀거리다가 가까스로 멈춰 서서, 다시 한번 날아올라갔습니다. 그리고 남쪽에 있는 큰개자리 쪽으로 똑바로 날아갔습니다.

"별님, 남쪽에 있는 푸른 별님. 부디 저를 당신이 있는 곳으로 데려가 주세요. 불에 타서 죽어도 괜찮습니다."

파랑과 노랑, 보랏빛이 아름답게 어우러진 큰개자리는 계속해서 깜빡이면서 말했습니다.

"바보 같은 소리 말거라. 너는 고작해야 작은 새가 아니냐? 너의 작은 날개로 여기까지 오려면 수억 년, 수조 년, 수억조 년이 걸릴 게다."

큰개자리가 재빨리 다른 쪽으로 고개를 돌려버리자, 쏙독새는 실망스러운 마음을 감추지 못하고 비틀거리다가 다시 두 번째로 빙글빙글 맴을 돌았습니다. 그리고 다시 결심한 듯이, 북쪽에 있는 큰곰별 쪽으로 똑바로 날아가면서 소리쳤습니다.

"북쪽에 있는 푸른 별님. 부디 저를 당신이 있는 곳으로 데려가 주세요."

그러자 큰곰별이 타이르듯이 조용하게 말했습니다.

"쓸데없는 생각하지 말고 잠시 머리를 식히거라. 그런 생각이 들 때는 빙산이 떠 있는 바다 속으로 뛰어들든지, 근처에 바다가 없다면 얼음이 둥둥 떠 있는 컵에 뛰어들면 정신이 들 게다."

쏙독새는 실망을 이기지 못해 비틀거리다가 다시 하늘에서 빙글빙글 맴돌았습니다. 그리고 지금 막 은하수 건너편에 나타난 독수리자리를 향해 소리를 질렀습니다.

"동쪽에 있는 새하얀 별님. 부디 저를 당신이 있는 곳으로 데려가 주세요. 불에 타서 죽어도 괜찮습니다."

그러나 되돌아온 것은 독수리별의 거만한 목소리였습니다.

"거참, 도대체 말이 되는 소리를 해야 상대를 해주지! 별이 되려면 그에 어울릴 만한 신분이어야 하고, 돈도 엄청나게 많아야 한다."

그 말에 기운을 잃은 쏙독새는 더 이상 버티지 못하고, 날개를 접고 땅으로 떨어졌습니다. 그런데 단단한 땅에 연약한 발이 닿으려는 순간, 갑자기 봉홧불이 타오르듯이 맹렬한 기세로 하늘로 날아올랐습니다. 쏙독새는 하늘 한가운데까지 오더니, 독수리가 곰을 습격할 때처럼 몸을 부르르 떨고 털을 거꾸로 곤두세웠습니다. 그리고 까륵까륵 까륵까륵 하고 주위가 떠나가라 소리쳤습니다. 그 울음소리는 매의 울부짖음처럼 날카로웠습니다. 그러자 들판과 숲에 잠들어 있던 새들도 모두 잠에서 깨어나 몸을 바들바들 떨면서, 별이 총총히 박힌 어두운 하늘을 의아한 표정으로 올려다보았습니다.

쏙독새는 하늘을 향해 끝없이 끝없이 똑바로 날아올라갔습니다. 이제 불덩어리 같던 저녁노을은 담배꽁초처럼 자그맣게 보일 뿐이었습니다. 그래도 쏙독새는 다시 올라가고 또 올라갔습니다.

살을 에는 듯한 추위로, 가슴이 새하얗게 얼어붙었습니다. 공기가 부족했기 때문에, 미친 사람처럼 정신없이 날개를 파닥거리지 않으면 안 됩니다.

그렇게 올라가고 또 올라가도, 별의 크기는 좀 전과 조금도 다르지 않았습니다. 내뿜는 숨결은 풀무질을 하듯이 점점 빨라지고, 추위와 서리는 예리한 칼날처럼 온몸을 찔렀습니다. 날개의 신경이 완전히 마비돼 버린 쏙독새는, 눈물 고인 눈을 뜨고는 다시 한 번 하늘을 올려다보았습니다.

그렇습니다. 그것이 쏙독새의 마지막 모습이었습니다. 이제 쏙독새는 떨어지고 있는지, 올라가고 있는지, 거꾸로 되어 있는지,

위를 향하고 있는지조차 알 수 없었습니다. 다만 마음은 더할 수 없이 편안하고, 피가 배어 나온 커다란 부리는 옆으로 비틀어지긴 했지만 분명히 웃고 있다는 것을 알 수 있었습니다.

얼마나 지났을까, 쏙독새는 조용히 눈을 들었습니다. 그리고 도깨비불처럼 푸르고 아름다운 빛으로 조용히 타오르고 있는 자신의 몸을 바라보았습니다.

바로 옆에는 카시오페이아자리가 있고, 은하수의 푸른빛은 바로 뒤쪽에 있습니다. 그리고 쏙독새의 별은 계속 불타고 있습니다. 언제까지나 언제까지나 계속 타오르고 있습니다.

지금도 계속 타오르고 있습니다.

쌍둥이별 1

쌍둥이별 1

은하수 서쪽 기슭에 쇠뜨기 씨앗만큼 자그마한 두 개의 별이 보입니다. 그것은 춘세 동자와 포세 동자라는 쌍둥이별님이 살고 있는 작은 수정궁水精宮입니다.

얼음처럼 맑고 투명한 이 두 채의 궁전은 똑바로 마주보고 있습니다. 밤에는 동자들 모두 궁전에 단정히 앉아서, 하늘의 별자리 노래에 맞춰 밤새도록 은피리를 불었습니다. 그것이 쌍둥이별님의 일이었던 것입니다.

그러던 어느 날 아침, 해님이 엄숙한 얼굴로 천천히 몸을 흔들면서 동쪽에서 모습을 드러냈을 때, 춘세 동자는 은피리를 내려놓고 포세 동자에게 말했습니다.

"포세님, 이제 됐습니다. 해님도 떠올랐고, 구름도 새하얗게 빛나고 있으니까요. 오늘은 서쪽 들판에 있는 샘에 가보지 않으시겠어요?"

그러나 포세 동자는 그 말이 들리지 않는지 눈을 반쯤 감고 정신없이 은피리를 불어댔습니다. 그러자 춘세 동자는 궁전에서 내려와 신을 신고는, 포세 동자가 있는 궁전으로 올라가서 다시 한 번 말했습니다.

"포세님, 이제 피리는 그만 불어도 되지 않을까요? 동쪽 하늘에서는 붉은 해님이 고개를 내밀었고, 땅 위에서는 작은 새들이 잠에서 깨어난 것 같으니까요. 그러니 오늘은 서쪽 들판에 있는 샘에 가보지 않겠어요? 그리고 팔랑개비로 안개를 만들어 작은 무지개를 날려 보내며 놀지 않겠어요?"

그제야 포세 동자는 춘세 동자가 왔다는 것을 알아차리고, 깜짝 놀라며 피리를 내려놓았습니다.

"춘세님, 제가 실례를 저질렀습니다. 어느새 날이 새하얗게 밝았군요. 지금 당장 신을 신지요."

포세 동자가 조개로 만든 하얀 신을 신자, 두 동자는 함께 노래를 부르며 은銀으로 된 하늘의 들판을 사이좋게 걸어갔습니다.

해님이
지나간 길을 깨끗이 쓸고
빛을 뿌리려무나, 하늘의 하얀 구름
해님이
지나간 길 위의 돌조각을
깊숙이 묻으려무나, 하늘의 푸른 구름

노래를 부르다보니, 두 동자는 어느새 하늘의 샘에 도착했습니다.

이 샘은 쾌청하고 투명한 날에는 땅 위에서도 똑똑히 보입니다. 은하수 서쪽 기슭에서 꽤 떨어져 있는, 작은 푸른 별들이 둥글게 에워싸고 있는 곳입니다. 바닥에는 파란 작은 돌멩이가 평평하게 깔려 있고, 돌멩이 사이에서 이슬처럼 맑은 물이 퐁퐁 솟아올라 샘의 한쪽 기슭을 통해 작은 흐름을 만들어 은하수로 달려갑니다. 우리가 사는 세상에 가뭄이 들면, 바싹 여윈 쏙독새나 두견새가 잠자코 그쪽을 올려다보면서 안타까운 듯이 목을 움찔거리는 모습을 본 적이 없나요? 아무리 강하고 빠른 새라도 그곳까지는 도저히 날아갈 수 없습니다. 물론 하늘에 있는 큰까마귀별이나 전갈별, 토끼별이라면 즉시 달려갈 수 있지만요.

"포세님, 우선 여기에 폭포를 만들어 볼까요?"

"예, 그러시죠. 저는 돌을 가져오지요."

춘세 동자가 신을 벗고 작은 샘 속에 들어가 있는 동안, 포세 동자는 기슭에서 적당한 크기의 돌들을 모으기 시작했습니다.

하늘은 지금 그윽한 사과 향기로 가득 차 있습니다. 아직 남아있는 은빛 달님이 서쪽 하늘에서 토해 놓은 것입니다.

그때 갑자기 들판 건너편에서 주위가 떠나갈 듯이 우렁찬 노랫소리가 들려 왔습니다.

은하수 서쪽 기슭에서

조금 떨어진 하늘의 우물

물은 쪼르르, 바닥은 반짝반짝

주위를 감싸는 푸르른 별

쏙독새, 부엉이, 물떼새, 어치새

오려고 하지만, 있을 수 없는 일

"앗! 큰까마귀별이다!"

두 동자는 입을 모아 소리쳤습니다.

하늘에 있는 참억새를 사락사락 헤치며 어깨를 흔들면서 성큼성큼 걸어오는 큰까마귀는 새카만 벨벳 같은 망토에, 새까만 벨벳 같은 바지를 입고 있었습니다. 그리고는 두 동자를 보더니 멈춰 서서 정중하게 머리를 숙였습니다.

"안녕하십니까, 춘세 동자님과 포세 동자님. 날씨가 참으로 좋습니다그려. 하지만 날씨가 이렇게 좋으면 아무래도 목이 자주 마르게 되지요. 게다가 어젯밤에는 조금 소리를 높여서 노래했더니 목이 칼칼하지 뭡니까? 이거 죄송합니다."

큰까마귀는 그렇게 말하며 샘에 머리를 깊이 박았습니다.

"저희는 상관하지 마시고 맘껏 드십시오."

포세 동자의 말에, 큰까마귀는 숨도 쉬지 않고 3분 동안 목울대를 울리며 물을 마셨습니다. 그러고 나서야 겨우 고개를 들더니, 잠시 눈을 깜빡거리고 머리를 부르르 떨면서 물을 털어냈습니다.

그때 또다시 건너편에서 거칠고도 탁한 노랫소리가 들려 왔습니다. 그러자 큰까마귀는 순식간에 안색이 변하더니 몸을 세차게 떨었습니다.

남쪽 하늘에 있는 붉은 눈의 전갈
독이 있는 발톱과 커다란 집게를 모르는 건
멍청한 새뿐이라네

그 노랫소리를 듣고 큰까마귀는 불같이 화를 냈습니다.

"전갈별이군. 빌어먹을, 멍청한 새라니! 아예 대놓고 들으라고 하는군. 이것 봐! 여기 오면 그 붉은 눈을 뽑아 주마!"

"큰까마귀님, 그러시면 안 됩니다. 임금님께서 아시면 어쩌려구요?"

춘세 동자가 제대로 말릴 틈도 없이, 붉은 눈의 전갈별이 커다란 두 집게를 찰칵찰칵 거리며 기다란 꼬리를 질질 끌고 가까이 다가왔습니다. 그 소리는 귀를 찢는 것처럼 고요한 하늘 들판에 시끄럽게 울려 퍼졌습니다.

큰까마귀는 화를 참지 못하고 바들바들 떨며 당장에라도 덤벼들려고 했습니다. 그러나 쌍둥이별은 열심히 손짓하며 큰까마귀를 만류했습니다.

전갈은 큰까마귀를 한쪽 눈으로 힐끗 쳐다보며 샘가로 기어왔습니다.

"아아, 목이 칼칼하군. 이봐, 쌍둥이별들. 안녕하슈? 이거 미안하군. 물을 좀 마시게 해주겠수? 그런데 왜 이 물에서는 이상한 흙냄새가 나지? 아무래도 새카맣게 생긴 멍청한 새가 머리를 담갔던 것 같은데. 하지만 할 수 없지. 내가 너그러운 마음으로 참는 수밖에."

전갈은 10분 정도 꿀꺽꿀꺽 물을 들이켰습니다. 그러는 사이에도 큰까마귀를 조롱하는 것처럼, 독이 든 갈고리가 달린 꼬리를 그쪽으로 향해 탁탁 내리치는 것이었습니다.

큰까마귀는 더 이상 참지 못하고 마침내 날개를 활짝 펼치며 소리쳤습니다.

"이 전갈 녀석아! 아까부터 멍청한 새니 뭐니 하면서 내게 시비를 걸던데, 지금 당장 사과하거라!"

말이 끝나기도 전에 전갈은 샘물에 박고 있던 고개를 쳐들고 큰까마귀를 날카롭게 노려보았습니다. 그러자 그렇지 않아도 붉은 눈이 불에 타오르듯이 새빨갛게 변했습니다.

"흥! 뉘 집 강아지가 짖나 보군. 붉은 분이신가, 아니면 잿빛 분이신가? 내 갈고리 맛을 보고 싶은가 보지?"

큰까마귀는 화가 머리끝까지 치밀어 올라서, 더 이상 참지 못하고 전갈에게 덤벼들었습니다.

"뭐야, 이 건방진 녀석! 하늘 저편으로 거꾸로 떨어뜨려주마."

전갈도 화를 내며, 커다란 몸을 재빨리 비틀어 꼬리 쪽의 갈고리 부분을 하늘로 추켜올렸습니다. 큰까마귀는 전갈의 꼬리를 날렵하게 피하면서, 부리를 창처럼 날카롭게 만들어 전갈 머리를 향해 똑바로 내리쳤습니다.

춘세 동자와 포세 동자가 어찌할 바를 모르고 우물쭈물하는 사이에, 전갈은 머리에 깊은 상처를 입고 큰까마귀는 독 갈고리에 가슴이 찔려서, 둘 다 비명을 지르며 쓰러지더니 그대로 정신을 잃어버렸습니다.

전갈의 머리에서 붉은 피가 벌컥벌컥 쏟아져 나와, 기묘하게 생긴 새빨간 구름을 만들었습니다.

춘세 동자가 재빨리 신을 신고는 소리쳤습니다.

"이거 큰일 났군! 큰까마귀 가슴에 독이 들어갔나 봐! 빨리 독을 빨아내야겠어! 포세님, 큰까마귀를 꼭 잡아 주시겠습니까?"

포세 동자도 서둘러 신을 신고, 큰까마귀 뒤로 돌아가서 가슴을 꼭 붙잡았습니다. 춘세 동자가 큰까마귀 가슴에 난 상처에 입을 대자, 포세 동자가 황급히 말했습니다.

"춘세님. 독을 마셔서는 안 돼요. 즉시 토해 버려야 합니다."

춘세 동자는 아무 말 없이 상처에서 독이 든 피를 빨아내고는 뱉어내고, 다시 빨아내고는 뱉어냈습니다. 잠시 후 큰까마귀는 가까스로 정신을 차리더니 눈을 가늘게 뜨고 말했습니다.

"죄송합니다. 내가 정신을 잃었나요? 분명히 녀석을 죽인 것 같았는데……."

춘세 동자가 정신을 차린 큰까마귀를 내려다보며 정중하게 말했습니다.

"빨리 흐르는 물에 상처를 씻으셔야 합니다. 걸을 수 있겠습니까?"

큰까마귀는 비틀비틀 일어나더니, 쓰러져 있는 전갈을 쳐다보며 몸을 부들부들 떨었습니다.

"이 빌어먹을 하늘의 독벌레 녀석아! 하늘에서 죽은 걸 고맙게 생각해라."

두 동자는 서둘러 큰까마귀를 샘으로 데리고 갔습니다. 그리고 상처를 깨끗하게 씻어 주고 움푹 패인 상처에 향기로운 숨결을 불어넣어 주었습니다.

"이제 천천히 걸어서, 날이 어두워지기 전에 어서 댁으로 들어가십시오. 앞으로는 두 번 다시 이런 일을 저지르면 안 됩니다. 임금님께서 아시면 어쩌려고 그러세요?"

"죄송합니다, 정말 죄송합니다. 앞으로는 조심하겠습니다."

큰까마귀는 찬 서리를 맞은 풀처럼 힘없이 날개를 떨구곤 연신 고개를 숙였습니다. 그러고 나서 발을 질질 끌면서 은으로 된 참억새 들판 너머로 사라졌습니다.

그런 다음 두 동자는 전갈을 살펴보았습니다. 생각보다 머리에 난 상처는 깊었지만 피는 멈춰 있었습니다. 두 동자는 맑은 샘물을 떠서 상처를 깨끗이 씻기고, 번갈아 가며 따뜻한 숨결을 불어넣어 주었습니다.

태양이 하늘 한가운데로 왔을 무렵, 전갈은 희미하게 눈을 떴습니다.

"기분은 어떠세요?"

포세 동자가 이마에 고인 땀을 닦으면서 물었습니다.

"큰까마귀 녀석은 죽었나요?"

전갈이 나지막하게 중얼거렸습니다. 그 말을 듣자 춘세 동자는 화를 참을 수가 없었습니다.

"아직도 그런 말을 하시는 겁니까? 당신이야말로 죽을 뻔했습니다. 빨리 집으로 돌아갈 수 있도록 기운을 차리십시오. 어둠이 밀려들기 전에 집으로 돌아가지 않으면 안 됩니다."

전갈의 붉은 눈에서 기묘한 빛이 번뜩였습니다.

"쌍둥이 동자님, 부디 저를 집까지 데려다주시지 않겠습니까? 기왕 돌봐주신 김에 부탁드립니다."

"정 그러시다면 모셔다드리지요. 절 잡으십시오."

포세 동자가 그렇게 말하자, 춘세 동자도 어쩔 수 없었습니다.

"저도 잡으십시오. 어서 서두르지 않으면 날이 훤할 때 집에 당도할 수 없습니다. 그러면 오늘 저녁, 별이 제자리에서 빛을 뿌릴 수 없게 되지요."

전갈은 두 동자를 붙잡고 비척비척 걷기 시작했습니다. 두 동자의 어깨뼈는 부러질 듯 아파 왔습니다. 실제로 전갈의 몸은 동자들의 몸보다 열 배가 넘어서, 어깨에 무거운 돌덩이가 얹어 있는 것 같았습니다. 하지만 두 동자는 얼굴이 새빨갛게 달아오르고 비지땀을 뚝뚝 흘리면서도 한 발짝씩 걸어갔습니다. 전갈은 돌멩이 위에서 끼익끼익 소리를 내며 갈고리 꼬리를 끌고, 꺼림칙한 숨을 헉헉 내뿜으면서 비틀비틀 걸었습니다. 그렇게 걸어도 한 시간 동안 1킬로미터도 나아가지 못했습니다.

전갈의 몸이 너무나 무거운 데다가 날카로운 손톱이 어깨를 파고들어서, 두 동자는 어깨와 가슴이 자신들의 것인지 다른 사람의 것인지도 알 수가 없었습니다.

그들은 새하얗게 빛나는 하늘의 들판을 지나고, 일곱 개의 작은 강과 잔디가 깔린 열 개의 들판을 지났습니다.

동자들은 심한 현기증으로 머리가 어지러워서 서 있는지 걷고 있는지도 모를 지경이었지만, 한마디도 불평하지 않고 한 걸음씩 앞으로 나아갔습니다.

벌써 여섯 시간이나 지났지만, 전갈의 집에 도착하려면 아직 한 시간 반은 더 가야 합니다. 그러나 붉게 타오르던 태양은 이미 서쪽으로 넘어가려고 하고 있었습니다.

"조금만 빨리 걸을 수 없겠습니까? 우리도 한 시간 반 안에는 돌아가야 하니까요. 그나저나 많이 아프세요? 많이 고통스러우세요?"

포세 동자가 묻자, 전갈은 눈물을 뚝뚝 흘리면서 호소했습니다.

"이제 조금만 더 가면 되니까 부디 자비를 베푸소서."

춘세 동자는 어깨뼈가 부러질 것 같은 것을 억지로 참고 말했습니다.

"알겠습니다. 그런데 많이 아프세요?"

그때 태양이 엄숙하게 세 번 흔들더니 서쪽 산으로 들어가 버렸습니다.

"우리도 이제 집으로 돌아가지 않으면 안 됩니다. 어떡하지요? 이 근처에 누구 없나요?"

아무리 소리쳐도 하늘의 들판은 쥐 죽은 듯이 고요할 뿐, 바스락거리는 소리조차 들리지 않았습니다.

서쪽 구름이 새빨갛게 빛나자 전갈의 붉은 눈도 서럽게 빛났습니다. 강렬한 빛을 내뿜는 별들은 벌써 은 갑옷을 입고 노래 부르며, 멀리 떨어진 하늘에서 모습을 드러냈습니다.

"별을 발견했어! 부자가 되어라!"

어느 꼬마가 하늘 아래에서 그 별을 올려다보면서 소리를 질렀습니다. 그 소리를 듣자 춘세 동자의 마음은 더욱 다급해졌습니다.

"전갈님, 조금만 더 서둘러 주시지 않겠어요? 도저히 안 되겠습니까?"

전갈의 입에서는 흐느끼는 듯한 가련한 목소리가 새어나왔습니다.

"전 이제 힘이라고는 하나도 없습니다. 조금만 더 가면 되니까, 부디 용서해주십시오."

별님, 별님. 별 하나로는 나온다고 할 수 없어

천 개나 만 개가 있어야지 나온다고 할 수 있지

하늘 밑에서 다른 아이가 소리쳤습니다. 이미 서쪽 산은 검은

빛으로 완전히 물들었고, 여기저기서 별들이 반짝반짝 빛을 뿌렸습니다.

춘세 동자는 당장이라도 쓰러질 것만 같은 몸을 간신히 버티며 말했습니다.

"전갈님, 우리도 오늘밤에는 시간을 지키지 못했습니다. 틀림없이 임금님께 꾸지람을 듣겠지요. 자칫 잘못하면 먼 곳으로 보내질지도 모릅니다. 하지만 당신이 늘 있던 곳에 있지 않는다면, 그거야말로 큰일입니다."

"나는 이제 힘이 빠져서 곧 죽을 것 같습니다. 전갈님, 부디 기운을 내서 빨리 걸어 주세요."

말을 마치기도 전에 포세 동자는 풀썩 쓰러져 버렸습니다. 그러자 전갈은 울부짖으며 하늘을 향해 소리를 질렀습니다.

"부디 용서해 주십시오. 저는 두 분의 머리카락에도 미치지 못하는 어리석은 바보였습니다. 하지만 이제 마음을 고쳐먹고 속죄하겠습니다. 반드시 속죄하겠습니다."

그때였습니다. 눈앞이 아찔할 정도로 번뜩이는 물빛 외투를 입은 번개가 빛을 뿌리며 날아오더니, 동자들에게 손을 내밀며 말했습니다.

"임금님의 명령으로 모시러 왔습니다. 두 분은 제 망토를 잡으십시오. 지금 즉시 궁으로 모시고 가겠습니다. 무슨 일인지 모르지만 임금님께서는 아까부터 몹시 흐뭇해하고 계십니다. 그리고 전갈! 너는 지금까지 모두에게 따돌림만 당했지. 하지만 임금님께서 이 약을 주셨으니, 어서 마시거라."

동자들은 입을 모아 공손하게 말했습니다.

"전갈님, 어서 약을 드세요. 그리고 아까 한 약속은 반드시 지켜야 합니다. 그러면 안녕히 계세요."

전갈은 두 동자가 번개의 망토를 잡는 것을 보고, 여러 개의 손을 바닥에 대고 고개를 조아렸습니다. 그러고 나서 약을 먹고는 다시 한번 정중히 고개를 숙였습니다.

번개가 번뜩 빛을 뿌린 순간, 두 동자는 아까 있던 그 샘가에서 있었습니다.

"어서 몸을 깨끗이 씻으십시오. 임금님께서 새 옷과 새 신을 하사하셨습니다. 아직 시간이 있으니까 괜찮을 겁니다."

쌍둥이별들은 수정처럼 차가운 물을 온몸에 끼얹고는, 그윽한 향기와 푸른빛이 아련하게 감도는 옷을 입고 하얀빛이 뿜어 나오는 새 신을 신었습니다. 그러자 눈 깜짝할 사이에 통증과 피로가 가시더니, 상큼한 기운이 온몸을 휘감았습니다.

"자, 어서 갑시다."

두 동자는 다시 번개의 망토에 매달렸습니다. 그러자 희미한 보랏빛이 번쩍이더니, 다음 순간 동자들은 자신들의 궁전 앞에서 있었습니다. 그러나 아무리 주위를 둘러보아도 번개는 보이지 않았습니다.

"춘세님, 그러면 준비를 하시지요."

"포세님, 그러면 준비를 하시지요."

두 동자는 각자 궁전으로 올라가서, 단정히 마주앉아 은피리를 꺼냈습니다.

그때 마침 여기저기서 별자리 노래가 시작되었습니다.

붉은 눈동자의 전갈
활짝 펼친 독수리의 날개
푸른 눈동자의 강아지
빛을 뿌리는 뱀의 똬리

오리온은 소리 높여 노래하며
이슬과 서리를 내리네
안드로메다의 구름은
물고기의 입 모양

큰곰의 발을 북쪽으로
다섯 개를 뻗은 순간
작은곰 이마의 위쪽은
하늘 별자리의 중심

쌍둥이별들은 조용히 피리를 불기 시작했습니다.

쌍둥이별 2

쌍둥이별 2

'은하수 서쪽 기슭에 쇠뜨기 씨앗처럼 자그마한 두 개의 별이 보입니다. 그것은 춘세 동자와 포세 동자라는 쌍둥이별님이 살고 있는 작은 수정궁입니다. 얼음처럼 맑고 투명한 이 두 채의 궁전은 똑바로 마주보고 있습니다. 밤에는 동자들 모두 궁전에 단정히 앉아서, 하늘의 별자리 노래에 맞춰 밤새도록 은피리를 불었습니다. 그것이 쌍둥이별님의 일이었던 것입니다.'

그러던 어느 날, 어두운 하늘 아래쪽에 검은 구름들이 자리하더니, 구름 아래에서 굵은 빗발이 쏴쏴 쏟아졌습니다. 그래도 두 동자는 여느 때처럼 궁전에 얌전히 앉아서 마주보고 피리를 불고 있었는데, 갑자기 손쓸 수 없을 정도로 난폭한 커다란 혜성彗星이 찾아와서, 두 사람의 궁전에 창백한 빛의 안개를 후욱 후욱 내뿜는 것이었습니다.

"이봐, 푸른 쌍둥이별. 잠시 여행을 떠나보지 않겠어? 오늘은 비가 많이 와서 피리를 불지 않아도 돼. 거친 파도에 배가 난파돼서, 어부들이 별을 보고 아무리 방향을 찾으려고 해도 구름에 가려 보이지 않으니까. 천문대 별지기도 오늘은 할 일이 없어서 하품만 하고 있을 거야. 밤마다 밖에 나와서 별을 쳐다보는 건방진 꼬마 녀석들도, 오늘은 비 때문에 포기했는지 집 안에서 그림을 그리고 있더군. 너희들이 피리를 불지 않아도 별들은 모두 제자리를 찾아갈 거야. 그러니 잠시 여행이나 떠나는 게 어떻겠어? 내일 저녁까지는 여기로 데려다주지."

춘세 동자가 잠시 피리 소리를 멈추었습니다.

"물론 날이 흐릴 때는 피리를 불지 않아도 된다고 임금님께서 허락하셨지. 하지만 우리는 단지 재미있어서 불고 있을 뿐이야."

포세 동자도 잠시 피리 소리를 멈추고 입을 열었습니다.

"그런데 갑자기 웬 여행이야? 그것까지는 임금님께서 허락하지 않으셨어. 구름이 언제 걷힐지 모르니까 말이야."

"걱정하지 말라구. 요전에 임금님께서 그러셨어. 앞으로 날씨가 흐린 날에는 쌍둥이별을 데리고 여행을 떠나라고 말이야. 그러니까 아무 걱정하지 말고 어서 가자구. 내가 재미있는 구경을 시켜줄 테니까. 내 별명이 하늘의 고래라는 건 알고 있지? 나는 정어리처럼 하늘하늘거리는 연약한 별이나 송사리처럼 새카만 운석들은 모두 꿀꺽꿀꺽 집어삼키거든. 그리고 가장 통쾌한 건 똑바로 나가다가 엄청난 커브를 그리며 돌아다닐 때지. 그러면 몸이 부서질 것처럼 삐걱삐걱 소리가 나거든. 빛 한가운데에 있는 뼈까지 삐걱삐걱 소리를 내는 거야."

포세 동자가 조심스럽게 입을 열었습니다.

"그렇다면 춘세님, 한번 여행을 떠나볼까요? 임금님께서도 허락하셨다고 하니까 말입니다."

"임금님께서 허락하셨다는 게 사실이야?"

포세 동자의 말이 떨어지기가 무섭게 혜성이 즉시 대답했습니다.

"흥! 만약에 거짓말이라면 지금 당장 내 머리가 부서져 버릴 거야. 머리와 가슴, 꼬리가 산산조각 부서져 바다의 해삼이 되지 않을까? 내가 뭣하러 거짓말을 하겠어?"

"그렇다면 임금님께 맹세해 봐."

혜성은 조금도 주저하지 않고 임금님께 맹세했습니다.

"그래, 맹세하고말고. 임금님, 여기를 보십시오. 오늘 임금님의 명령을 받아 푸른 쌍둥이별은 잠시 여행을 떠납니다. 자, 이제 됐지?"

"그래, 좋아. 그렇다면 가보지."

갑자기 혜성의 표정이 몰라보리만치 진지하게 바뀌었습니다.

"그렇다면 내 꼬리를 잡아. 꼭 잡아야 돼. 알았지?"

두 동자가 꼬리를 꼭 움켜잡자, 혜성은 창백한 푸른빛을 한 줄기 내뿜었습니다.

"그러면 출발한다. 휘이이이익, 휘이이이익."

하늘의 무법자 혜성이 나타나자 연약한 별들은 앞 다투어 도망쳤습니다. 얼마나 날아왔을까요? 두 동자의 궁전은 아득히 멀어져서, 조그마한 푸른 점으로밖에 보이지 않았습니다.

"상당히 멀리 왔군. 은하수 입구는 아직 멀었어?"

춘세 동자가 물어보자, 혜성의 태도는 조금 전과는 백팔십도로 달라졌습니다.

"흥, 은하수 입구보다 너희들 떨어지는 입구나 걱정하라구! 하나, 둘, 셋!"

혜성은 꼬리를 세차게 두서너 번 흔들었습니다. 그리고 뒤를 돌아보면서 창백한 안개를 흩뿌려 두 동자를 떨어뜨렸습니다.

두 동자는 검푸른 하늘에서 거꾸로 떨어졌습니다.

"우하하하! 우하하하! 아까 맹세했던 것은 모두 취소하지! 휘이이익, 휘이익, 휘이이이익!"

혜성은 그 말을 남기고 어딘가로 사라졌습니다. 두 동자는 떨어지면서도 서로의 팔을 꼭 붙잡았습니다. 어디까지라도 헤어지지 않고 함께 가고 싶었기 때문입니다.

두 동자의 몸이 공기 속으로 진입하자 천둥소리처럼 귀를 찢는 소리가 울려 퍼지더니, 붉은 불꽃이 타다닥 튀어서 쳐다보기만 해도 현기증이 날 정도였습니다. 이윽고 두 동자는 활시위를 떠난 화살처럼 새카만 구름을 지나 검은 파도가 울부짖고 있는 바다 속으로 쏜살같이 떨어졌습니다.

두 동자는 끝없이 바다 속으로 가라앉았습니다. 그러나 이상한 일이 있었습니다. 물속에서도 자유롭게 숨을 쉴 수 있는 것이었습니다.

바다 속에는 부드러운 진흙처럼 생긴 엄청난 몸집의 검은 물체가 누워 있거나, 가냘픈 해초가 하늘하늘 흔들리고 있었습니다.

"포세님, 여기는 바다 속이군요. 이제 우리는 하늘로 올라갈 수 없게 됐습니다. 앞으로 어떻게 되는 걸까요?"

"혜성에게 속은 겁니다. 혜성은 임금님에게조차 거짓말을 했습니다. 참으로 못된 녀석이군요."

그때 발밑에서 별처럼 생긴, 붉은빛의 작은 불가사리가 끼어들었습니다.

"여러분은 어느 바다에서 오셨나요? 두 분 모두 푸른 불가사리라는 표시를 달고 있군요."

"우리는 불가사리가 아닙니다. 별이라고 하지요."

그러자 불가사리는 불처럼 화를 내며 버럭 소리를 질렀습니다.

"뭐야, 별이라구? 불가사리도 원래는 별이었어. 그렇다면 너희는 지금 막 여기에 온 모양이구나. 그렇다면 신참 불가사리잖아? 하룻강아지 악당 녀석! 나쁜 짓을 하고 이리로 쫓겨 온 주제에 별이라고 큰소리를 치다니! 우리 바다에서는 그런 거짓말이 통하지 않아. 나도 하늘에 있을 때는 일등 군인이었어."

포세 동자는 슬픔에 젖어 하늘을 올려다보았습니다.

이미 비가 그치고 구름도 사라진데다가 바닷물도 유리처럼 고요히 가라앉아서, 하늘이 또렷하게 보입니다. 은하수며, 하늘의 샘이며, 독수리별이며, 하프를 뜯는 별이며, 그 모든 것들이 똑똑하게 보입니다. 아주 조그맣기는 하지만 두 동자의 궁전도 보였습니다.

"춘세님, 하늘이 뚜렷하게 보이는군요. 우리 궁전도 보입니다. 그런데 우리는 결국 불가사리가 되고 말았습니다."

"포세님, 이제 와서 어떻게 하겠습니까? 여기서 하늘에 있는 모든 분들에게 이별을 고하지요. 그리고 모습은 보이지 않지만 임금님께도 사죄를 해야 합니다."

"임금님, 안녕히 계십시오. 저희는 오늘부터 불가사리가 됩니다."

"임금님, 안녕히 계십시오. 저희는 어리석게도 혜성에게 속아서, 오늘부터 어두운 바다 속에서 진흙 위를 기어 다녀야 합니다."

"임금님, 그리고 하늘에 계신 여러분들. 부디 번영하시기를 기원합니다."

그렇게 기도를 올리는 동안, 붉은 불가사리들이 여기저기서 몰려들어 두 동자를 에워싸고 떠들어댔습니다.

"이 녀석! 옷을 내놔라!"

"이 녀석! 검을 내놔라!"

"세금을 내라!"

"더욱 작아져라!"

"내 신이나 닦아라!"

그때 집채만큼 커다란 검은 물체가 우우우 하고 소리를 내며 그들의 머리 위쪽을 지나갔습니다. 그러자 불가사리들은 송구스러워하며 고개를 숙였습니다. 검은 물체는 지나가려고 하다가 문득 멈춰 서서 두 동자를 자세히 쳐다보았습니다.

"아하! 신참이라서 아직 인사하는 법도 배우지 못했나 보구나. 이 녀석! 고래님도 몰라보느냐? 내 별명은 바다의 혜성이다. 알고 있느냐? 나는 정어리처럼 약해 빠진 물고기나 송사리 같은 장님 물고기는 모조리 빠끔빠끔 집어삼킨다. 그리고 가장 통쾌할 때는, 똑바로 달려가서 원을 빙글 그리며 다시 제자리로 돌아올 정도로 커다란 커브를 그릴 때지. 내 몸은 기름덩어리처럼 끈적끈적하다. 그나저나 너는 하늘에서 추방됐다는 증표를 가지고 있겠지? 가지고 있다면 어서 내놔봐라."

두 동자는 잠시 서로의 얼굴을 쳐다보았습니다. 이윽고 춘세 동자가 먼저 입을 열었습니다.

"우리는 그런 증표를 가지고 있지 않아."

말이 끝나기도 전에 고래가 벼락처럼 화를 내며 입에서 물을 토해냈습니다. 불가사리들은 모두 새파랗게 질리며 비틀거렸지만, 두 동자는 꼼짝도 하지 않고 그대로 서 있었습니다.

고래가 무서운 얼굴로 인상을 쓰며 버럭 소리를 질렀습니다.

"증표를 가지고 있지 않다구? 참으로 못된 녀석들이구나. 이 바다에는 하늘나라에서 아무리 나쁜 짓을 하고 쫓겨 온 녀석이라도 증표를 가지고 있지 않은 놈이 한 놈도 없다. 그런데 네 놈들은 실로 발칙하기 짝이 없구나. 증표가 없다면 내 뱃속에 들어간다 해도 불만이 없겠지? 그렇다면 지금 당장 집어삼킬 테니까 그렇게 알거라. 알았느냐?"

고래는 있는 대로 입을 크게 벌리고 몸을 도사렸습니다. 그러자 불가사리들과 근처에 있던 물고기들은 공연히 빨려 들어가기라도 하면 큰일이라고 생각하고, 진흙 속으로 들어가거나 꽁지 빠지게 도망쳤습니다.

그때 건너편에서 가느다란 은빛을 뿌리며 작은 바다뱀이 다가오자, 고래는 기겁을 하며 황급히 입을 다물었습니다.

바다뱀은 가까이 다가오더니, 꼼짝도 하지 않고 두 동자를 쳐다보았습니다.

"어떻게 된 겁니까? 당신들은 나쁜 짓을 저지르고 하늘에서 쫓겨난 분들이 아닌 것 같습니다만."

"이 녀석들은 추방된 증표도 갖고 있지 않습니다."

바다뱀은 옆에서 끼어든 고래를 날카로운 눈길로 노려보았습니다.

"건방진 녀석 같으니라구! 너는 좀 빠져 있거라. 게다가 이 분들에게 이 녀석이라고 하다니, 어떻게 감히 그런 말을 할 수 있느냐? 네 눈에는 좋은 일을 하는 사람의 머리에만 걸려 있는 후광이 안 보이나보구나. 나쁜 짓을 저지른 자들은, 머리 뒤에 새카만 그림자가 떡 하니 입을 벌리고 있어서 금방 알 수 있지. 자, 별님들. 이쪽으로 오십시오. 우리 임금님이 계신 곳으로 안내해드리지요. 이봐, 불가사리야. 불을 켜다오! 이 녀석, 고래야. 너무 난동을 부리면 안 된다."

고래는 송구스러운 듯이 연신 고개를 조아리며 절을 했습니다.

바다뱀이 발길을 떼자마자 놀라운 일이 벌어졌습니다. 새빨간 빛을 뿌리는 불가사리들이 거리에 늘어선 아름다운 불빛처럼 양쪽으로 나란히 줄을 선 것입니다.

"자, 어서 가시지요."

바다뱀은 새하얀 머리칼을 흔들며 정중하게 말했습니다. 두 동자는 바다뱀을 따라서 늘어서 있는 불가사리들을 지나갔습니다.

이윽고 새하얀 빛을 머금은 커다란 성문이 검푸른 물빛 속에서 나타나더니, 성문이 저절로 열리며 헤아릴 수 없이 많은 멋진 바다뱀들이 안에서 나왔습니다.

잠시 후, 쌍둥이별님은 바다뱀의 임금님 앞으로 나아갔습니다. 임금님은 새하얀 수염을 길게 기른 노인으로, 인자한 미소를 짓고 있었습니다.

"그대들은 춘세 동자와 포세 동자로군요. 나도 잘 알고 있지요. 예전에 그대들이 목숨을 걸고 하늘에 있는 전갈의 못된 마음을 고쳐준 일화는 여기서도 아주 유명하답니다. 그 얘기를 듣자마자 우리 바다나라의 초등학교 교과서에 넣었을 정도였지요. 그런데 이번에 끔찍한 재난을 당하시다니, 얼마나 놀라셨습니까?"

"말씀만이라도 참으로 감사합니다. 저희들은 이제 하늘나라로 돌아갈 수 없으니, 괜찮으시다면 이곳에서 무슨 일이든지 하며 여러분에게 도움이 되고 싶습니다."

"이런 이런, 참으로 겸손하신 분이시군요. 지금 당장 소용돌이에게 명령해서 하늘로 모셔다드리라고 하겠습니다. 하늘로 돌아가시면, 그대들의 임금님에게 바다뱀 녀석이 안부를 전하더라고 말씀해 주십시오."

그 말을 듣고 포세 동자는 기쁨을 감출 수가 없었습니다.

"그렇다면, 임금님께서는 저희 임금님을 알고 계십니까?"

그러자 바다뱀의 임금은 무슨 이유인지 몹시 당황해하며 황급히 의자에서 내려왔습니다.

"아닙니다, 천만의 말씀이지요. 하늘나라 임금님은 저의 단 한 분뿐인 임금님이시며 오랜 옛날부터 저의 스승님이십니다. 저는 그분의 어리석은 하인일 뿐입니다. 아직 제 말이 무슨 뜻인지 이해하지 못하시겠지만, 이제 곧 이해하시게 될 겁니다. 그러면 날이 밝기 전에 소용돌이에게 준비하라고 하지요. 이 녀석, 소용돌이야! 준비는 다 됐느냐?"

그러자 기다리고 있던 것처럼 신하인 바다뱀이 대답했습니다.

"예, 문 앞에서 기다리고 있사옵니다."

두 동자는 바다뱀의 임금에게 정중하게 예를 갖추어 인사했습니다.

"그러면 임금님, 안녕히 계십시오. 언젠가 하늘나라에서 인사드리길 바랍니다. 또한 이 바다궁전이 언제까지나 번창하기를 기원합니다."

"두 분도 더욱 훌륭하게 빛나시기 바랍니다. 그러면 안녕히 가십시오."

임금이 일어서서 인사를 하자, 신하들도 모두 공손히 고개를 숙였습니다.

밖으로 나오자 은빛 똬리를 튼 소용돌이가 누워 있었고, 바다뱀이 두 동자를 소용돌이 머리 위에 올려주었습니다. 두 동자가 소용돌이의 뿔을 움켜쥔 순간, 붉은빛을 뿌리는 불가사리들이 수도 없이 밖으로 뛰어나와 소리쳤습니다.

"안녕히 가세요! 하늘에 계신 임금님께 부디 안부 전해 주세요. 언젠가는 우리도 용서해 주시라고 말씀해 주세요!"

두 동자는 함께 입을 모아 대답했습니다.

"꼭 그렇게 말씀드리지요. 언젠가 하늘에서 만납시다!"

소용돌이가 조심스럽게 일어섰습니다.

"안녕, 안녕!"

이별의 여운이 귓가에서 사라지기도 전에, 어느새 소용돌이는 어두운 바다 위로 고개를 내밀었습니다. 다음 순간 갑자기 탁탁탁 하는 날카로운 소리가 나더니, 소용돌이는 날아가는 화살처럼 재빠르게 하늘 높이 날아올랐습니다.

아직 어둠이 사라지려면 상당히 오랜 시간이 있어야 했습니다. 하늘을 올려다보자 어느 사이에 은하수는 코앞으로 가까이 다가와 있었고, 두 동자의 궁전도 똑똑히 보였습니다.

그때 어둠을 뚫고 소용돌이가 입을 열었습니다.

"저걸 보십시오."

소용돌이가 가리킨 곳을 쳐다보자 창백한 빛에 둘러싸인 커다란 혜성이 산산조각 부서졌습니다. 머리와 꼬리, 몸통은 제각기 미치광이처럼 소리 지른 뒤, 반짝 빛을 뿌리며 어둡고도 어두운 바다 속으로 떨어졌습니다.

"이제 저 녀석은 해삼이 될 겁니다."

그때 하늘에서 별자리 노래가 들리기 시작했고, 동자들은 곧 궁전에 도착했습니다.

"안녕히 계십시오. 그리고 부디 건강하십시오."

소용돌이는 두 동자를 내려놓더니 다시 쏜살같이 바다로 돌아갔습니다.

쌍둥이별님은 제각기 궁전으로 올라갔습니다. 그리고 단정히 앉아서 보이지 않는 하늘나라 임금님께 말했습니다.

"저희들이 부주의해서 잠시 주어진 역할을 다하지 못해 참으로 송구스럽기 그지없습니다. 그런데도 하늘의 은총을 받아서인지 신기하게도 다시 살아날 수 있었습니다. 바다나라의 임금님께서 한없는 존경을 보낸다고 전해 달라고 하셨습니다. 그리고 바다 속에 있는 불가사리들이 자비를 청했습니다. 또한 무례를 무릅쓰고 감히 말씀드리자면, 가능하시면 해삼이 된 혜성도 용서해 주시기 바랍니다."

말을 마친 다음, 두 동자는 조용히 은피리를 꺼냈습니다.

동쪽 하늘이 어슴푸레한 황금빛으로 물든 것을 보면, 이제 먼동이 틀 시간이 얼마 남지 않았나 봅니다.

개미와 버섯

개미와 버섯

주위가 온통 이끼로 빼곡히 들어찬 곳에, 안개비가 보슬보슬 내리고 있습니다. 철모를 쓴 개미 보초병은 날카로운 눈길로 주위를 노려보며, 커다랗게 자란 새파란 풀고사리 앞을 왔다 갔다 하고 있었습니다.

그때 맞은편에서 타닥타닥 타닥타닥 하고 개미 병사 한 마리가 뛰어왔습니다.

"멈춰라! 소속을 밝혀라!"

"제828연대의 전령입니다!"

"어디에 가느냐?"

"제50연대, 연대본부입니다."

보초병은 스나이더식 총검을 상대방 가슴에 비스듬히 들이댄 채 눈빛과 턱, 그리고 윗도리의 소매와 신발의 모양을 일일이 확인했습니다.

"좋아, 통과!"

전령은 황급히 풀고사리 숲 속으로 사라졌습니다.

안개 빗방울이 점점 작아지더니 희미한 젖빛 연기로 변하고, 풀과 나무에서 정신없이 물을 빨아들이는 소리가 분주하게 들렸습니다. 얼마쯤 지났을까, 눈을 번뜩이며 주위를 노려보던 보초병도 갑자기 졸음이 쏟아졌습니다.

그때 꼬마 개미 두 마리가 손을 잡고, 뭐가 그리 우스운지 깔깔대며 다가왔습니다. 그리고 건너편에 있는 졸참나무 밑을 보더니 깜짝 놀라며 걸음을 멈추었습니다.

"앗, 저게 뭐지? 저런 곳에 새하얀 집이 생겼어!"

"집이 아니라 산이야."

"분명히 어제까지는 없었는데."

"병사 아저씨에게 물어보자."

"좋아."

개미 두 마리는 보초병이 있는 곳으로 재빨리 뛰어갔습니다.

"병사 아저씨, 저기 있는 게 뭐죠?"

"귀찮게시리 뭐냐? 어서 집에나 가라!"

"병사 아저씨, 졸고 있었군요. 저기 있는 게 뭐예요?"

"꽤나 시끄럽군. 뭐 말이냐?"

"어제까지는 저런 게 없었어요."

"아아, 큰일 났다! 얘들아, 너희들은 아직 어리지만 이런 때는 다른 개미들을 위해 도와줘야 한다. 알았지? 너는 지금 당장 숲으로 들어가서 아르킬 중령님을 만나거라. 그리고 너는 이쪽으로 뛰어가서 육지측량부陸地測量部를 찾아가거라. 그리고 이렇게 말하는 거다. '북위 25도, 동경 6도 부근에 정체를 알 수 없는 커다란 물체가 나타났습니다!' 어디 한 번 말해 봐라."

"북위 25도, 동경 6도 부근에 정체를 알 수 없는 커다란 물체가 나타났습니다."

"좋아. 그럼 빨리 가거라. 그동안 나는 한순간도 여기를 떠나지 않을 테니까."

꼬마 개미들은 뒤도 돌아보지 않고 뛰어갔습니다.

보초병은 꼼짝도 하지 않고 창을 치켜든 채, 큼지막한 기둥에 커다란 지붕이 있는 하얀 물체를 노려보았습니다.

그 물체의 몸집이 점점 불어나더니, 새하얀 윤곽이 희미해지며 파르르 떨렸습니다. 그리고 갑자기 주위가 어두워지더니 그 위에 있는 이끼마저 흔들리는 것이었습니다. 개미 보초병은 어찌할 바를 모르고 머리를 감쌌습니다. 눈을 크게 뜨고 다시 쳐다보자, 새하얀 물체는 기둥이 꺾이면서 완전히 뒤집어졌습니다.

그때 양쪽에서 꼬마 개미들이 뛰어왔습니다.

"병사 아저씨, 걱정하지 말래요. 저건 버섯이란 식물인데, 무서운 게 아니래요. 아르킬 중령님께서 큰 소리로 웃음을 터뜨리더니 저를 칭찬해 주셨어요."

"금방 없어지니까 지도에 넣지 않아도 된대요. 저런 걸 일일이 지도에 넣었다 뺐다 하면, 육지측량부가 100개가 있어도 모자란다고 하던데요. 아니, 뒤로 발랑 넘어졌잖아?"

"지금 막 쓰러졌어."

보초병은 조금 머쓱해져서 대답했습니다.

"앗, 저런 것도 있어요!"

꼬마 개미가 가리킨 곳을 쳐다보자, 물고기 뼈처럼 이상하게 생긴 잿빛 버섯이 새초롬한 표정으로 빛을 뿌리면서 가지를 뻗거나 손을 내밀며 점점 뻗어나가고 있었습니다. 꼬마 개미들은 그것을 가리키며 배를 잡고 웃음을 터뜨렸습니다.

그때 안개 너머로 떠오른 커다란 태양이 풀고사리와 솔이끼의 푸르름을 더하자, 개미 보초병은 또다시 무서운 눈길로 스나이더식 총검을 남쪽으로 겨누었습니다.

튤립의 환술

튤립의 환술

이 농원의 자두나무 울타리에는 푸르스름한 빛을 머금은 아름다운 꽃들이 흐드러지게 피어 있어서, 멋진 옥수玉髓처럼 화려함을 자랑하며 커다란 하늘을 온통 에워싸고 있습니다.

양산을 고치는 사람이 등짐을 지고 자두나무 울타리 끝에서 햇살을 수놓은 초록빛 울타리를 따라 가까이 다가옵니다.

터벅터벅 걸어오는 검고 가느다란 그의 다리는 가냘픈 사슴의 다리를 닮았습니다. 그리고 짐 위에 꽂혀 있는 하양과 빨강의 알록달록한 작은 양산은 찬란한 햇빛을 받으며 사탕으로 만든 것처럼 반짝거립니다.

'양산 수리공, 양산 수리공. 왜 그렇게 울타리 사이로 힐끔힐끔 농원 안을 들여다보는가?'

양산 수리공은 터벅터벅 가까이 다가옵니다. 사탕으로 만든 것 같은 양산은 더욱더 반짝였고, 붉게 상기된 양산 수리공의 얼굴은 웃음을 가득 머금고 있습니다.

'양산 수리공, 양산 수리공. 왜 농원 입구에서 안으로 들어가려 하는가? 농원 안에서 당신이 할 일은 없는데.'

양산 수리공은 농원 안으로 들어갑니다. 5월의 축축한 검은 흙 속에서 아무렇게나 피어 있는 튤립은 조용한 바람을 맞고 가녀리게 흔들리고 있습니다.

'양산 수리공, 양산 수리공. 짐을 내려놓고 땀을 닦고 있군. 거기서 잠시 꽃을 보려는 건가? 만약 그렇지 않다면 거기 서 있으면 안 되네.'

그때 꽃삽을 든 정원사가 파란 윗도리 소매로 이마에 맺힌 땀을 닦으면서, 건너편에 있는 검은 등피 덤불 속에서 나옵니다.

"어떻게 오셨습니까?"

"저는 양산을 고치는 사람입니다만, 여기서 할 일이 없을까요? 만약에 가위가 잘 안 든다면 숫돌에 갈아 줄 수 있는데요."

"그래요? 잠시만 기다리세요. 주인님께 물어보고 올 테니까요."

"그러면 부탁합니다."

파란 윗도리를 입은 정원사가 등피 덤불을 뚫고 사라지자 태양도 함께 사라집니다.

서쪽으로 조금 기울어진 태양이 지금 막 들어간 구름 사이에서 헤아릴 수 없이 많은 햇살 줄기를 내던집니다. 그 햇살은 건너편 산맥으로 떨어져서 쓸쓸한 군청빛 울음과 웃음을 짓습니다.

사탕으로 만든 것 같은 양산을 자세히 쳐다보자, 그저 빨갛고 하얀 평범한 옥양목입니다.

잠시 후 바람이 불어오자 태양은 곧 구름을 벗어났고, 튤립 밭에도 밝은 햇살이 쏟아집니다. 그러자 새빨간 꽃이 하늘하늘 흔들리며 빛나고 있습니다.

어느 사이에 정원사가 다가와서 가지고 온 물건을 내려놓습니다.

"이걸 고칠 수 있나요?"

"어디 봅시다. 이 가지치기 가위는 많이 뒤틀려 있어서 대장간에서 손봐야겠군요. 나머지는 모두 제가 할 수 있습니다. 우선 가격을 정하고, 가격이 맞으면 갈기 시작하지요.

"얼마나 할까요?"

"이게 8전, 이게 10전이고, 이 가위는 두 자루에 15전에 해드리지요."

"좋습니다. 그렇게 해주세요. 물이 없으면 떠오지요. 그런데 일은 어디서 할 겁니까? 그냥 이 잔디 위에서 할 겁니까? 어디든 상관없으니 원하는 데서 하십시오."

"알아서 하겠습니다. 물은 제가 떠오지요."

"그러시겠어요? 울타리에서 오른쪽으로 꺾어 들어가다 보면 우물이 있습니다."

"알겠습니다."

정원사는 다시 등피 안으로 들어갑니다. 양산 수리공은 도구가 들어 있는 서랍을 열고 깡통을 꺼내 물을 뜨러 갑니다.

갑자기 햇살이 사라지더니, 불어오는 바람에 옥양목 양산이 쓸쓸하게 흔들립니다. 잠시 후 양산 수리공은 물이 뚝뚝 떨어지는 깡통을 들고 돌아옵니다.

숫돌 위에서 금강모래가 사락사락 소리를 내고, 튤립은 하늘하늘 흔들리고, 햇살을 머금은 붉은 꽃은 아름다운 빛을 뿌립니다.

숫돌에 물을 뿌리고 쓰윽쓰윽 갈기 시작하자, 살이 통통하게 오른 가을날의 은어 배 같은 푸른 문양이 가윗날에 나타납니다.

어느새 종달새가 하늘로 날아올라 종달종달 노래를 부릅니다. 하늘 높은 곳에서 바람이 살랑살랑 불기 시작하더니 구름이 점점 녹아 들어가 주위가 온통 밝아집니다. 태양은 잠깐 낮잠을 즐긴 것처럼 푸른 기운을 희미하게 띠고 있지만, 빛나는 5월의 오후인 것은 분명합니다.

파란 윗도리를 입은 정원사가 다시 분주하게 등피 안에서 나타납니다.

"모처럼 날씨가 정말 화창하군요. 한 가지 부탁이 있는데요."

"말씀하십시오."

"이거 말인데요."

젊은 정원사는 얼굴을 조금 붉히면서, 윗도리 주머니에서 뿔처럼 생긴 서양식 면도날을 꺼냅니다. 그러자 양산 수리공은 그 면도날을 받아들고 칼날을 자세히 살펴봅니다.

"어디서 사셨죠?"

"선물로 받은 겁니다."

"갈아드릴까요?"

"그렇게 해주시겠어요?"

"그럼요."

"금방 오겠습니다. 세 시부터는 쉬는 시간이거든요."

정원사는 빛나는 웃음을 함빡 뿌리며 등피 안으로 사라졌습니다.

태양이 낮잠을 잔 뒤에 찾아온 희미한 아지랑이를 거두자, 산맥도 푸르게 빛나고, 방금 전까지 구름 뒤에 숨어서 보이지 않던 눈 덮인 사화산도 터키석 같은 새파란 하늘에 뚜렷하게 솟아오릅니다.

양산 수리공은 서랍에서 접이식 숫돌을 꺼내 물을 조금 뿌리고는, 검고 매끄러운 숫돌로 조용히 갈기 시작합니다. 그리고 숫돌을 치켜듭니다.

'오오, 양산 수리공, 양산 수리공. 왜 그렇게 숫돌을 들고 뚫어질 듯이 쳐다보는 거냐? 숫돌에 아름다운 경치라도 새겨져 있느냐? 검은 산이 몇 겹이나 겹치고, 그 산 건너편에는 바람둥이 구름이 걸리고, 계곡 물은 바람보다도 가볍고, 나무 몇 그루는 험악한 절벽에서 몸을 구부리며 하늘로 향하는, 그런 경치가 숫돌의 매끄러운 부분에 새겨져 있기라도 하느냐?'

양산 수리공은 숫돌을 내려놓고 면도날을 듭니다. 새파란 하늘에 면도날을 비추자 신비로운 푸른빛이 반짝입니다.

푸른빛은 소리도 없이 숫돌로 미끄러지고, 양산 수리공은 강한 햇살 때문에 땀을 뚝뚝 떨굽니다. 지금은 완연한 5월의 한낮입니다.

밭의 검은 흙이 희미한 숨결을 토해내는 동안, 심술쟁이 바람이 불어와서 꽃들을 세차게 흔들고 등피까지 움직이게 만듭니다.

양산 수리공은 면도날을 꼼꼼히 살펴보더니 거친 갈색 천 위에 완성된 일거리를 모두 올려놓고, 가볍게 숨을 토해 낸 뒤 일어섭니다. 그리고 한 걸음 튤립에 가까이 다가섭니다.

정원사가 빨갛게 상기된 얼굴로 뛰어옵니다.

"벌써 다 됐나요?"

"예."

"품삯을 가지고 왔습니다만, 아까 33전이라고 하셨지요? 여기 있습니다. 그리고 내 면도날 값은 얼마죠?"

양산 수리공은 모자를 벗고 은화와 동화를 받습니다.

"감사합니다. 그리고 면도날 값은 됐습니다."

"왜지요?"

"깎아드린 것으로 해두죠."

"그러셔도 되나요?"

"얼마 되지도 않는데요."

"그러세요? 이거 고마워서 어떡하나? 그러면 잠시 저쪽에 있는 오두막으로 가실까요? 차라도 대접하지요."

"아닙니다. 그만 실례하겠습니다."

"그러시면 섭섭하지요. 잠시만 기다리세요. 어디 보자, 하는 수 없군요. 그렇다면 내가 키운 꽃이라도 보고 가시겠어요?"

"그러면 면도날 값 대신에 꽃을 구경하기로 하지요."

"이쪽으로 가시죠."

양산 수리공과 정원사는 튤립 밭이 있는 곳으로 대여섯 걸음을 옮겼습니다.

줄무늬 셔츠 차림에, 주인 같아 보이는 사람이 등피 건너편에서 언뜻 보입니다. 정원사는 그쪽을 쳐다보더니 환한 미소를 지으며 말을 걸려고 합니다. 하지만 어느새 줄무늬 셔츠는 보이지 않고, 정원사는 그저 꽃을 가리킵니다.

"이 커다란 노란 튤립과 오렌지색 튤립들은 미국에서 직접 가져왔지요. 이쪽에 있는 노란 튤립은 쳐다보고 있으면 골치가 아프지요?"

"그렇군요."

"이 빨간 튤립과 하얀 튤립을 쳐다보면, 옛날에 해적이 입던 조끼가 생각나지요. 그리고 이 새빨간 꽃잎이 두 겹 달린 튤립을 보십시오. 이 꽃잎보다 투명한 꽃잎은 없다는 소문이 자자해서, 사람들이 모두 갖고 싶어 한답니다."

"정말 굉장합니다! 붉은 튤립은 바람에 살랑거릴 때보다 가만히 있을 때가 더 아름다운 것 같군요."

"잘 보셨습니다. 그러면 저쪽을 보실까요? 저 노란 튤립 옆에 있는 것 말인데요."

"작고 새하얀 튤립 말입니까?"

"그렇습니다. 우리 농원에서 제일 귀한 튤립이지요. 잠시 동안 가만히 지켜보십시오. 어떠세요? 저것보다 더 아름다운 꽃을 본 적이 있나요?"

양산 수리공은 잠시 그 튤립에 빠져듭니다. 그리고 조용히 미소를 짓습니다.

"초록 무늬가 고요함을 안겨주지요? 무늬가 바람에 흔들려서 휘어져 있는 것 같기도 하고, 희미한 빛을 뿌리는 것 같기도 하지요? 그러나 실은 조금도 움직이지 않는 거랍니다. 게다가 저 자그맣고 새하얀 튤립이 하늘로 신비로운 신호를 보내고 있는 것 같지 않습니까?"

갑자기 양산 수리공이 주위가 떠나가라 소리를 지릅니다.

"아아, 그래요! 보입니다, 보여요! 그런데 왠지 하늘을 날아다니는 종달새의 날개 소리가, 아니 울음소리가 좀 전과 달라진 것 같지 않나요?"

"달라졌고말고요. 이쪽을 보십시오. 술잔처럼 생긴 튤립 사이에서 빛을 머금은 투명한 수증기가, 물에 설탕을 녹였을 때처럼 하늘하늘 하늘로 올라가고 있지 않습니까?"

"예, 그렇군요."

"그리고 보십시오. 빛이 솟아나고 있지요? 오오, 솟아난다, 솟아난다. 술잔 같은 튤립에서 흘러 넘쳐 널리널리 퍼져서, 새파란 하늘도 빛의 파도로 가득합니다. 산맥에 쌓여 있는 눈까지도 아름다운 빛 속에서 하늘을 향해 기분 좋게 웃고 있군요. 솟아납니다, 솟아납니다! 오오, 빛으로 빚은 튤립 술이여! 어떻습니까, 빛으로 빚은 튤립 술! 칭찬해 주시지요."

"예. 이 에스테르산과 알코올의 화합물는 정말 훌륭하군요. 사람의 힘으로는 도저히 합성할 수 없습니다."

"에스테르다, 합성이다, 참으로 멋진 단어를 쓰시는군요. 혹시 화학과를 졸업하셨나요?"

"아니요. 에스테르 공학교 출신입니다."

"에스테르 공학교라! 아하하. 멋있군요. 자, 어떻습니까? 한잔 하지 않으시겠습니까? 빛으로 빚은 튤립 술! 자, 어서 드시지요."

"좋습니다. 당신의 건강을 빌면서!"

"당신의 건강을 빌면서! 좋은 술이지요. 빈곤한 나의 술은 한층 강한 빛을 뿌리고, 게다가 아주 가볍지요."

"그런데 괜찮을까요? 빛이 너무 많지 않나요?"

"걱정할 필요 없습니다. 술이 솟구치거나, 파도가 치거나, 소용돌이가 휘감기거나, 꽃술이 넘쳐흘러도, 튤립의 초록빛 꽃무늬는 조금도 흔들리지 않으니까요. 자, 한잔 더 드십시오."

"감사합니다. 당신도 드십시오. 참으로 아름다운 하늘이 아닌가요?"

"물론 저도 마실 겁니다. 많이, 아주 많이요. 하지만 아무리 넘쳐흘러도 그 일대는 튤립 술의 파도를 이루지요."

"일대 정도가 아니지요. 하늘의 끝에서 땅 속 깊은 곳까지 전부 빛의 영역입니다. 지금은 빛의 술이 땅 속에 있는 뱃속까지 스며들었답니다."

"그렇군요. 저걸 보십시오. 저쪽에 있는 밭 말입니다. 빛의 술에 젖어 있는 모란채와 아스파라거스, 실로 훌륭하지 않습니까?

"훌륭하군요. 튤립 술에 담겨 있는 병 조림이지요. 그나저나 종달새는 어디로 날아간 걸까요? 이렇게 아름다운 빛의 물결을 만들어 놓고 자기 혼자만 날아가다니! 거만해! 너무 거만해! 젠장!"

"정말 그렇군요. 이봐, 종달새 녀석! 어서 내려오지 못해? 아아, 녀석도 녹아 버렸군. 구름도 없는 하늘에 숨어 있을 리가 없어. 녹아 버렸어요."

"아닙니다. 종달새의 그 달콤한 노래라면 아까부터 빛 속에 녹아 있었지만, 종달새는 절대로 녹지 않습니다. 만약에 정말로 녹았다면 그 자그마한 뼈를 그물로 건져 올려야겠지요. 하지만 그것은 너무 힘든 일입니다."

"하긴 그렇군요. 어쨌든 종달새가 어찌 됐다 해도 우리와 무슨 상관이 있습니까? 애당초 종달새는 아주 작은 생물로, 하늘에서 쪼르르 쪼르르 날아다닐 뿐인데요."

"그것도 그렇군요. 좋습니다. 이런, 이런! 그런데 저렇게 해도 상관없나요? 저쪽에 있는 등피가 왠지 춤추고 있는 것 같은데요."

"등피 말인가요? 저 녀석들은 모두 일개 소대를 이루고 있지요. 모두 가엾은 척탄병擲彈兵들입니다."

"춤추고 있는 것 같은데 괜찮을까요?"

"신경 쓸 것 없습니다. 어차피 튤립 술 안에 있는 경치인데요,

뭘. 마음껏 춤추게 내버려둡시다."

"하긴 그렇군요. 너그럽게 봐주기로 하지요."

"너그럽게 봐주지 않으면 안 되지요. 참으로 좋은 술이군. 흐음."

"자두도 춤추기 시작하는군요."

"울타리 역할을 하는 자두는 다이아몬드로 돼 있지요. 가지가 비스듬하게 엇갈리는군요. 일개 중대는 되겠는데요. 의용중대이지요."

"역시 내버려둬도 괜찮을까요?"

"괜찮습니다. 그보다 저 배나무들을 보십시오. 이제 막 가지치기를 끝내서 전혀 균형이 안 맞는군요. 마치 애벌레가 춤추는 것 같지 않습니까?"

"애벌레라니, 너무 혹독한 표현이 아닌가요? 그 말을 듣고 완전히 주눅 들어 화석이 된 것 같습니다그려."

"화석이 되다니, 너무 심한 말이군요. 이봐, 배나무야! 너는 그냥 나무로 있어도 괜찮아. 하지만 사람의 말을 순순히 받아들이는 녀석이 아니지요."

"그보다 저쪽을 보십시오. 과일나무가 둥글게 원을 그리고 춤추는 모습 말입니다. 한가운데서 박자를 맞추는 게 벚꽃복숭아나무인가요?"

"어디 말입니까? 아아, 저거로군요. 저건 기름복숭아지요. 역시 아몬드와 마멀레이드는 노래를 잘하는군요. 어떻습니까? 가서 친구가 되는 것이! 어서 가시지요."

"좋습니다. 얘들아, 우리도 친구가 되자! 아야야, 빌어먹을!"

"왜 그러세요?"

"눈이 찔렸습니다. 어느 못된 녀석이 심하게 할퀸 거지요."

"그렇군요. 정말 한심한 녀석들! 이곳에는 만족할 만한 녀석이 한 녀석도 없습니다. 모두 뾰족한 뼈밖에는요. 이런이런, 다들 흐트러져서 울고 소리치며, 서로 쥐어뜯고 때리는군요. 장난이 너무 지나치네요."

"그래요. 세상이 이렇게 어지러우면 어떻게 살아갈까요?"

"정말 그래요. 이런! 불입니다, 불이요! 불이 났어요. 튤립 술에 불이 붙었어요!"

"큰일 났다, 큰일 났어! 논밭도 하늘도 모두 연기, 새하얀 연기뿐이야!"

"타닥타닥 타닥타닥 타고 있어요."

"어쩐지 너무 멋있고 강한 술이라고 생각했어요!"

"그래요! 이건 그 새하얀 튤립이 틀림없어요."

"그럴까요?"

"그렇습니다. 그렇고말고요. 이곳에서 가장 소중한 꽃이죠."

"아아, 튤립의 환술幻術에 빠져 있는 동안 시간이 많이 지났군요. 이제 그만 가봐야겠어요. 안녕히 계십시오."

"그래요. 그럼 안녕히 가세요."

양산 수리공은 비척비척 걸어가서 사탕 광고가 들어 있는 짐을 어깨에 걸쳐 메고, 다시 한번 신비로운 튤립을 힐끔 쳐다보더니 자두나무 울타리 쪽으로 똑바로 걸어갑니다.

정원사는 창백한 얼굴로 잠시 양산 수리공의 뒷모습을 쳐다보고 나서 등피 안으로 사라집니다.

어느 사이엔가 태양은 다시 구름 속으로 들어가서, 굵은 새하얀 빛기둥을 산과 들판에 마음껏 떨굽니다.

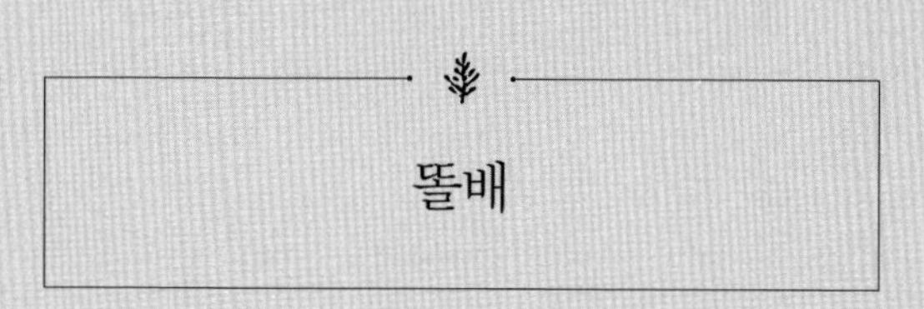

똘배

똘배

이것은 계곡을 따라 흐르는 작은 강물의 바닥을 찍은, 두 장의 푸른 슬라이드 사진입니다.

5월

새끼 게 두 마리가 청명한 강물 바닥에서 이야기를 나누고 있었습니다.

"크란본은 웃었어."

"크란본은 껍껍대고 웃었어."

"크란본은 펄쩍 뛰며 웃었어."

"크란본은 껍껍대고 웃었어."

강물 위쪽과 옆쪽은 강철처럼 검푸르게 보입니다. 어두운 거품이 그 매끄러운 강물 천장을 뽀글뽀글 소리 내며 흘러갑니다.

"크란본은 웃고 있었어."

"크란본은 껍껍대고 웃었어."

"그런데 크란본이 왜 웃었지?"

"그건 나도 몰라."

뽀글뽀글 거품이 흘러가고 있습니다.

새끼 게들은 꾸르륵꾸르륵 계속해서 대여섯 방울의 거품을 토해냅니다. 그 거품은 수은처럼 아련한 빛을 뿌리며 하늘하늘 흔들리더니, 비스듬히 위쪽으로 올라갑니다.

은빛으로 빛나는 배를 내보이며 물고기 한 마리가 재빨리 머리 위를 지나갔습니다.

"크란본은 죽었어."

"크란본은 살해당했어."

"크란본은 죽어버렸어……."

"살해당했어."

"그런데 왜 살해당했지?"

형 게는 오른쪽에 있는 네 발 중에 두 발을, 동생의 평평한 머리 위에 올리면서 말했습니다.

"그건 나도 몰라."

물고기가 다시 돌아와서 쏜살같이 하류 쪽으로 내려갔습니다.

"크란본은 웃었어."

"그래, 웃었어."

갑자기 주위가 밝아지더니, 꿈속처럼 황금 같은 햇살이 물속으로 내려왔습니다.

파도에서 내려오는 빛의 그물이 바닥에 있는 새하얀 바위 위에서 아름답게 늘어나더니 다시 줄어들었습니다. 거품과 작은 먼지에서는 똑바로 뻗은 몽둥이 같은 그림자가 비스듬하게 나란히 섰습니다.

이번에는 물고기가 그 주위에 있는 황금빛을 엉망진창으로 뒤흔들더니, 이상한 쇳빛을 내뿜으면서 또다시 상류 쪽으로 올라갔습니다.

"물고기는 왜 왔다 갔다 하지?"

동생 게가 눈부신 듯이 눈동자를 움직이면서 물었습니다.

"틀림없이 나쁜 짓을 하고 있는 거야. 분명해."

"분명해."

그 물고기가 다시 상류에서 돌아왔습니다. 이번에는 지느러미도, 꼬리도 움직이지 않고 안정된 모습으로 천천히 물에 흔들리면서 입을 둥글게 오므리고 다가왔습니다. 물고기의 검은 그림자가 바닥에 있는 빛의 그물 위를 조용하게 미끄러져 갔습니다.

"물고기는……."

그때였습니다. 갑자기 천장에 새하얀 거품이 일더니, 푸른빛을 뿌리며 번뜩이는 철포탄鐵砲彈 같은 물체가 날아왔습니다.

형 게는 그 푸른 물체의 끝이 컴퍼스처럼 새까맣고 날카롭게 생겼다는 것을 놓치지 않고 보았습니다. 그렇게 생각하는 사이에 물고기의 배가 번뜩이는 빛을 뿌리며 한 번 뒤집혀지고 위쪽으로 올라간 것 같았습니다. 하지만 그것뿐, 푸른 물체도, 물고기도 보이지 않았습니다. 다만 그곳에는 황금빛 그물이 흔들흔들 흔들리고, 거품은 뽀글뽀글 흘러가고 있을 뿐이었습니다.

새끼 게 두 마리는 죽은 듯이 숨을 죽이고 몸을 움츠렸습니다.

그때 아버지 게가 나왔습니다.

"왜 그러니? 왜 바들바들 떨고 있느냐?"

"아빠, 지금 이상한 게 왔다갔어요."

"이상한 거라니?"

"파랗게 빛나는 거요. 끝이 새카맣고 날카로웠어요. 그게 나타나서 갑자기 물고기를 위로 끌고 갔어요."

"그 물체의 눈이 새빨갛더냐?"

"그건 잘 모르겠어요."

"흐음. 그 녀석은 분명히 새일 거야. 물총새라고 하는 거지. 하지만 걱정하지 마렴. 우리는 괜찮으니까."

"아빠, 물고기는 어디로 갔어요?"

"물고기 말이냐? 물고기는 무서운 곳으로 갔단다."

"무서워요, 아빠."

"괜찮으니까 걱정하지 마렴. 자작나무 꽃이 떠내려 왔구나. 어때, 정말 아름답지?"

뽀글뽀글 거품과 함께 새하얀 자작나무 꽃잎이 강물 천장에서 미끄러지듯이 떠내려갔습니다.

"무서워요, 아빠."

동생 게도 말했습니다.

빛의 그물은 흔들거리며 늘어나거나 줄어들었고, 꽃잎의 그림자는 조용히 모래 사이로 파고들었습니다.

12월

새끼 게들은 어느덧 몰라보게 자랐고, 강바닥의 경치도 여름에서 가을에 걸쳐서 완전히 달라졌습니다.

강바닥에는 새하얗고 부드러운 동그란 돌멩이도 굴러오고, 작은 송곳 모양의 수정 알갱이나 금운모金雲母 조각도 떠내려 왔습니다.

차가운 강물 바닥에는 레모네이드 병처럼 아름다운 달빛이 투명하게 비치고, 강물의 천장에서는 물결이 창백한 불을 지피거나 꺼뜨리고 있었습니다. 주위는 더할 수 없이 고요하고, 다만 아주 먼 곳에서 다가오는 것처럼 파도 소리가 울려 퍼지고 있을 뿐입니다.

새끼 게들은 밝은 달과 아름다운 물 때문에 잠을 이루지 못해, 잠시 밖으로 나와서 아무 말 없이 거품을 내뿜으며 강물의 천장을 바라보았습니다.

"역시 내 거품이 제일 크다."

"형은 일부러 크게 내뿜었잖아. 나도 하려고만 하면 얼마든지 크게 내뿜을 수 있어."

"내뿜어봐. 거 봐, 고작해야 그 정도잖아. 형이 내뿜을 테니까 잘 보라구. 이것 봐, 엄청나게 크지?"

"가까이에 있으니까 자기 게 더 크게 보이는 거야. 그렇다면 우리 같이 내뿜어봐. 알았지? 이얍!"

"역시 내가 더 크잖아."

"말도 안 돼! 다시 한번 해봐."

"그렇게 발돋움을 하면 반칙이야."

그때 아버지 게가 나타났습니다.

"이제 그만 자야지. 이렇게 밤이 깊었는데! 어서 자지 않으면 내일 이사도에 데리고 가지 않을 테다."

"아빠, 내 거품이 더 크지요?"

"형의 거품이 더 크구나."

"그렇지 않아요. 내 거품이 더 커요."

동생 게는 당장이라도 울음을 터뜨릴 것처럼 얼굴을 일그러뜨렸습니다.

그때였습니다.

풍덩!

둥근 모양의 검고 큼지막한 물체가 천장에서 떨어져서 깊이 가라앉더니, 다시 위쪽으로 떠올랐습니다. 그 물체에서는 황금빛 테두리가 반짝반짝 빛났습니다.

"물총새다!"

새끼 게들은 고개를 움츠리며 소리쳤습니다. 그러자 아버지 게는 망원경처럼 양쪽 눈을 길게 뻗어 자세히 쳐다보았습니다.

"물총새가 아니야. 저건 똘배란다. 천천히 떠내려가고 있으니까 따라가서 잘 보렴. 아아, 달콤한 향기가 나를 유혹하는구나."

아버지 게의 말을 듣고 보니 그것은 정말 똘배였습니다. 은은한 달빛이 비추는 물속은 똘배의 향기로운 내음으로 가득 찼습니다.

게 세 마리는 둥둥 떠내려가는 똘배의 뒤를 조심스럽게 쫓았습니다.

옆으로 걷는 게 세 마리와 강바닥에 비친 세 개의 검은 그림자. 모두 여섯 개의 그림자가 마치 춤을 추는 것처럼 똘배의 둥근 그림자를 쫓아갔습니다.

이윽고 강물이 찰랑찰랑 소리를 내더니 드디어 강물 천장의 물결은 푸른 불꽃을 올렸습니다. 그리고 달빛 무지개는 옆으로 누운 나뭇가지에 걸려서 멈춰 있는 똘배 위에 옹기종기 모여들었습니다.

"역시 똘배가 맞지? 알맞게 익어서 좋은 향기가 나는구나."

"맛있겠어요, 아빠."

"앞으로 이틀만 있으면 이 똘배는 밑으로 가라앉을 거야. 그러면 저절로 맛있는 술이 만들어지니까 오늘은 그만 집에 가서 잠이나 자자꾸나. 어서 따라오렴."

아버지와 새끼 게들은 집으로 발길을 돌렸습니다.

물결은 드디어 창백한 불꽃을 하늘하늘 위쪽으로 뿜어 올렸습니다. 그 모습은 마치 금강석 가루를 내뿜고 있는 것 같았습니다.

나의 슬라이드는 이것으로 마칩니다.

마음 착한 화산탄

마음 착한 화산탄

어느 사화산 자락에 있는 떡갈나무 뒤에, '베고'라는 별명의 제법 커다랗고 새카만 돌멩이가 오랜 세월 동안 꼼짝도 하지 않고 앉아 있었습니다.

베고라는 별명은 그 주변에 흩어져 있는, 모서리가 날카롭고 그리 크지 않은 검은 돌들이 붙여줬습니다. 물론 아주 멋진 진짜 이름도 있었지만, 베고 자신도 그 이름을 알지 못했습니다.

베고는 모서리가 없고 달걀 양쪽 끝을 조금 평평하게 늘려 놓은 것 같은 돌멩이인데, 돌로 만든 띠 같은 것 두 개를 몸에 감고 있었습니다. 베고는 마음이 비단결처럼 아름다워서, 지금까지 한 번도 화를 낸 적이 없습니다. 그래서 안개가 깊숙이 드리워져 산도, 하늘도, 건너편에 있는 들판도, 아무것도 안 보이는 따분한 날에는 모서리가 있는 돌들이 모두 베고를 놀리며 놀았습니다.

"베고, 안녕? 배가 아프다더니, 다 나았어?"

"걱정해줘서 고마워. 하지만 배가 아프지 않았어."

베고는 깊은 안개 속에서 조용히 말했습니다. 그러자 모서리가 있는 돌들은 약속이라도 한 듯이 한꺼번에 웃음을 터뜨렸습니다.

"아하하하하, 아하하하하."

"베고, 안녕? 어젯밤에 올빼미가 고추를 가져다줬어?"

"아니. 어젯밤에 올빼미는 이쪽으로 안 왔던 것 같던데."

"아하하하하, 아하하하하."

모서리가 있는 돌들은 더욱 크게 웃음을 터뜨렸습니다.

"베고, 안녕? 엊저녁, 어스름한 안개 속에서 야생마가 네게 오줌을 갈겼지. 정말 불쌍하더군."

"고마워. 하지만 걱정해 준 덕분에 그런 꼴은 당하지 않았어."

"아하하하하, 아하하하하!"

다른 돌들의 웃음소리는 한층 더 커졌습니다.

"베고, 안녕? 이번에 새로운 법률이 제정됐다고 하던걸. 똥그란 거나 둥글넓적한 건 모두 달걀처럼 탁 쳐서 깨뜨린다고 말이야. 너도 빨리 도망치는 게 어때?"

"고마워. 그렇다면 똥글이 대장 해님과 나는 탁하고 치면 달걀처럼 깨져 버리겠네."

"아하하하하, 아하하하하. 어떻게 손쓸 수 없을 만큼 바보구나."

그때 안개가 걷히자 따뜻한 햇살이 황금색으로 빛나고, 푸른 하늘이 시야를 온통 메웠습니다. 그러자 모서리가 있는 돌들은 모두 빗물로 빚은 술이나 눈으로 만든 경단을 생각하기 시작했습니다. 그래서 베고도 조용히 똥글이 대장 해님과 푸른 하늘을 올려다보았습니다.

이튿날, 조용한 숲 속에 다시 안개가 드리워지자 모서리가 있는 돌들이 또다시 베고를 놀리기 시작했습니다. 실은 베고를 놀리는 게 목적이었을 뿐, 안개는 핑계에 불과했습니다.

"베고, 보다시피 우리에겐 모두 모서리가 있는데 왜 너만 그렇게 똥글똥글하게 생겼지? 산이 폭발할 때 함께 떨어져 나왔는데 말이야."

"태어난 지 얼마 안 돼 새빨갛게 타올라서 하늘로 올라갔을 때, 빙글빙글 빙글빙글 몸이 돌아갔기 때문이야."

"아하하! 우리는 하늘로 올라갔을 때도 올라갈 만큼만 올라갔고, 잠시 멈췄을 때도, 다시 땅으로 떨어졌을 때도 언제나 꼼짝도 하지 않았는데, 왜 너만 그렇게 빙글빙글 돌아간 걸까?"

모서리가 있는 돌들은 그렇게 말했지만, 화산이 폭발하면서 시커먼 연기와 함께 하늘로 올라갔을 때, 모두들 기절해서 정신을 잃어버렸습니다.

"글쎄. 나는 돌아가려고 하지 않았지만, 몸이 저절로 돌아가서 어쩔 수 없었어."

"하하하, 공포에 휩싸이면 자기도 모르게 몸이 떨리니까 그렇지. 너는 겁이 무지무지 많은 겁쟁이인가 봐."

"그래, 겁쟁이인지도 몰라. 실제로 그때의 빛과 소리는 상상을 초월할 정도였으니까."

"그렇겠지. 넌 역시 겁쟁이야. 아하하하하, 아하하하하."

모서리가 있는 돌들은 한꺼번에 큰 소리로 웃음을 터뜨렸습니다. 잠시 후 안개가 걷히자 모서리가 있는 돌들은 모두 하늘을 쳐다보며 제각기 생각에 잠겼습니다.

베고도 입을 다물고 떡갈나무 잎에서 반짝이는 햇살을 바라보았습니다.

그로부터 눈이 몇 번 내리고 풀이 몇 번 다시 자랐을까요? 떡갈나무도 몇 번이나 낡은 잎을 떨구고 새로운 잎으로 몸을 감쌌습니다.

그러던 어느 날, 떡갈나무가 베고를 쳐다보며 말을 걸었습니다.

"베고, 우리가 이웃이 된 지 아주 오랜 세월이 지났지요?"

"그래요. 당신은 몰라보게 자랐군요."

"아니에요. 하긴 예전에는 둥글고 작았던 당신을, 엄청나게 커다란 새까만 산이라고 생각했으니까요."

"그래요? 하지만 지금은, 당신이 나보다 다섯 배는 클걸요?"

"하긴 지금은 그렇지요."

떡갈나무는 만족감에 도취돼 가지를 움찔움찔 움직였습니다.

처음에는 친구인 돌들만 베고를 놀렸지만, 베고의 마음씨가 지나칠 정도로 착하다는 사실을 알고는 주위에 있는 모든 생물들이 베고를 바보 취급하기 시작했습니다.

그로부터 얼마 지나지 않아서 여랑화女郎花가 이렇게 말했습니다.

"베고, 드디어 내가 황금 왕관을 썼어요."

"축하해요, 여랑화님."

"당신은 언제 황금 왕관을 쓰나요?"

"글쎄요, 저는 왕관을 쓰지 않는데요."

"그래요? 그것 참 안됐군요. 그런데 당신도 이미 왕관을 쓰고 있는 것 같은데요."

여랑화는 요즘 들어 베고 위에서 자라나는 자그마한 이끼를 쳐다보며 말했습니다. 그러자 베고는 조용히 미소를 지으며 대답했습니다.

"이것 말입니까? 이건 이끼입니다."

"그래요? 어쩐지 볼품이 없군요."

그러고 나서 열흘이 지났습니다. 갑자기 여랑화가 비명을 지르듯이 소리를 질렀습니다.

"베고, 드디어 당신도 왕관을 썼군요! 당신 위에 있는 이끼가 빨간 모자를 썼어요. 정말 축하해요."

베고는 씁쓸한 미소를 지으며 아무렇지도 않은 듯이 대답했습니다.

"고마워요. 하지만 이 빨간 모자는 이끼의 왕관이지 제 왕관은 아닙니다. 제 왕관은 이제 곧 들판 가득히 아름다운 은빛으로 씌워질 겁니다."

그 말에 여랑화는 깜짝 놀라며 투정을 부리듯이 말했습니다.

"그건 눈이잖아요? 눈이 내리면 어떡하지? 그러면 나는 끝장이라구요!"

베고는 풀이 죽은 여랑화를 진심으로 위로해 주었습니다.

"여랑화님, 미안해요. 당신은 눈이 싫겠지만 해마다 찾아오는 일이니까 어쩔 수 없어요. 그 대신 내년 봄에 눈이 사라지면 다시 오세요."

여랑화는 대답하지 않고 고개를 돌렸습니다.

그다음 날이었습니다. 모기 한 마리가 왱왱 소리를 내며 가까이 다가왔습니다.

"아무래도 이 들판에는 쓸데없는 게 너무 많은 것 같아. 예를 들면 베고 같은 것이지. 이런 돌멩이를 어디에 쓰겠어? 두더지처럼 땅을 파서 공기를 신선하게 만들어 주지도 못하고, 풀처럼 이슬을 반짝이며 우리 눈에 생긴 병도 고쳐 주지도 않아, 왱왱."

말을 마치자마자 모기는 먼 곳으로 날아갔습니다.

베고 위에 있던 이끼는 오래전부터 여러 가지 험담을 들어왔지만, 모기의 험담을 듣자 드디어 베고를 진짜 바보라고 생각하기 시작했습니다. 그래서 자그마한 빨간 모자를 쓴 채 춤추기 시작했습니다.

베고 까망돌이, 베고 까망돌이

까망돌이 쿵쿵

비가 와도 까망돌이 쿵쿵

햇살이 비쳐도 까망돌이 쿵쿵

베고 까망돌이, 베고 까망돌이

까망돌이 쿵쿵

천 년이 지나도 까망돌이 쿵쿵

만 년이 지나도 까망돌이 쿵쿵

그러나 베고는 미소를 잃지 않았습니다.

"정말 노래를 잘하는데! 하지만 나는 그런 노래를 들어도 상관없지만, 그 노래를 부르다 보면 너희들에게 좋지 않은 일이 생길지도 몰라. 내가 노래를 하나 만들어 줄 테니까 앞으로는 이 노래를 불러. 잘 들어.

하늘, 하늘, 하늘의 젖줄기,

차가운 빗줄기, 쏴악 쏴악 쏴악,

떡갈나무 빗방울 톡톡톡,

새하얀 안개비 또롱 또롱 또롱.

하늘, 하늘, 하늘의 빛,

해님은 쨍쨍쨍,

달빛은 솔솔솔,

별빛은 반짝 반짝 반짝.

"그게 무슨 노래야? 하나도 재미없잖아."

"나는 원래 노래를 못 만들거든."

베고는 조용히 입을 다물었습니다. 그러자 들판에 있는 모든 생물과 무생물들은 한꺼번에 입을 모아 베고를 조롱했습니다.

"조그만 빨간 모자를 쓴 베고 녀석. 이끼에게도 꼼짝 못 하잖아? 이제 저 녀석하고는 절교야. 꼴도 보기 싫어, 까망돌이 녀석. 까망돌이, 쿵쿵, 베고, 쿵쿵."

그때 들판 건너편에서, 안경을 낀 키 큰 학자 네 명이 번쩍거리는 기계들을 들고 들판을 가로질러 왔습니다. 그 가운데 한 사람이 베고를 쳐다보며 탄성을 질렀습니다.

"아, 있다 있어! 굉장해! 정말 좋은 표본이야. 전형적인 화산탄火山彈이로군. 이렇게 멋진 화산탄은 처음 봐. 게다가 몸에 띠까지 제대로 붙어 있잖아. 이것만으로도 이번 탐사여행은 충분한 가치가 있어."

"그래, 실로 멋지게 생겼군. 이렇게 훌륭한 화산탄은 대영박물관에도 없을 거야."

사람들은 가지고 온 기계를 풀밭 위에 늘어놓더니, 앞 다퉈 베고를 어루만지려고 했습니다.

"지금까지 이 띠가 완벽하게 남은 표본은 없었어. 어때? 이 정도면 하늘에서 빙글빙글 돌았을 때의 상황을 확실히 알 수 있겠지? 멋있어, 정말 멋있어. 당장 가지고 가자."

사람들이 들판 건너편으로 사라지자, 모서리가 있는 돌들은 할 말을 잃고 땅이 꺼져라 깊은 한숨을 내쉬었습니다. 마음 착한 화산탄은 아무 말 없이 미소를 지었습니다.

태양이 하늘 높이 떠올랐다가 기울어지려고 한 순간, 사람들의 안경과 기계가 들판 건너편에서 반짝 빛을 뿌렸고, 좀 전에 왔던 학자 네 명과 마을 사람들, 그리고 짐마차 한 대가 다가오더니 떡갈나무 아래에 멈추었습니다.

"소중한 표본이니까 상처가 나지 않도록 조심해야 돼. 조심스럽게 다루라고. 그리고 그 위에 있는 이끼는 떼어 버려."

베고에게서 떨어진 이끼는 참았던 울음을 터뜨렸습니다. 베고는 깨끗한 짚과 멍석에 둘러싸이면서 정중하게 말했습니다.

"여러분, 그동안 신세 많이 졌습니다. 이끼님, 안녕히 계세요. 그리고 좀 전에 가르쳐준 노래는 나중에 한 번이라도 불러주세요. 지금부터 내가 가는 곳은 여기처럼 밝고 즐거운 곳이 아니랍니다. 하지만 우리는 모두, 자신이 해야 할 일을 하지 않으면 안 되지요. 그러면 여러분, 안녕히 계세요."

사람들은 베고를 감싼 멍석에 '도쿄제국대학교 지질학과 행行'이라고 쓴 커다란 짐표를 붙이고는, 영차 영차 하면서 마차에 실었습니다.

"자, 됐다. 어서 가자."

말은 히히힝 하고 콧소리를 내더니, 아름다운 하늘 아래에 펼쳐진 푸른 들판을 걸어갔습니다.

재두루미와 달리아

재두루미와 달리아

과일밭이 있는 언덕 꼭대기에, 해바라기만큼 키가 큰 황금빛 달리아 두 그루와 새빨갛고 커다란 꽃이 매달려 있는 키 큰 달리아 한 그루가 서 있었습니다.

새빨간 달리아는 꽃의 여왕이 되려고 결심했습니다.

바람이 남쪽에서 거칠게 날뛰면서 나무에도, 꽃에도 커다란 빗방울을 흩뿌리고, 언덕에 있는 작은 밤나무에서 푸른 밤송이와 나뭇가지를 떨구어내고는 주위가 떠나갈 듯이 깔깔대고 웃으며 돌아갔습니다. 하지만 이 멋진 세 그루의 달리아는 조용히 몸을 흔들면서 여느 때보다 한층 더 아름다운 빛을 내뿜었습니다.

그리고 올해 처음으로 사나운 북풍이 푸른 하늘에서 날카로운 피리 소리를 내며 지나가자, 언덕 기슭에 있는 사시나무는 정신없이 바들바들 떨고 과수원의 배는 모조리 떨어졌습니다. 하지만 키 큰 달리아 세 그루는 화려한 웃음을 하늘로 날려 보냈을 뿐입니다.

❦

노란 꽃이 매달려 있는 달리아가 창백한 남쪽 하늘 끝으로 마음을 내던지면서, 혼잣말처럼 중얼거렸습니다.

"오늘은 해님이, 새파란 유리 같은 빛가루를 쓸데없이 많이 뿌리는 것 같군."

그러자 친구를 뚫어지게 쳐다보던 또 다른 노란 달리아가 입을 열었습니다.

"너는 여느 때보다 더욱 창백해 보여. 틀림없이 나도 그럴 거야."

"응, 그래."

노란 달리아는 다시 새빨간 달리아를 쳐다보았습니다.

"어머나! 너는 오늘 참으로 아름답구나! 네가 갑자기 불타오르는 줄 알았어."

새빨간 달리아는 푸른 하늘을 바라보고는, 햇살 속에서 화려한 빛을 뿌리며 희미한 미소를 지었습니다.

"이 정도는 아무것도 아니야. 이 일대가 내 빛으로 새빨갛게 타오르지 않으면 너무 시시하잖아. 정말 화가 나서 못 살겠어."

이윽고 태양이 서쪽으로 떨어지고 샛노란 수정 같은 황혼도 지나가자, 별이 빛나는 하늘은 검푸른 늪으로 변했습니다.

"끼룩끼룩, 끼룩끼룩."

별빛 아래로 재두루미의 검은 그림자가 지나갔습니다. 그러자 새빨간 달리아가 물었습니다.

"재두루미님, 내가 무척 아름답지 않나요?"

"그래요. 새빨간 빛깔이 너무나 아름답군요."

재두루미는 어두운 늪 쪽으로 사라지면서, 다소곳하게 피어 있는 새하얀 달리아에게 목소리를 낮춰 인사했습니다.

"안녕?"

새하얀 달리아는 수줍은 듯이 조용하게 미소 지을 뿐이었습니다.

⸙

파라핀처럼 생긴 구름이 수많은 산에 새하얗게 드리워지면서 어둠이 물러가고 아침이 밝았습니다. 그러자 가장 먼저 입을 연 것은 노란 달리아였습니다.

"어머, 너 정말 아름다워졌구나! 네 주위에서 복숭아 빛 후광이 비쳐."

"정말이야. 네 주위는 무지개의 붉은빛만 모아 놓은 것 같아."

"그래? 하지만 시시하단 마음은 여전한걸. 나는 내 빛으로 하늘을 온통 붉게 물들이고 싶어. 해님이 여느 때보다 쓸데없이 금가루를 많이 뿌리는 것 같아."

노란 달리아는 아무 말 없이 입을 다물어 버렸습니다.

황금빛 한낮에 이어 보랏빛 자수정처럼 상큼한 밤이 찾아왔습니다. 그러자 하늘에 촘촘히 박힌 별들 사이로 재두루미가 황급히 날아갔습니다.

"재두루미님, 내게서 빛이 나지 않나요?"

"그래요, 빛이 나고 있어요."

재두루미는 어슴푸레한 안개 속으로 멀어져가면서, 다시 목소리를 낮춰 새하얀 달리아에게 말을 걸었습니다.

"안녕? 기분이 어때요?"

⸙

별자리가 이동해서 금성이 마지막 노래를 부를 즈음에서야, 하늘은 은빛으로 완전히 변했고 먼동이 텄습니다. 오늘 아침 태양은 아름다운 호박 빛의 물결을 이루었습니다.

"어머, 정말 아름답구나! 후광이 어제보다 다섯 배는 더 커졌어."

"정말 눈이 번쩍 뜨이는 것 같아. 저기 있는 배나무까지 네 빛이 비치고 있어."

"그건 그래. 하지만 시시하단 마음은 지울 수 없어. 아직 아무도 나를 여왕님이라고 부르지 않잖아."

노란 달리아들은 서글픈 듯이 얼굴을 마주보더니, 커다란 눈동자를 서쪽에 있는 푸른 산맥 쪽으로 떨구었습니다.

향기롭고 화려한 가을 하루가 저물고, 이슬이 떨어지고, 별자리도 제자리를 찾아갈 즈음, 재두루미는 다시 달리아 위에 있는 하늘을 잠자코 지나갔습니다.

"재두루미님, 오늘은 내가 어떻게 보여요?"

"정말 대단해요. 하지만 어둠이 너무 깊어서인지 잘 보이지 않는군요."

재두루미는 오늘도 건너편 늪의 기슭을 지나면서 새하얀 달리아에게 말을 걸었습니다.

"안녕? 정말 아름다운 밤이군요."

어두운 밤이 어슴푸레하게 밝기 시작하자, 노란 달리아가 희미한 보랏빛 속에서 살그머니 빨간 달리아를 훔쳐보았습니다. 그러자 노란 달리아들은 무서운 것이라도 본 것처럼 얼굴을 마주보더니 입을 다물어 버렸습니다.

다음 순간, 빨간 달리아가 화를 이기지 못하겠다는 듯이 버럭 소리를 질렀습니다.

"정말 화가 나서 못 살겠어. 오늘 아침에는 내가 어떻게 보여?"

노란 달리아가 쭈뼛거리며 조심스럽게 입을 열었습니다.

"아마 새빨갈 거야. 하지만 우리들 눈에는 예전처럼 새빨갛게 보이지 않아."

"어떻게 보이는지 말해 줘. 내가 어떻게 보이는데?"

다른 노란 달리아가 우물쭈물 거리며 말했습니다.

"우리들에게만 그렇게 보일 거야. 그러니까 신경 쓰지 마. 우리들 눈에는 네게 검은 반점이 생긴 것처럼 보이거든."

"말도 안 돼! 재수가 없으니까 그런 말은 그만둬!"

태양이 하루 종일 빛을 뿌리자, 언덕에 있는 모든 사과들은 아름다운 윤기를 머금으며 붉게 변했습니다.

잠시 후 엷은 빛이 내리더니 황혼이 드리워지고, 다시 밤이 찾아왔습니다. 그러자 재두루미가 아름다운 노래를 부르며 하늘을 지나갔습니다.

"재두루미님, 안녕하세요? 내가 보이세요?"

"글쎄, 알아보기 힘든걸."

재두루미는 날갯짓을 하며 늪으로 날아가더니 새하얀 달리아에게 말을 걸었습니다.

"오늘은 조금 따뜻하군요."

어둠이 물러가기 시작하자, 창백한 과일 내음이 은은하게 퍼지는 희미한 빛 속에서 새빨간 달리아가 물었습니다.

"오늘은 어떻게 보여? 빨리 말해줘."

노란 달리아는 열심히 빨간 달리아를 보려고 했지만, 거무칙칙한 물체가 흔들거리며 서 있을 뿐이었습니다.

"아직 어둠이 사라지지 않아서 잘 모르겠어."

새빨간 달리아는 울음을 터뜨릴 것처럼 얼굴을 일그러뜨렸습니다.

"진실을 말해 줘, 제발 진실을 말해 줘. 내게 숨기는 게 있지? 내가 새카맣게 보여? 새카맣게 보이냐구?"

"그래, 새카만 것 같아. 하지만 사실은 잘 보이지 않아."

"뭐야? 난 빨간색에 검은 반점이 나 있는 게 제일 싫다구!"

그때 작달막한 키에 삼각모자를 쓴, 노란 얼굴의 사람이 주머니에 손을 쑤셔 넣고 가까이 다가왔습니다.

"앗, 이거야! 우리 스승님의 문장紋章이야!"

그는 갑자기 소리를 지르더니, 조금도 주저하지 않고 새빨간 달리아를 꺾었습니다. 그러자 새빨간 달리아는 축 늘어져서 그의 손 안에 들어갔습니다.

"어디 가는 거야? 어디 가는 거야? 내게 매달려! 어디로 가는 거야?"

노란 달리아들은 슬픔을 이기지 못해 눈물을 흘리며 소리쳤습니다. 먼 곳에서 빨간 달리아의 목소리가 희미하게 들려 왔습니다. 그 목소리는 아득하게, 아주 아득하게 멀어지더니, 이윽고 언덕 기슭에 있는 사시나무 가지의 흔들림에 뒤섞였습니다. 그리고 태양은 노란 달리아의 눈물 위로 화려한 빛을 뿌리며 떠올랐습니다.

노송나무와 개양귀비

노송나무와 개양귀비

마치 불이라도 붙은 듯이 새빨간 개양귀비들은 제각기 바람에 흔들리느라 숨 쉴 수조차 없는 것 같았습니다. 그 개양귀비의 뒤쪽에서, 온몸과 머리카락이 사나운 바람에 시달리고 있는 젊은 노송나무가 입을 열었습니다.

"너희들은 모두 새빨간 돛단배 같구나. 폭풍우에 흔들리는 돛단배 말이야."

"말도 안 돼. 우린 돛단배가 아니야. 노송나무, 너는 키만 컸지 바보구나."

개양귀비들은 모두 입 모아 노송나무의 말을 반박했습니다.

"그리고 저쪽에 있는 건 이제 막 불에서 꺼내 연마한 구리로 만든 생물이지."

"아니야, 해님은 구리로 만들어지지 않았어. 키만 크고 바보 같은 노송나무."

개양귀비들은 다시 입을 모아 소리쳤습니다.

다음 순간, 해님이 후욱후욱 하고 커다랗게 숨을 쉬더니, 푸른 빛이 감도는 커다란 보랏빛 산 너머로 들어갔습니다.

바람이 더욱 거칠게 불어오자 노송나무는 청가라말의 꼬리처럼 길게 휘날렸고, 개양귀비들은 모두 열병에 걸린 것처럼 남쪽 바람을 향해 헛소리를 내뱉었습니다. 하지만 바람은 상대하려 하지 않고 재빨리 반대편으로 빠져나갑니다.

바람이 지나가자 개양귀비들은 마음을 가라앉혔고, 아름답고 커다란 구름 봉우리들이 동쪽에서 창백한 표정으로 한꺼번에 일어섰습니다.

가장 작은 개양귀비가 혼잣말처럼 중얼거렸습니다.

"아아, 시시하다 시시해. 나는 평생 합창단만 하다가 끝나는 걸까? 딱 한 번이라도 스타(여왕)가 된다면, 내일 당장 죽어도 소원이 없겠는데."

말이 끝나기도 전에, 옆에 있던 검은 반점의 꽃이 말을 받았습니다.

"나도 그래. 어차피 스타가 되지 않아도 내일은 죽을 테니까."

"어머나! 아무리 스타가 아니라고 해도, 내가 너만큼만 훌륭하다면 그것으로 충분한데."

"입에 침이나 바르고 거짓말하지 그래. 내 인생은 너무 시시해. 물론 너보다 내가 낫긴 하지만서두. 그것만은 나도 인정해. 하지만 테쿠라님에 비하면 어떨까? 테쿠라님 발끝에도 미치지 못해.

푸른 조끼를 입은 등에도, 노란 얼룩무늬를 자랑하는 벌도, 모두 맨 먼저 테쿠라님에게 가거든."

그때 악마가 반대편에 있는 파르스름한 화단에서 작은 개구리로 변신해, 베토벤이 입고 다니는 푸른 코트를 걸치고 초승달보다 더 우아한 장미 소녀로 변신시킨 제자의 손을 잡고는 몹시 서두르며 나타났습니다.

"아, 길을 잘못 찾았나? 그렇지 않으면 지도가 잘못되었나? 어쨌든 실패했어, 실패. 여하튼 길을 물어보기로 하지. 실례합니다만, 성형외과는 어디에 있지요?"

개양귀비들은 눈부시게 아름다운 장미 소녀에게 '성형외과'라는 말을 듣자, 가슴이 두근거렸습니다. 하지만 부끄러움을 타는 바람에 아무도 대답하지 못했습니다. 그러자 악마인 개구리가 장미 소녀에게 말했습니다.

"이 근처에 있는 개양귀비는 모두 말 못 하는 벙어리들인가? 게다가 전혀 배우지를 못했군."

소녀로 변신한 악마의 제자는 입을 쑥 내밀며 순진한 소녀처럼 고개를 끄덕였습니다.

여왕인 테쿠라가 있는 용기, 없는 용기를 모두 짜내어 말했습니다.

"무슨 일입니까?"

"아, 안녕하십니까? 잠시 물어볼 말이 있는데요, 성형외과는 어느 쪽에 있습니까?"

"글쎄요. 죄송하지만 이 근처에 그런 곳이 있다는 말은 못 들었는데요. 이 근처에 그런 곳이 있었나요?"

"물론이지요. 여기 제 딸아이를 보십시오. 예전에는 날카롭게 삐쳐 나온 가시 때문에 몹시 걱정했지만, 성형외과 의사 선생님 세 분이 오셔서 솜씨를 부린 덕에, 여러분들도 사귀고 싶어 할 만큼 예뻐졌지요. 그런데 내일 갑자기 뉴욕에 가야 해서 잠시 인사하러 왔답니다. 그러면 이만 실례하지요."

"아, 잠시만요. 잠시만 기다리세요. 그 성형외과인지 뭔지, 그곳의 선생님은 어디라도 출장을 가주시나요?"

"물론이지요."

"그러면 정말 죄송합니다만, 출장 가시는 김에 여기도 들려주실 수 있을까요?"

"제가 그분의 조수가 아니라서 잘 모르겠지만, 어쨌든 그렇게 말해 보지요. 얘야, 그만 가자꾸나. 그러면 안녕히 계십시오."

악마는 장미 소녀의 손을 이끌고 멀리 떨어진 제방 뒤쪽으로 가서, 한쪽 눈을 찡긋하며 말했습니다.

"너는 이제 돌아가도 좋다. 그리고 재를 뿌려서 양배추와 붕어를 쪄두거라. 그러면 이번에는 의사로 변신해야지."

말이 끝나자마자 악마는 새하얀 수염을 길게 기른 의사로 변신했습니다. 그리고 다음 순간, 악마의 제자는 커다란 참새로 변해서 가볍게 하늘로 날아올랐습니다.

구름이 휘감긴 동쪽 봉우리는 점점 하얘지고 점점 높아져서, 하늘 꼭대기에 닿을 정도가 되었습니다.

악마는 서둘러 개양귀비가 있는 곳으로 찾아왔습니다.

"어디 보자, 분명히 이 주변이라고 했는데. 아무도 문패를 걸지 않았군. 실례합니다! 잠시 물어볼 말이 있는데요, 개양귀비들이 사는 곳이 어디죠?"

현명한 테쿠라는 두근거리는 마음을 진정시키며 대답했습니다.

"제가 바로 개양귀비인데요. 실례지만 누구신가요?"

"그러세요? 나는 조금 전에 백작으로부터 전갈을 받은 의사입니다만."

"아아, 알아 뵙지 못해서 죄송해요. 의자는 없지만 어쨌든 이쪽으로 오세요. 그런데 우리도 아름답게 변할 수 있을까요?"

"있고말고요. 약을 세 번만 먹으면 아까 그 소녀처럼 예뻐질 겁니다. 그런데 약값이 워낙 비싸서 살 수 있을는지……."

개양귀비들 모두 안색이 창백해졌고 한숨을 내쉬었습니다. 테쿠라가 조심스럽게 물었습니다.

"약값은 어느 정도 되나요?"

"한 사람에 5비루죠."

개양귀비들은 일제히 쥐 죽은 듯이 조용해졌습니다. 의사인 악마도 턱에 난 수염을 비비 꼬면서 아무 말도 하지 않고 하늘을 올려다보았습니다. 봉우리에 있던 구름은 황금빛을 뿌리면서 살며시 북쪽으로 흘러갔습니다.

개양귀비들은 계속해서 아무 말도 하지 않고 침묵을 지켰고, 의사도 수염을 비비 꼬면서 아무 말도 하지 않았습니다. 멀리 떨어져 있는 화단이 아련한 남색으로 물들어갔습니다. 그때 바람이 조용히 불어와서 개양귀비를 가볍게 흔들었습니다.

의사의 눈길이 한 번 움직인 것 같았지만, 다시 좀 전처럼 입을 다문 채 수염만 비비 꼬았습니다.

더 이상 침묵을 견디지 못하고, 가장 작은 개양귀비가 결심한 듯이 입을 열었습니다.

"의사 선생님, 저는 돈이 한 푼도 없어요. 하지만 조금 있으면 선생님 머리에 아편이 생길 거예요. 그 아편을 다른 사람에게 나누어주면 안 될까요?"

"아편이라구? 별로 쓸모 있을 것 같지는 않지만, 어쨌든 아편이 필요하지. 좋아, 알았다. 그렇다면 증명서를 쓰거라."

악마의 말이 끝나자마자 모든 개양귀비들이 한꺼번에 소리를 질렀습니다.

"저도 그렇게 해주세요, 저도 그렇게 해주세요."

악마인 의사는 너무나 곤란하다는 듯이 이마에 깊은 주름을 새기며 생각에 잠겼습니다.

"하는 수 없군. 좋아, 하긴 이것도 모두 남을 위한 일이니까. 알겠다, 증명서를 쓰거라."

'어머, 큰일 났어! 나는 글을 못 쓰는데.'

개양귀비들이 모두 그런 걱정에 빠져 있을 때, 악마인 의사는 들고 온 가방에서 인쇄된 증명서를 한 다발 꺼냈습니다. 그러더니 의미심장한 미소를 지으며 말했습니다.

"내가 이 종이를 한 장씩 타다닥 넘길 테니까, 모두 입 모아 이렇게 소리치거라. 아편을 모두 드리겠습니다!"

"어머, 잘 됐다!"

개양귀비들이 손뼉을 치며 좋아하자, 의사가 일어서서 말했습니다.

"그러면 시작한다."

타다닥.

"아편을 모두 드리겠습니다!"

"좋다. 지금 당장 약을 주지. 한 번, 두 번, 세 번 먹을 약을 말이야. 일단 한 번 복용할 주문을 읊어 주지. 그러면 여기 있는 공기 속에서 번쩍번쩍 붉은 파도가 칠 것이다. 그걸 모두 집어삼키거라."

악마인 의사는 신비한 나라로 빠져들 것만 같은 아름다운 목소리로 이상한 노래를 불렀습니다.

> 한낮의 초목과 돌과 흙을 비추는 걸 게을리 했도다. 붉은빛이여,
> 모두 모여 조용히 떠다니거라.

노래가 끝나자마자, 그 주위를 휘감고 있던 연노랑빛 공기 속에서 보일 듯 말 듯한 붉은빛이 희미한 잔물결이 되어 가볍게 흔

들렸습니다. 개양귀비들은 이 세상 그 누구보다도 아름다워지려는 욕심에 앞 다퉈 그 공기를 삼켰습니다.

악마인 의사는 우뚝 선 채로 그 모습을 둘러보다가, 빛이 모두 사라지자 다시 입을 열었습니다.

"그러면 두 번째 복용을 위한 주문이다. 한낮의 초목과 돌과 흙을 비추는 걸 게을리 했도다. 노란빛이여, 모두 모여 조용히 떠다니거라."

공기 속에서 벌꿀처럼 희미한 노란빛이 언뜻언뜻 보이며 은은한 잔물결을 이뤘습니다. 개양귀비는 또다시 열심히 공기를 삼켰습니다.

"세 번째 복용을 위한 주문이다."

악마인 의사가 다음 말을 이으려는 순간, 옆에 있던 노송나무가 위엄 있는 목소리로 점잖게 말했습니다.

"이봐, 의사 양반. 너무 이상한 목소리로 말하지 말라구. 여기는 세인트 조반니님의 정원이니까 말이야."

그때 한 줄기 바람이 조용히 불어오자, 노송나무가 다시 소리 높여 말했습니다.

"이봐, 가짜 의사 양반. 기다려!"

그러자 의사는 몹시 허둥지둥 대더니, 횃불처럼 벌떡 일어서서 커다란 검은 그림자를 길게 끌며 엉뚱한 방향으로 뛰어갔습니다. 그의 발끝은 망치 끝처럼 뾰족했고, 새카만 진찰 가방은 연기처럼 사라졌습니다.

개양귀비들은 모두 어안이 벙벙한 표정으로, 멍하니 의사가 사라진 쪽을 쳐다보았습니다.

노송나무가 개양귀비들을 둘러보며 타이르듯이 말했습니다.

"조금만 더 있었으면 너희들 모두 머리를 우걱우걱 씹혀 먹힐 뻔했어."

"네가 무슨 상관이야, 참견쟁이 노송나무야!"

새까만 그림자로밖에 보이지 않는 개양귀비들이 모두 화를 냈습니다.

"참견할 만하니까 참견하지. 너희들이 푸르스름한 까까머리 상태로 우걱우걱 씹혀 먹힌다면, 내년에는 이곳에 풀만 자라게 된다구. 그리고 스타가 되고 싶다니, 너희들 스타가 뭔지 알기나 하는 거야? 스타란 말이지, 저 멀리 하늘에 떠 있는 별님을 가리키는 거야. 저것 봐, 저기 별님이 나와 있지? 조금만 더 있으면 별님이 하늘을 온통 메우실 거야. 맞아 맞아! 올스타 캐스트all star cast라는 말이 있지? 올스타 캐스트라는 말이 바로 그 뜻이야. 그러니까 쌍둥이별자리님은 쌍둥이별자리님이 있는 곳에, 레오노님에스페란토 어로 사자자리를 가리킨다은 레오노님이 있는 곳에, 각자 정해진 곳에서 정해진 빛을 내뿜는 것이 올스타 캐스트지. 이렇게 고마운 일이 또 어디 있어? 하루도 빼놓지 않고 스타가 되고 싶다고 노래 부르는 너희들이 바로 스타란 말이야. 바로 올스타 캐스트라구. 내가 노래를 불러줄 테니까 잘 들어.

하늘의 꽃을 별이라고 하고,

이 세상의 별을 꽃이라고 한다.

"무슨 말을 하는 거야, 이 멍청한 노송나무! 우리는 까까머리가 되면서까지 살고 싶지는 않다구. 게다가 이 이상한 목소리는 뭐야? 이 이상한 목소리는 악마님의 발끝에도 따라가지 못하잖아. 이익, 이익, 참견쟁이, 참견쟁이, 키다리 노송나무!"

까까머리 개양귀비들은 불꽃처럼 격렬하게 화를 냈습니다. 하지만 화내는 얼굴도 새까맣게 보일 뿐이었습니다.

잠시 후, 구름이 모두 흩어져서 소의 모습으로 변하자, 하늘 여기저기서 별들이 반짝거리기 시작했습니다.

개양귀비는 모두 입을 다물었고, 노송나무도 잠자코 저녁 하늘을 올려다보았습니다.

서쪽 하늘은 이미 반짝거림을 멈추었고, 동쪽 하늘에 떠 있는 구름 봉우리가 점점 허물어지더니, 은빛을 휘감은 별 하나가 고개를 내밀고 빛을 뿌리기 시작했습니다.

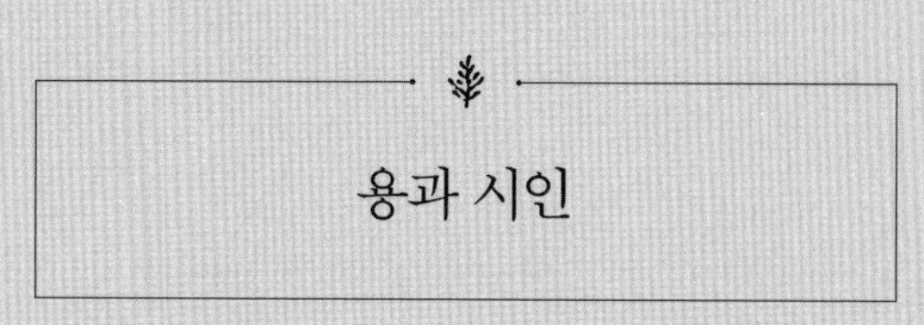

용과 시인

용과 시인

'차나타'라는 이름의 용은 동굴 안으로 밀려드는 밀물에서 몸을 비틀었다.

따사로운 아침 햇살이 동굴 틈 사이로 파고 들어와 바위의 울퉁불퉁한 부분을 뚜렷하게 비추었고, 바위에 붙어 있는 하얀 벌레와 빨간 벌레들도 비추었다.

차나타는 멍하게 앉아서 조금 어슴푸레해진 푸른 물을 보았다. 그리고 동굴 틈새로 불처럼 번뜩이는 바닷물과 노르스름한 하늘 끝에 걸려 있는 화구일천자火球日天子 자리를 보았다.

'나는 몇 천 유순由旬, 고대 인도에서 사용하던 거리의 단위_옮긴이이나 되는 바다 속을 마음대로 잠수하고, 청명한 하늘을 검은 구름으로 휘감으면서 끝없이 비상할 수 있다. 그런데 여기서는 나갈 수가 없다. 동굴 밖의 바다로 이어지는 이 조그마한 틈으로, 가까스로 밖을 내다볼 수 있는 게 고작이다. 성룡왕聖龍王이시여, 성룡왕이시

여. 부디 저의 죄를 용서해 주시고 저주를 풀어 주십시오.'

차나타는 슬픔에 젖어 다시 동굴 안을 쳐다보았다. 그때 햇살 기둥이 물속에 잠긴 꼬리와 지느러미에 반사된 빛을 받고 푸르스름한 빛을 살며시 뿌렸다. 다음 순간, 차나타는 동굴 밖에서 들려오는 사람들의 청명한 목소리에 밖을 내다보았다.

그러자 영락瓔珞, 부처의 목, 팔, 가슴 같은 곳에 장식하는 보석 따위를 꿴 장식품__옮긴이을 걸치고 황금 칼을 찬 훌륭한 청년이, 커다란 돌 위에 끼어 있는 푸른 이끼 위에 앉았다.

"존경하는 늙은 용, 차나타시여. 아침 햇살의 힘을 빌려 당신에게 용서를 구하러 왔습니다."

"뭘 용서하라는 말이냐?"

"용이시여. 어제 시부詩賦의 솜씨를 겨루는 자리에, 저도 나가서 시를 읊었습니다. 사람들은 모두 제게 찬사를 보냈습니다. 가장 위대한 시인 알타는 자리에서 내려오더니 예를 갖추며 자신이 앉았던 높다란 자리에 저를 앉혔습니다. 그리고 풀과 넝쿨을 씌워 주면서 저를 기리는 사자구의 송가를 노래하더니, 구름이 자욱한 머나먼 동쪽 산기슭으로 떠났습니다. 사람들은 술에 취하듯이, 제가 노래한 시의 아름다움에 취해서 저를 마차에 태웠습니다. 모든 사람들의 찬사와 빗발처럼 쏟아지는 꽃들 속에서 제 자신을 잊어버리고 하늘에 두둥실 떠 있었지만, 그것도 잠시뿐이었습니다. 밤이 이슥할 무렵, 장로長老인 루다스의 집을 떠나 풀에 방울방울 맺혀 있는 이슬을 밟으면서 가난한 어머니 집으로 돌아왔더니, 갑자기 월천자月天子 자리에 마노처럼 생긴 구름이 드리워지는 게 아니겠습니까? 가만히 올려다보고 있자, 밀다 숲에서 누군가가 쑥덕거리는 소리가 들려오는 것이었습니다.

'스루닷타는 동굴에 봉인돼 있는 차나타라는 늙은 용의 시를 몰래 훔쳐듣고, 오늘 그것을 노래해서 고래古來의 시인인 알타를 동쪽 나라로 떠나게 했다.'

저는 다리가 덜덜 떨려서 제대로 걸을 수가 없었습니다. 그리고 엊저녁부터 여기 풀밭에 앉아서 번민에 번민을 거듭했습니다. 조용히 돌이켜보자, 여기에 당신이 있는 걸 모르고 동굴 바로 위에서 매일 노래를 부르다 지쳐서 잠들곤 했습니다. 제가 이번에 읊은 시는 구름이 끼고 바람이 부는 어느 날, 깜빡 조는 사이에 들은 것 같다는 생각이 듭니다. 늙은 용 차나타시여, 저는 내일부터 재를 뒤집어쓰고 마을 광장에 앉아서, 당신과 모든 사람들에게 사죄하려고 합니다. 아름다운 시를 읊은 존경하는 나의 스승 차나타시여, 저를 용서해 주실 수 있겠습니까?"

"동쪽으로 떠난 시인 알타는 어떤 노래로 너를 칭송하였느냐?"

"그 당시, 너무나 들뜨고 제정신이 아니라서, 알타의 고귀한 노래를 모두 기억하지는 못합니다. 하지만 아마 이런 노래가 아니었나 싶습니다.

바람이 노래하고,

구름이 호응하고,

파도가 치는 그 노래를

지금 노래하는 스루닷타여!

별이 그렇게 되리라고 생각하고,

육지가 그러한 모양을 이루리라고 생각하도다!

내일의 세계는 이루어져야 하고,

진실과 아름다움의 모형을 만들고,

나아가서는 세계를 이루게 만드는 예언자,

설계자 스루닷타여!

"존경하는 시인 알타께 행운이 있기를! 스루닷타여. 그 시야말로 나의 시이며 동시에 너의 시다. 애당초 나는 이 동굴 안에서 시를 읊은 것일까? 너는 이 동굴 위에서 그 시를 들었을까? 오오, 스루닷타여! 그때 나는 구름이며 바람이었다. 그리고 너 또한 구름이며 바람이었다. 시인 알타가 만약에 그때 명상을 했다면 아마 똑같은 시를 읊었을 것이다. 하지만 스루닷타여, 알타의 말과 네 말이 똑같지 않고, 너의 말과 나의 말이 똑같지 않듯이 시의 운韻도 아마 그러할 것이다. 그러므로 그 시야말로 너의 시이며, 또한 구름과 바람을 다루는 정신의 시다."

"오오, 차나타시여. 그렇다면 저는 용서를 받은 겁니까?"

"누가 용서를 하고, 누가 용서를 받겠느냐? 우리 모두가 바람이며, 구름이며, 또한 물이거늘. 스루닷타여, 만약에 내가 밖으로 나갈 수 있고 네가 두려워하지 않는다면 너를 껴안고 어루만지고 싶다만, 지금은 불가능하다는 것을 알기에 작은 선물을 보내기로 하마. 여기로 손을 내밀어 보거라."

차나타는 자그마한 붉은 구슬 하나를 토해냈다. 헤아릴 수 없이 많은 불길이 구슬 안에서 타오르고 있었다.

"그 구슬은 묻혀 있는 경經들을 찾으러 바다로 들어갈 때 바치는 것이다."

스루닷타는 무릎을 꿇고 구슬을 받았다.

"오오, 차나타시여. 그 동안 얼마나 오랫동안 이걸 원했는지! 뭐라고 감사의 말씀을 드려야 좋을지 모르겠습니다. 그런데 용맹스런 차나타시여. 어째서 이 동굴에서 못 나오시는 겁니까?"

"스루닷타여, 천 년 전에 처음으로 바람과 구름을 얻었을 때, 나는 내 힘을 시험해 보기 위해 사람들에게 불행을 가져다주었지. 그 때문에 용왕에게서 십만 년 동안 이 동굴에 들어가서, 육지와 물의 경계를 감시하라는 명령을 받았다. 그로부터 매일 여기에 앉아서 죄를 뉘우치고 용왕에게 사죄를 올리는 것이다."

"오오, 차나타시여. 저는 어머니를 잘 섬기지만, 언젠가 어머니가 하늘로 올라가신다면 그 즉시 바다로 들어가서 대경大經을 찾으려고 합니다. 당신은 그때까지 이 동굴에서 기다리실 겁니까?"

"그렇다. 우리 용에게는 인간의 천 년이 불과 열흘에 지나지 않으니까 말이다."

"그렇다면 차나타시여, 그날까지 이 구슬을 가지고 있겠습니다. 저는 앞으로 하루도 빠지지 않고 여기 와서 하늘을 보고, 물을 보고, 구름을 보면서 새로운 세계가 나아가는 길을 말씀드리고자 합니다."

"오오, 이 늙은 용의 커다란 기쁨이구나."

"그러면 편히 쉬십시오."

"잘 가거라."

스루닷타는 가벼운 마음으로 바위를 밟고 사라졌다.

차나타는 동굴 안쪽에 있는 깊은 물속에 몸을 담그고, 조용하게 참회의 시를 읊조리기 시작했다.

작품 해설

영원한 동심을 추구한 이단아

조명렬(문학박사, 前 중앙승가대 교수)

미야자와 겐지(宮澤賢治, 1896~1933)는 리얼리즘이 풍미했던 일본 근대문학시대의 시인이자 동화작가다.

겐지는 깊은 불교사상과 철학적이고 종교적인 사유 위에서 우주의 실상까지 포함하는 작품세계를 펼쳤다. 그러나 그가 살았던 다이쇼大正 시대에는 기존의 관습과 상식에서 벗어난 작품은 용납하지 않았다. 그래서 그는 생전에 자신의 고향인 이와테현을 중심으로 작품 활동을 했을 뿐, 주류 문단과 전혀 교류하지 않아 사후에도 문학사상 이색적인 작가로 취급받았다. 그러나 지금은 시와 아동문학 분야에 커다란 영향을 끼친 작가로 새롭게 평가받고 있다.

유복한 가정에서 태어나 독실한 불교 신자로 어린시절을 보낸 겐지는 중학교에 입학한 뒤부터 그는 문학세계를 키우기 시작했다. 모리오카 고등농림학교를 마치고 연구생이 되어 군郡의 토질조사원으로 활동하면서도 법화경 신앙에 매진했고, 동화와 시, 불전동화佛典童話 풍의 작품을 창작해 인쇄, 배포하기도 했다.

1926년 겐지는 농촌지도자 단기 양성과정인 국민고등학교에서 농업과학과 예술개론을 가르치면서도 창작을 쉬지 않았고, 농민의 지도자로서도 힘썼다. 언덕배기 땅을 개간해서 농작물을 가꾸고, 라스치진羅須地人 협회를 설립해 농민들을 지원했다.

겐지는 농촌을 순회하면서 토양학, 비료학, 비료설계 등을 강의, 지도하고 계몽하는 등 헌신적인 노력을 기울였는데, 1933년 9월 19일 밤늦게까지 비료작업 상담을 한 후 급성폐렴이 발병하게 된다. 그러나 21일 일본어로 번역된《묘법연화경》1000부를 널리 보시해 줄 것을 부친에게 유언으로 남기고 삶을 마감하고 만다. 37년간의 짧은 생이었다.

생전에 겐지는 시집《봄과 아수라》와 동화집《주문이 많은 요리점》(1924)을 자비로 출판했을 뿐이고, 그의 작품이 높이 평가되고 새롭게 조명되게 된 것은 사후 60여 년이 지나서다.

미야자와 겐지의 작품세계

겐지는 동화작가이기 전에 시인이었다. 그러나 그는 첫 시집인《봄과 아수라》를 '시'라고 표현하지 않았다. '심상心像 스케치'라고 했는데, 이것이 겐지 문학의 독자성을 낳은 원형질이다. 그렇다면 과연 그에게 심상 스케치는 어떤 의미를 가졌을까?

겐지는 산과 들을 거닐면서 광물이나 식물을 자세히 관찰하고 사소한 자연의 변화도 민감하게 느꼈을 뿐만 아니라, 그런 것에 이끌려 마음속에서 자연스레 만들어진 여러 감정들이나 교감을 관찰하여 기록하는 방법을 만들어냈다. 그는 그러한 독특한 방법을 심상 스케치라고 불렀다. 그것은 자신이 이질적인 여러 존재들의 내면으로 들어가서 세계와 자신을 동시에 파악하려는 방법이었다.

그는 시뿐만 아니라 동화까지도 심상 스케치의 한 형태로 여겼는데, 그의 동화는 맑은 눈으로 외부세계의 생명을 보고, 그들과 호흡하며, 자유로운 상상력으로 미래를 묘사한다. 제약 없이 다른 차원을 넘나들며 묘사하는 동화 장르가 겐지에 의해 성립된 것이다. 이것이 그의 작품만이 갖는 독자성이라고 할 수 있다.

물론 겐지도 동물담을 남겼지만 이솝 동화의 교훈적이고 단편적인 의미를 뛰어넘고 있다고 할 만큼 그의 동화세계는 광대하다. 널리 알려진 이솝 동물우화는 동물 중심으로 표현되는 몇 가지 형식 패턴이 정해져 있는데, 대체로 등장하는 동물의 몸이 크면 지혜는 없고, 몸은 작지만 지혜는 뛰어나 결국 몸이 큰 동물은 몸이 작은 동물에게 지고 만다는 모티프로 엮어져 있는 등 교훈적이고 도덕적인 내용으로 가득하다. 그러나 겐지의 동화는 그것을 초월할 뿐만 아니라 시각적인 언어묘사는 물론이고 적절하게 선택한 의성어, 의태어들이 음악적이어서 구현 동화하기가 쉽다. 그래서 일본의 저학년 교과서에 수록되기도 했다.

동화구성에 있어서도 단순 명쾌한데, 문체의 미려함은 물론이고 은유적인 표현 속에서 이상세계를 갈망하는 소망과 생에 대한 외경과 환희, 현실고통에 대한 슬픔과 분노, 신랄한 풍자를 하고 있는 우화들이 겐지 동화의 특징을 이룬다.

그는 〈호쿠슈 장군과 의사 3형제〉, 〈첼로 연주자 고슈〉 같은 중편동화와 〈노송나무와 개양귀비〉 같은 단편동화를 다수 남겼는데, 〈은하철도의 밤〉을 비롯하여 〈폴라노 광장〉, 〈구스코 부도리의 전기〉에서는 심상 스케치, 즉 내적 투영과 내성을 통해 발현되는 자신의 영원한 아동성을 표현했다. 즉 어른이지만 마음속에 내재된 아동성, 즉 동심을 표현한 것이다.

현실과 상상을 넘나드는 심상 스케치

〈구스코 부도리의 전기〉는 구스코 부도리라는 소년의 성장과 죽음에 관한 현실적이면서도 몽환적인 이야기로, 미야자와 겐지의 자전적 성격이 강한 작품이다. 여기서 겐지는 구스코 부도리의 삶을 통해 지식인 · 기술자의 사회적 역할과 존재 이유에 대해 이야기하고 있다.

〈주문이 많은 요리점〉은 아동문학 장르에서 높은 평가를 받는 작품이다. 도시의 두 신사가 사냥하러 갔다가 겪게 된 사건을 우화적으로 보여 주는데, 신사를 희극적으로 묘사하여 사악한 인간을 탁월하게 풍자하고 있다.

〈첼로 연주자 고슈〉는 예술이란 어떤 것인지를 표현한 보편적인 주제를 갖는다. 그러나 이 작품은 겐지 동화의 주류를 이루는 조건을 구비하고 있다. 라스치진 협회를 배경으로 했으며, 동물우화 중 인수人獸 교환담으로 고슈의 예술적 의지가 성공하는 것을 보여 준다. 겐지의 만년작의 하나로 예술을 표현하려는 뜻을 듬뿍 담고 있는데, 이는 곧 그의 유토피아 건설의 한 부분이라고 볼 수 있다. 삼색고양이, 뻐꾸기, 너구리, 쥐 등과의 교환담에서 표현되는 유머도 인상적이다.

〈쏙독새의 별〉은 일본의 초 · 중학교에서 교재로 채택된 동화 중의 하나다. 못생긴 쏙독새는 늘 다른 새들로부터 따돌림을 당한다. 쏙독새는 그런 비애감과 고민에서 탈출하기 위해 승천昇天의 원력을 세워 진력해서 별이 된다. 이 동화에 대해 우메하라 다케시梅原猛는 "근대 일본 문학이 낳은 가장 아름답고, 깊이 있으며 높은 정신을 표현"했다고 평했다. 쏙독새의 승천의 원력과 사력의 노력으로 성취된 원력(별이 됨)은 구도자의 길과 그 성취를 감동적으로 보여 준다.

〈쌍둥이별 1〉과 〈쌍둥이별 2〉는 저학년용으로 알려진 처녀작이다. 겐지는 이 동화를 가족들에게 들려주었다고 한다. 작품의 무대는 하늘나라이고, 주제는 순진무구한 것에 대한 동경이라고 할 수 있다. 주인공 춘세와 포세 동자의 티 없는 맑음과 믿음을 통해서 순수의 미를 찾아간다. 스토리는 단순하지만 풍부한 묘사와 단순명료한 전개, 음율적인 문체로 서술되어 있다.

〈쏙독새의 별〉, 〈개미와 버섯〉, 〈똘배〉, 〈재두루미와 달리아〉, 〈노송나무와 개양귀비〉는 소소한 동 · 식물을 주인공으로 한 동화다. 〈노송나무와 개양귀비〉는 종교적 사고에 기초해 형이상학적 사념을 주제로 한 화조花鳥동화이면서, 〈재두루미와 달리아〉와 같은 계열의 우화다. 여왕이 되고픈 개양귀비와 악마와 노송을 통해 생존경쟁에 의한 질투, 선망, 오만을 통렬히 지적하고 있다. 또 다른 화조동화인 〈똘배〉는 작은 생명의 기쁨, 슬픔, 놀람, 두려움 등을 묘사한 산문시 풍으로, 정경묘사가 주를 이루는 단편에 속한다. 새끼 게의 순수함과 아빠 게의 인내를 보여주며, 깊은 강물 속의 환경과 게의 생태에 대한 서술이 밝고 선명하게 묘사된 점이 뛰어나다.

〈튤립의 환술〉은 인간을 이미지화한 소설에 가까운 심상 스케치다. 양산 수리공과 정원사 간에 이루어지는 계산법은 〈노란 토마토〉를 연상시키기도 한다. 그러나 그 둘은 시인의 분신이며 튤립과 종달새, 나무들, 즉 자연과 인간이 하나가 된 흥겨운 조화를 엿볼 수 있다.

〈마음 착한 화산탄〉에서는 베고라는 못생긴 둥근 돌이 놀림을 받고 심지어 모기한테도 바보 취급당하지만, 온순하고 성낼 줄도 모른다. 그러나 지질학자로부터 전형적인 화산탄이라 인정받아 동경 대학으로 가게 된다는 스토리다. 이는 입신출세의 형식에서 관료 모델이 아닌 서민 모델을 형상화한 것이라고 한다.

〈용과 시인〉은 자연을 존중함으로써 일어나는 심상을 꾸밈없이 서술했다는 느낌을 받는다. 즉 겐지의 심상 스케치가 이 작품 속에 단순화되어 있다고 보인다. 용에 의해 표현된 고대 인도의 분위기에, 그리스 정취를 결합한 고대적 창달과 남국적 분위기로 작품의 테마를 나타내는 수작이다.

끝으로 대표작인 〈은하철도의 밤〉은 어느 소년의 삶에 관한 이야기이자 그 소년의 환상적 은하계 여행록이라 할 수 있다. 소년이 북두칠성에서 남십자성에 이르는 천상공간의 기행을 떠나면서 만나는 여러 사람과 지구의 역사에 관한 이야기가 펼쳐진다.

가난하고 고독한 생활을 하는 주인공 조반니는 당연히 비상의 의지를 싹틔웠을 것이다. 그것이 바로 은하계 여행으로 나타났고, 꿈속에서 이루어졌던 은하철도 여행은 그 이상세계에 대한 동경이기도 했다. 그러나 막상 꿈에서 현실로 돌아왔을 때에는 자신에게 늘 연민의 정을 주었던 캄파넬라는 친구를 구하다가 강물에 빠져 영영 돌아오지 않게 된다.

이 작품은 다양한 내용을 갖고 있다. 주인공 조반니의 심성을 중심에 두고 작품의 주제를 본다면 은하세계의 구성에 중점을 둘 수 있다. 그래서 참 행복이 무엇일까, 꾸준히 탐구하고 은하계를 통해서 시공을 초월한 세계, 즉 4차원의 세계를 제시한다.

미야자와 겐지의 동화는 심상 스케치로 구성되는 특징을 지니고 있다. 심상 스케치는 일체의 존재 속에 들어가서 존재와 자신을 동시에 파악하려는 노력의 모습이었으며, 그의 작품 저변에는 구도적 측면의 이미지, 사후세계에의 환상, 현실과 이상, 현실과 환상 세계에 대한 이중성이 표현되어 있다.

자연의 생명을 정감적 · 사념적으로 추구하려는 동화적 구도가 겐지 작품의 특징이라고 할 수 있으며, 그런 동화적 구도가 겐지 동화의 주를 이룬다. 결국 겐지는 독자에게 맞춘 동화는 쓰지 않았다고 볼 수 있다.

그의 심상 스케치는 불교적 사념, 특히 법화경 신앙에 입각한 사념이었을 것이다. 그는 신앙을 통해 자기완성의 추구를 쉼 없이 해나갔다. 그래서 그의 동화는 일반 동화와 다르고 더불어 어른이 읽을 수 있는 매력을 갖는다. 겐지 동화가 살벌한 일상에 몸을 움츠리는 어른들에게 신선한 감동과 충격을 주는 이유는 겐지 내면의 영원한 아동성이 독자를 매료시키기 때문이다. 영원한 아동성의 추구, 그것이 겐지 동화의 매력일 것이다

| 옮긴이 이선희 |

1962년 서울에서 태어나 부산대학교 일어일문과를 졸업하고, 한국외국어대학 일본어교육대학원에서 공부했다. 일본어 전문번역가로 활동하면서 여러 대학과 기업, 일본 영사관 등에서 강의를 했고, 지금도 SBS 아카데미에서 번역 강의를 하고 있다. 기시 유스케의 《검은집》, 히가시노 게이고의 《방황하는 칼날》을 비롯해 《20대에 하지 않으면 안 될 50가지》, 《세상의 모든 딸들》, 《면접의 달인》 등 문학작품과 자기계발, 경제경영까지 다양한 분야를 넘나들며 140여 권의 책을 우리말로 옮겼고, 〈센과 치히로의 행방불명〉, 〈하울의 움직이는 성〉, 〈마루 밑 아리에티〉 등의 애니메이션 작품도 번역했다.

| 미야자와 겐지 걸작선 |

초판 1쇄 발행 2013년 2월 1일
개정판 2쇄 발행 2024년 9월 16일

지음 미야자와 겐지
옮김 이선희
책임편집 정일웅
디자인 정계수, 박은진, 장혜림, 박소현

펴낸곳 바다출판사
주소 서울시 마포구 성지1길 30 3층
전화 322-3885(편집), 322-3575(마케팅)
팩스 322-3858
이메일 badabooks@daum.net
홈페이지 www.badabooks.co.kr

ISBN 979-11-6689-127-4 03830